北京汉阅传播
Beijing Han-read Culture

七曜文库

TSUCHIYA TAKAO

土屋隆夫

吉林出版集团有限责任公司

华丽的丧服

曹逸冰 译

《HANAYAKA NA MOFUKU》by TSUCHIYA TAKAO /
Copyright ©1996 TSUCHIYA TAKAO
Simplified Chinese edition arranged with
SHIMAZAKI International Copyright Agency

吉林省版权局著作权合同登记 图字：07-2011-3042号

图书在版编目(CIP)数据

　　华丽的丧服 /(日) 土屋隆夫著；曹逸冰译. 一 长
春：吉林出版集团有限责任公司，2014.8
　　（七曜文库）
　　ISBN 978-7-5534-5285-2

　　Ⅰ.①华… Ⅱ.①土… ②曹… Ⅲ.①长篇小说 – 日
本 – 现代 Ⅳ.①I313.45

　　中国版本图书馆CIP数据核字(2014)第169358号

华丽的丧服

作　　者	[日]土屋隆夫
译　　者	曹逸冰
出 品 人	刘丛星
创　　意	吉林出版集团·北京汉阅传播
总 策 划	崔文辉
责任编辑	崔文辉　曹文静
封面设计	未　氓
开　　本	655mm×960mm　1/16
印　　张	22.75
版　　次	2014年9月第1版
印　　次	2017年1月第2次印刷

出　　版	吉林出版集团有限责任公司
发　　行	北京吉版图书有限责任公司
地　　址	北京市西城区椿树园15 – 18号底商A222
	邮编：100052
电　　话	总编办：010 – 63109269
	发行部：010 – 63104979
网　　址	http://www.beijinghanyue.com/
邮　　箱	jlpg-bj@vip.sina.com
印　　刷	北京航天伟业印刷有限公司

ISBN 978-7-5534-5285-2　　　　　定价　52.80元

版权所有　侵权必究　　　　投稿热线：010 – 63109462 – 1040

华丽的丧服

華麗的喪服……

第一章　那个男人

那天的来客，就只有白蝶一羽。

　　丈夫昭离家五天了，其间没有一人来访，所以由纪在五天里没和任何人交谈过。唯一的"交谈"对象就是她的独生女——四个月大的纱江。"早上好，纱江。""该吃奶了。好吃吗？多吃点哦。""妈妈给你换尿布，小屁屁干干净净的多舒服啊。"

　　她总会将脸凑到女儿跟前。最近女儿开始咿呀学语了，常会报以"巴、巴"、"啊、啊"之类的回答。她也能认出母亲的面容，只要由纪哄哄她，她就会安静下来。当由纪亲吻她的脸颊时，她也会开心得哈哈大笑。

　　丈夫久久不归，在这个空空如也的家中，惟有年幼的女儿能抚慰由纪的心。

　　"纱江快看，有客人来了，蝴蝶来看你啦。"由纪兴高采烈，"纱江，快跟蝴蝶打招呼呀。"

　　纱江躺在藤制的小婴儿床里，睁开水灵灵的眼睛，盯着天花板。

　　就算它只是乘着五月的微风飞进窗户的小蝴蝶，那也是这个家阔别已久的"来客"。它为这空荡、清冷房间带来了一丝热闹。

墙边放了个柜子。顶上放着一个花瓶，插着几枝红色的玫瑰花。昨天下午，由纪带着纱江出门散步，在超市门口的花摊上选了这几枝花。莫非蝴蝶是被这鲜艳的花儿引来的？还是冲着微弱的芬芳而来？只见它在几朵花中忙碌地飞舞。

"纱江，看这里。小蝴蝶在飞呢，看得见吧？因为纱江是个乖孩子，所以蝴蝶来看你啦。"

由纪用双手支起婴儿床，将它挪到花朵附近。就在这时，不断舞动的蝴蝶离开了花朵，在屋里回旋一圈后消失在了窗外。

"啊呀，它走啦。蝴蝶跟你说拜拜啦。好冷清噢。都没个人来，没人跟妈妈说话，这房子简直跟海中孤岛一样嘛。有蝴蝶这位'客人'，妈妈和纱江还挺高兴的，是不是啊……"

四个月大的孩子岂能听懂母亲的话语，岂能猜透母亲的感情！然而幼儿的视线清澈见底。被她这么凝视着，就好像被她看透了心事一般。

"纱江！"

由纪不禁抱起纱江，蹭蹭孩子的脸。幼子的气息总带着奶香。由纪怀抱着心爱的女儿，在屋里缓缓走动。

> 小蝴蝶，小蝴蝶
> 停在油菜花丛中

很久很久以前，由纪的母亲常会哼起这首歌。她下意识地唱了起来。

闻腻了油菜花

就换一朵樱花

樱花的……樱花的……

后头的歌词唱不出来了。她也只记得个大概，只得从头唱起，但纱江早就在她踱步的过程中睡着了。由纪抬眼看了看墙上的挂钟，一点半，纱江的午睡时间一如既往。

纱江三个月大的时候，由纪就开始花心思培养纱江的睡眠习惯了。她看了许多育儿书，老老实实地照着书中的建议做。纱江发育得很好，所以睡眠也很有规律。上午与下午各小睡一次，每次两小时左右，晚上也能一觉睡到天亮，几乎没出现过半夜大吵大闹的情况。

前些天，她去医院给孩子做定期体检。医生听说纱江睡得很有规律，便道："不错不错，这说明您的孩子很健康，发育得也很好。身高体重都是小儿科教科书上的标准数字，说不定政府会颁个'日本第一健康宝宝奖'给你呢。"

由纪将睡梦中的纱江轻轻放到床上。关上窗户，拉好窗帘。午后的明媚阳光透过浅蓝色的窗帘，营造出海底般的静谧。周围寂静无声。这一带是住宅区，人流量不大，几乎不会有车开进来。

埼玉县熊谷市。

在上野站坐 JR 高崎线的话，五十分钟就能到熊谷站了。这几乎是东京的卫星城市，早在江户时代便是中山道驿站，很是热闹。市内各处都留有当年繁荣的印记，一条清澈的东西向小河与熊谷站前大道交错。这条河名曰"星川"，川边有好几个广场：太阳广场、休憩广场、庙会广场……当地人都管这条路叫"星川雕塑大道"。那是因为这些广场上有许多雕像，有纪念战争死难者的慰灵女神像，也有祈祷和平的青年像。

由纪是婚后搬来熊谷的。她来这条路逛过许多次，在星川中悠游的锦鲤总能引得她会心一笑。

沿着大道旁的小巷往里走一些，便是由纪的家。周围有许多新造的楼房。住在这儿的人多是工薪族，每天早上都能看见夫妻俩开车或是骑自行车上班的风景。白天，尤其是下午，四周鸦雀无声，路上几乎看不见一个人影。

她家右边是一栋有围墙的大宅邸，属于歇山顶结构，特别气派，在这一带显得异常宏伟。据说那本是大地主的房子，现在就只有一对老夫妻和一位中年女性住着。

站在由纪家的二楼，可以看到那户人家的大庭院。花草树木打理得井井有条，经过精心修剪的松树与柊树精神抖擞，形成厚重的绿。院子一隅有个花坛，种有四季花卉，应是老夫人悉心照料的成果。方才的蝴蝶想必也是自那花坛飞来。

由纪确认纱江睡熟，下楼来到客厅，靠在桌边长舒口气——也许丈夫永远不会回来了；也许下一个出现在面前的不是她的丈夫，而是他的母亲，或是他们雇来的律师。无处发泄的愤怒、孤独感、寂寥、对丈夫的猜疑……各种感情横亘于她的胸中。胸口跟堵了什么东西似的，特别难受，几乎窒息，而这些感情又化作叹息。每当在客厅独处时，她总会下意识地叹息，这仿佛成了她的习惯。

她能猜到丈夫现在住在哪儿。十有八九是去了他母亲家。丈夫的母亲，就是由纪的婆婆。一见面，由纪自然会以"妈妈"相称，但她对那人并无亲切感。恐怕对方也是如此。由纪与昭结婚都三年了，婆媳间那种见外且冷淡的态度却半点没变。她看待由纪的眼神总是冰凉的，说的每一句话都带刺。

昭是婆婆的独生子。婚后，昭告诉由纪：最反对这桩婚事的就是这位婆婆。

"我不顾老妈的反对，硬是娶了你。老妈对我言听计从的，总会照着我的意思办。从小到大一直是这样。"

的确。昭都二十八岁了，可婆婆依然管他叫"小昭"。

"这孩子啊，可会撒娇了。上初中了还要跟我一起泡澡呢，还会帮我擦身子。他的心可善了。可是啊，洗澡的时候啊，他会碰碰我的胸脯，问我'我现在吸还会不会有奶啊'。我痒得不得了，就泼了点儿水到他脸上。小昭啊，你还记得吗？你啊，真是爱撒娇……"

婚后不久，由纪随丈夫回家时，从婆婆民子口中听说了这件事。昭却没有丝毫难为情的样子，只是一脸奸笑。这对儿母子好肮脏，这哪儿是普通母子做的事啊——由纪实在笑不出来。

"我十八岁那年生的他。我的朋友们还在上高中呢。我也不知道该怎么带孩子，吃了不少苦。没想到一眨眼的工夫，他都长这么大了，还娶老婆了。所以啊，小昭，你要记得妈妈对你的好噢……"民子如此说道。换言之，民子今年四十六岁。可她全然不像是四十六岁的人。四十出头……不，说她只有三十五六岁也有人信。她的美貌颇有些异国风情，头发染成了栗色。第一眼见到她时，由纪不禁心想：

昭的妈妈是不是混血儿啊？

民子总是浓妆艳抹，花枝招展。但由纪对这位婆婆的身世一无所知。

民子一个人住在高级公寓"高地花园"。昭以前也住在那儿。

关越高速就在熊谷市的西侧，而她的公寓离花园出口很近。三室一厅，非常宽敞，客厅里摆了一张豪华的沙发。由纪只在电视上见过如此高级的公寓，吓得瞠目结舌。

一个没有固定工作的四十六岁女人，为何能过上如此优雅的生活？

婚后不久，昭曾随口说道："老妈生了我啊，就跟生了棵摇钱树一样。"

这是原话。

他还说道："这栋房子虽然是租的，但老妈把租金和礼金都付清了。由纪啊，要是生活费不够用，尽管跟我说，我会跟老妈说的，她总有办法。我可是她的摇钱树呢。"

昭的脸上满是自豪的笑容。这话究竟有何含义？

由纪撑着脑袋，呆呆地胡思乱想。

她的丈夫没有特殊技术，也没有过人的才能，只上过由纪闻所未闻的私立大学。这样的人，怎么会是"摇钱树"呢？而他母亲民子也好不到哪儿去。她说她是十八岁那年生的昭。在世人眼中，十八岁的女人不过是黄毛丫头。就算她再怎么努力，刚出生的幼儿也不会变成"摇钱树"啊？！

莫非有人在背后资助这对母子？正因如此，没有工作的民子才能过着优雅的生活，而昭才能不断啃老。

　　想着想着，由纪不禁咂舌。进门三年了，她却对丈夫和婆婆的过去一无所知。最要命的是，她也没有主动去探究。她气自己的无知与大意。

在午后的寂静房间中，由纪的想象仍在继续。

（婆婆有个靠山……）

而且他们的关系还没有断。那个男人肯定上了年纪，而且还有雄厚的财力。民子的资金来源绝不是她的丈夫，也就是昭的父亲的遗产。如果是，民子与昭定会不时炫耀父亲当年的丰功伟绩。可母子俩从没提起过他——想到这儿，由纪再次为自己的愚蠢皱眉。

（我连公公的名字都不知道……）

我是个蠢媳妇。不过她也有她的难处。新婚那会儿，由纪曾向昭打听过。

"你爸爸是做什么的呀？"

昭撇了撇嘴，答道："哼，人都不在了，还有什么好说的！"

那口气非常冷淡，就好像他在回避与父亲有关的话题一样。他这么一说，由纪就不好意思问了。民子自然也没提起过亡夫。

结婚手续与纱江的出生证明都是昭去办的。由纪没见过北条家的户口本。她就这样以北条由纪的身份过着碌碌无为的日子。她的婚姻，即将破裂。

五天前，昭离家的那一天。由纪在丈夫桌上发现了一张离婚申请书。申请书上还煞有介事地压了一本文库。但"离婚"二字仍毫不留情地"扎入"了她的眼睛。

　　申请书上没有昭的名字与印章。但不办离婚的人怎么会去拿这种东西呢？这是针对由纪的，无声的逼迫。

　　如今，昭正身处母亲的公寓。两人定是笑呵呵地讨论着离婚的相关事宜。

　　婆婆民子本就反对这桩婚事。见到由纪，她也会冷嘲热讽："我家小昭娶你之前啊，有的是好人家上门说亲。有市议会议员的千金，有律师的女儿……可那孩子偏偏看上你。唉，你算是飞上枝头变凤凰了……"由纪气得直咬嘴唇，只能忍着。她这是狗嘴里吐不出象牙。听说儿子要离婚，她一定会举双手赞成，兴许整件事就是她怂恿的——你还是快把那女人休了吧！

　　由纪是不会离婚的。她不会退缩，因为丈夫的离婚动机始于无聊且荒唐的猜疑。

　　当然，由纪辩解过，也把前因后果都说清楚了。但丈夫并不服气。两人争论了好几次。

　　"你根本没在反省，也不肯跟我说真话，博得我的原谅！你还是好好冷静冷静吧，我出去住两天，要是你想走也行，反正有人会张开双臂欢迎你的。"

　　昭说完扬长而去。那是五天前的事，打那之后，他再也没联系过她。

　　昭很清楚由纪不想离婚。昭的猜疑没有任何根据，只是从他的嫉妒中萌生出的妄想。

恐怕……由纪猜想着他和他老娘的对话。

——唉，那家伙太犟了，就是不肯跟我离婚。

——没关系，这事让妈妈来办就好。妈妈会帮你搞定的。

——可我不想上法庭啊，这样会拖好久哎。

——当然不能打官司了，方法有的是，妈妈肯定能找到人帮忙，我还认识不少律师呢。有钱能使鬼推磨，只要有钱，什么事办不成？

——我哪儿有这么多钱啊？

——别怕，妈妈认识又有钱又有权的人，只要是妈妈说的，他都会听……

由纪的想象不断膨胀。那就是婆婆的"男人"。情夫？她并不了解两人的关系，但维系这层关系的定是女方的美貌与肉体。婆婆民子是妖艳的女人，举手投足都透着性感，就连由纪这个女人看了都心跳。这也许是长久伺候"男人"的民子在潜移默化中学到的本事。

总而言之，近期定会有人出现在她面前。应该不会是胆小如鼠的昭。下一个来逼她离婚的会是婆婆民子吗？还是她雇来的律师？抑或是民子的"男人"花钱请来的人？

（我该怎么办啊……）

她没有钱，也没有可依靠的人。她柔弱无助，唯有四个月大的纱江陪着——但我不能输，我必须拼死搏斗！可我要怎么做才能为自己辩白，才能洗清那屈辱的嫌疑呢？

绝望的想象之后，唯有叹息。就在这时，门铃响了。

由纪没能立刻起身。方才的想象竟成现实。对方派人来谈离婚的事了。心跳加速，抓着桌子的手指上没了血色，冰凉冰凉的。

门铃再次响起。

"来了！"

她自以为喊得很大声，可出来的声音竟很沙哑。由纪浑身僵硬地朝大门走去。

只听一个男人在门外问道："夫人在家吗？"

"在，请问您是哪位？"

"我是您丈夫的同事，他让我来帮他拿两件衣服……"

"啊，不好意思，请您稍等一下……"

由纪如释重负。昭在五天前离家时什么都没带，只穿了件茶色西装。他本就是个爱赶时髦的人，八成是想换两件衣服穿吧。他拉不下脸来拿，便让同事来了。任性的丈夫的确有可能做出这种事来。

由纪打开门道："让您久等了，请进。"

"打扰了。"

男子轻轻点头，走进屋里。他的个子很高，身材也不错，穿着深蓝色的西装。

"请问……昭要的是哪件衣服？"

"黑的，黑色的双排扣西装。实不相瞒，我们有位熟人突然去世，今晚要给他守夜。对了，他还吩咐我给他带条黑领带。"

"我知道了，请您在这儿稍等。"

夫妻俩的衣服都放在二楼的卧室。那是间八个榻榻米大的西式房间，衣橱全部靠墙，北边的窗户下还有个放小东西的壁橱。房间中央放着两张床，中间是纱江的婴儿床。

纱江睡得很熟。

由纪正要打开丈夫的衣橱，只听背后有人说道："嗬，这就是小夫妻的卧室啊。"

他是什么时候上来的？由纪回头一看，竟是刚才那个男人。

"您怎么上来了？请您回楼下等……"

"有什么关系嘛，我正想参观参观呢。"

"这怎么行！"由纪怒道，"这儿可不是让外人看的地方，何况随便进屋也太没礼貌了……"

男子无视她的抗议，而是凑近了纱江的婴儿床。

"呀，好可爱啊，"男子弯下腰，盯着纱江的睡脸说道，"这就是所谓的'天使的睡脸'吧。纯真无垢的小生命，在可爱的小床上甜甜地睡着。小孩的睡脸真是百看不厌，仿佛能洗涤心灵的美——"

由纪大吃一惊。没想到一个擅自闯入他人卧室的粗野男人会说出如此文艺的话。而且这些话绝非司空见惯的奉承。凝视着纱江睡脸的眼中，满是温暖。她的丈夫与婆婆从没对她说过如此温暖的话。方才由纪还指责了他的无礼，看来……她也许搞错了。

（也许他是个好人……）

由纪对男子的评价发生了一百八十度大转变。她回过身，正要开衣橱……

"夫人，"男子说道，"能请您过来一下吗？"

男子坐在由纪的床上，又指了指昭的床。

"请您坐在那儿。"

"可您不是要昭的衣服吗……"

"不用。"

"那您来这儿做什么……"

"我会跟您说的，请坐吧。"

由纪没有动。

在夫妻俩的卧室，与陌生男子面对面坐在床上。下一秒，会发生什么？来路不明的男人为何进屋？他是劫财，还是劫色？由纪浑身战栗。

"你、你到底是谁？你叫什么名字？"

"我叫什么并不重要，你可以用你喜欢的名字称呼我，叫田中先生也行，叫铃木先生亦可……"

"别开玩笑了！你来我家做什么？是为了钱吗？我家没多少钱，你要多少就拿多少吧，拿了钱赶紧走！"

"唉，夫人，你误会我了。不怪你。我有的是钱，不图你这些。"

男子边说边拍上衣口袋。

"那你来干什么？"

不等由纪说完，纱江突然哭了起来。

"啊，不哭不哭……"男子起身抱起婴儿床中的纱江，"我知道，你睡饱了是吧，想吃奶了是吧？还是想换尿布啊？去找你妈妈吧。"

男子哄着哭闹的纱江，将娇小的她递给由纪。

"给她喂点奶吧。"

由纪手中的孩子哭得更响了。

"对不起啊，纱江，别哭了，妈妈在呢。"

她边说边解开背心的纽扣，正要解开衬衫的纽扣，忽然察觉到男子的视线集中在了她的胸口。一想到有男人在看自己的乳房，她便羞红了脸，犹豫不已。

"请你回避一下。"

"啊？啊，你觉得难为情是吧？我早就见惯了母亲给孩子喂奶的光景了……"

男子苦笑着走回由纪的床。它离房门口比较近。只见男子往后一仰，躺下了。

见状，由纪便坐在地毯上，解开衣服的纽扣，将乳头对着纱江的嘴。纱江贪婪地吮吸着母亲的乳汁，伸出小手，摸索到由纪的另一个乳房，抓着乳头，仿佛在确认那饱满的乳房是只属于她的东西。她忘我地吮吸着，吮吸着。

四个月大的纱江该吃些断奶食品了，但由纪迟迟没有下定决心。这不仅是因为她的奶水很足，更是因为她想多看看那张小脸埋在胸口吃奶的光景。

喂奶，是由纪最幸福的时刻，有时还会带来生理上的快感。由纪常会沉浸在初为人母的陶醉感中，如痴如醉。然而，这时的由纪已是面如菜色。

十分钟后，孩子松开了乳头。只见她睁大眼睛，仰视着由纪的脸。

"吃饱了吗，纱江？"

由纪轻声问道，穿好衣服，理了理衣角。

男子察觉到她的动作，转向由纪说道："夫人，喂完了就把孩子放回床上吧。"

"不用了，我抱着就好。"

由纪站起身，紧紧抱着孩子。

"那可不行，我有事要跟你说，也有事要你帮忙做。"

"我在这儿听你说就好了。"

男子见由纪一步都不愿挪，厉声说道："少磨蹭！把孩子放回去！"

男子露出凶狠的表情。犀利的视线，径直映入由纪的眼中。

（要是反抗，天知道他会做出什么事来……）

由纪拖着瑟瑟发抖的双腿，走近男子面前的婴儿床，将纱江轻轻放了进去，让她保持侧卧的姿势。

"哦，不错，你一定是个好妈妈。"

"啊？"

莫名其妙。由纪惊讶地望着男子的脸。方才的凶狠表情已不见踪影，他的嘴边带着柔和的笑。

"吃饱了奶的孩子有时会吐奶。要是让孩子仰面躺着，奶说不定会呛进气管。所以要让孩子侧卧一段时间，就像你刚才做的那样。"

"你家也有孩子吗？"

"没有。只是在某人买的《第一次当妈妈》和《宝宝十二个月》里提到了这些。第一次当妈妈的人总会买上好几本育儿书。大家都一样，谁都梦想着当上母亲的那一天……怀揣着幸福……"

男子强忍着心中的激动，没有将话说完。

男子沉默片刻，又道："那就说正经事吧，请你照我的吩咐，准备一些东西。"

"东西？什么东西……"

"我怕有遗漏，就写了个清单，"男子从口袋里掏出一张小纸片，"首先是一个空旅行袋，不能太小。快点！"

"为什么要……"

"照我说的办，别问问题。问了我也不会回答。旅行袋，把里面腾空。"

由纪不清楚男子究竟有何目的，可一个旅行袋应该不会造成太大的损失。她便取出了壁橱里的皮质旅行袋。拉开拉链一看，里头空空如也。

"这个行吗？"

男子检查了一下，点头道："接着是你出门穿的衣服。我不是很懂女装，反正是能见人的衣服即可。拿一套出来，还有丝袜什么的。"

"有人要穿我的衣服吗？"

"是给你穿的，快去拿。"

男子的语气越发严肃。由纪无可奈何，只得从自己的衣橱里拿出一套浅蓝色套装。将新内衣与丝袜摆在男子眼前时，她心里很是别扭。

"磨蹭什么呢！还不快点儿！"

在男子的怒声下，由纪只得将拿出来的衣物放在男子脚边。

"接着，"男子看着在婴儿床上摇摆手脚的纱江，"是这孩子的尿布。你用的是什么尿布？"

"纸尿裤。"

"一次性的是吧？家里应该还有剩的吧？全拿出来放在这儿。"

"全要？"

"没错，但也用不着准备一两个月的，够用四五天就行了。"

"为什么要——"

"别问问题。还有孩子的睡衣，快去拿。"

纱江的纸尿裤放在壁橱里的纸板箱里。她将足够四五天用的尿布与睡衣放在男子面前。

"然后是……"男子低头看了看纸条，"你的内裤。旧的也行，只要是洗干净的就成。拿个四五条吧。"

"这——"

"快点！"

"这怎么行？怎么能把女人的内裤摆在男人面前呢……"

"因为这是必需品。我没有内裤癖。我也是为了你好。"

"可……我做不到。你就饶了我吧……"

"不行。我先说好，我对女人的内裤没有兴趣。我让你拿，只是因为你会用得上而已。如果你可以一星期、十多天不换内裤，那就是另一码事了。难道你平时都不换的吗？"

"怎么可能……"

"那就快点拿来。"

话虽如此，羞耻心还是占了上风。她的内裤都放在衣橱下的抽屉里。应该有十多条吧。有两三条新的，剩下的都是旧的。虽然洗得很干净，但有几条内裤上留有女性特有的污渍。要是被那人看见了……

见由纪犹犹豫豫，男子不禁咂舌，压低嗓门说道："要是你实在不愿意，那我也只能采取特殊手段了。"

男子从口袋里掏出一样东西。咔嚓——一把刀出现在他手中。那是弹簧刀。阳光透过窗帘，让锐利的刀锋闪闪发光。男子的手停在了纱江脸上。

"住手！"由纪惨叫道，"别！别杀我的孩子！求你了！我什么都愿意做！别伤害我的孩子！求你了！"

她没能扑向男子，也无法抢下他手中的刀。在她动手之前，男子定会举起手来。幼子一命呜呼的恐惧，将由纪的身体牢牢绑住。

"你要打开窗户呼救吗？"男子嗓音低沉，"不等你呼救，这把刀就会刺穿孩子的胸膛。而你，夫人，也无法躲过这把刀。那不过是几秒的事儿。之后我便会扬长而去。对我而言，这一切简直易如反掌。"

一点不错，方才他上楼时没弄出半点动静，足以证明他的身体柔软如猫，动作迅疾如风。

由纪慌忙双手伏地，恳求道："求你了，我什么都愿意做，千万别伤害我的孩子，别伤害纱江……"

由纪呜咽了。长长的秀发滑落肩头，在脸颊附近摇曳。

"夫人，"男子收起刀刃，"我也不想做这种事。那就请你把内裤拿来吧。"

"好……"

由纪已将羞耻心抛到了九霄云外。她从衣橱里拿出内裤，摆在男子面前。男子碰也没碰，而是说道："将内裤摊平，放在旅行袋里。"

好奇妙的指示。由纪照办了。

"接着是纸尿裤和孩子的睡衣，叠在内裤上面。"

纸尿裤盖住了内裤。这让由纪松了一大口气。

"接着把丝袜和内衣放进去。再将你的外套叠好放进去，别压皱了。没错，把袖子叠一下……裙子别压出褶子来……"

放在男子眼前的东西全塞进了旅行袋。

"好了，还有些空间呢，如果有浴巾的话就带一块吧。"

由纪从衣橱抽屉里拿出一个崭新的盒子。上头还有一张写有"贺喜"字样的纸。那是纱江刚出生时，娘家的母亲交给她的。说是隔壁邻居家的夫人送的礼物。还没拆开用过。

男子看着由纪拿出毛巾，说道："把毛巾摊开。"

毛巾很大，是黄色的，中间有个米老鼠图案。

"非常好。浴巾有很多用场，要是天冷了，可以盖在孩子身上当毯子，也可以铺在地上当垫子。那就塞进去吧。"

由纪边叠毛巾边揣测男子奇妙指示的含义。

他让由纪将清单中的物品一一摆在他的面前，还让由纪将叠好的内裤摊开，一条条垫在旅行袋底部，再将纸尿裤一张张放上去。他还让由纪将毛巾摊开给他看。为何多此一举？自然是要检查那些东西里有没有能伤到他的凶器。

由纪的裁缝工具箱就在抽屉里。里头装有布料剪刀和剪丝线的小剪子，还有做手工时用的小锥子。只要方法得当，它们都能成为杀人利器；只要由纪动点脑子，就能将工具偷偷塞进旅行袋里。

男子最怕的就是这个。他计划得如此周密，究竟是为了什么？他要拿着这旅行袋，把我带到哪儿去？

"夫人，"男子见由纪单手扶着旅行袋，耷拉着脑袋，说道，
"清单上的东西都凑齐了，最好再准备些纱布和棉花棒给孩子
用……"

　　"那些东西都放在楼下，要我拿上来吗？"

　　由纪灵光一闪。何不顺水推舟，趁机下楼呢？

　　（楼下有电话，可以打110求救！）

　　可惜男子的回答让她大失所望。

　　"不，那些东西稍后再说吧。我会跟你下去的，你的手提
包也在楼下吧？"

　　由纪轻轻点头。

　　"好，那就下去吧……哎呀，险些把最重要的事给忘了。
有个很尴尬的问题要问你一下，你的生理期大概是哪天啊？"

　　由纪默然，谁会当面问女性的生理期啊！她低下头，皱
起了眉头。

　　"这件事很重要。要是你这两天突然来月经了，不带生理
用品，出丑的可是你自己哦。"

　　……

　　"那我换个问法吧。你在这五六天里用不上生理用品，没

错吧？"

由纪微微点头。要回避男子的提问,她别无他法。七天前,她的上一次月经刚刚结束。

他强调了"这五六天"……难道他会在这几天里把我囚禁在某个地方?

"那就下楼吧。你拿着旅行袋,我抱着孩子下去。"

男子抱起婴儿床里的纱江。她正吃着小手指,不断踢腿。这时,男子发现枕边有个哗啷棒。

"嗬,还有这种好东西啊。"

他拿起玩具,举在纱江面前晃了晃。哗啷棒里的小铃铛发出清脆的响声。

"巴、巴——"

纱江欢喜地说着,伸手去够男子手中的玩具。最近她一看到色彩鲜艳的玩具就会伸手去够,对会发声的哗啷棒更是兴趣浓厚。

"啊,你要这个啊?给你,抓得住吗?"

纱江还没到会认生的年纪,紧紧握住男子给的玩具。那是她最喜欢的玩具。

"要这么摇。"

男子握住纱江的手,左右晃动。可爱的铃声在安静的房间里回响。

"很好玩吧?叔叔陪你玩高高吧。"

男子将纱江举过头顶。纱江咯咯直笑,一定很开心。她的小脚在男子头顶来回摇摆,好像还碰到了男子的头。

"啊，你踹了叔叔的头啊！小心叔叔把你摔下去！"

他将纱江轻轻放下，又再次举起。

"好高哦好高哦，好低哦好低哦。好高哦好高哦，好低哦好低哦……"

每一次，纱江都会高声欢笑。那是母亲由纪都没听过的笑声。

由纪呆望着他们。

这个家里阔别已久的笑声，竟从纱江与男子的口中传出。丈夫昭从没像样地陪孩子玩过，他看待纱江的眼神总是无比冰冷，还透着憎恶。四个月大的婴儿也懂父亲的心吧。这是她的本能。纱江渴望父爱，而她的渴望在这个陌生男人身上得到了满足。纱江正在用全身表达喜悦，要是这孩子有一位如此温柔的父亲——

然而……

由纪的思绪越发混乱。那个男人的口袋里有一把弹簧刀，就在刚才，锐利的刀尖还顶在纱江胸口。他曾凶狠地瞪过我，他的性格狂暴而且残忍。他定是作奸犯科的惯犯，而这个惯犯正在哄纱江……

好一幕难以置信的光景。我不是在做白日梦吧？梦醒时分，他就会消失不见，而我和纱江就会回归平静的日常生活了。真希望是这样。不过，既然梦要醒，那就再让我享受一下愉快梦境的余韵吧——

"夫人。"

男子的声音，终结了由纪的无谓想象。纱江许是玩累了，乖巧地依偎在男子怀中。

"那就下去吧。"

由纪提着旅行袋，率先走出寝室。男子紧随其后。

她踩在楼梯上的脚瑟瑟发抖。

两人来到六榻榻米大的客厅。男子将餐桌两边的坐垫拉了过来，将纱江放在上面。六十五厘米高的小肉团在坐垫上伸长了腿。旁边正好摆了一盒纸巾，男子伸手抽了两三张，问道："夫人，她叫什么名字？"

　　"纱江（sae）。"

　　"哦？汉字是'小枝'（sae）吗？"

　　"不，绞丝旁的纱，江是三点水的……"

　　"我知道了，是纱江啊。那就把纱江用的纱布拿来吧，还有棉花棒……兴许能用上。"

　　由纪找出家用药箱，拿出纱布与棉花棒放在男子面前。

　　"纱江还是吃母乳吗？"

　　由纪点点头。

　　"但也会给她喂点凉开水吧？"

　　由纪再次点头。

　　"那家里应该会有纱江专用的小勺子吧？也带上好了。在吃断奶食品之前，最好让她先习惯勺子的触感，而且小宝宝很容易口渴的。"

　　由纪大吃一惊。这个男人有丰富的育儿知识，难道是医学院的学生？要不然就是医学书的编辑？总之他不像是普通的强盗或色狼，也不似黑道中人。

由纪从餐具柜里拿出纱江用的小勺子递给男子，看着对方用纸巾将勺子、纱布与棉花棒包在一起塞进了旅行袋。男子瞥了眼手表，点了点头，若有所思，半天没有动弹。

由纪一直在仔细观察他的动作与表情。

年纪……三十岁上下吧。眉毛很粗。皮肤晒得黝黑。紧致的身材应该是长年运动的结果。要是在路上偶遇这样的男人，兴许会有女人对他精悍的容貌怦然心动。他的嘴角透着坚定的意志，但也会不时浮现出柔和的微笑。秀长的身形散发着知性的气息，撩动着女人的心。

（天哪，我在胡思乱想些什么呢……）

由纪不禁为自己的想象而羞愧。那个男人的口袋里还装着锋利的弹簧刀呢，只要刀光一闪，我跟纱江就没命了。他将我和纱江牢牢掌控在手心里，为所欲为，我怎么能对他动心呢……

沉默持续着。男子盘腿静坐，纹丝不动。

他要坐多久啊？

"喂……"由纪说道。

"怎么了？"

"我想给孩子换个尿布。"

"啊，好，那就用旅行袋里的吧。厨房在哪儿？我想弄点热水……"

由纪默默指向一边的玻璃门。男子将门敞开着，走进厨房。

料理台旁边有个瓦斯热水器。男子打开开关，惊呼道："哎呀，还挺热的。"

由纪给纱江垫上新纸尿裤时，男子走了回来。

"用这个擦擦她的屁股吧。这是我的手帕，洗干净了。"

"谢谢……"

由纪接过手帕，暗赞这人想得周到。她仔细擦拭了纱江的小屁股，又用纸巾擦去了大腿根部的汗水。

"脏尿裤扔哪儿？"

"后门口的垃圾箱……"

男子不等由纪说完，便拿起了揉作一团的纸尿裤与手帕。

"啊，我……我会把手帕洗干净的……"

男子没理睬她，直接走去厨房，不一会儿就走了回来。

"我顺便把煤气总开关拧上了。"

"谢谢……"

由纪低头致谢。但她很气这样的自己。她居然对这男人低声下气，还跟他道谢。她何必如此卑躬屈膝？

"那就把手提包带上。就是那个吧？"

他瞥见丢在房间角落的旅行袋，起身拿了起来。他打开包检查了一番，喃喃道：

"这东西应该用不上……"

他好像将什么东西塞进了自己的口袋。

包里没什么要紧的东西。钱包、粉盒等化妆品，大门和后门的钥匙、手帕、纸巾、女人用的小梳子、超市的小票，就这些。但让男人翻她的包，就跟让她赤身裸体一样难为情。

除了羞涩，自然还有不快。

那个男人究竟把什么放进口袋了？

男子合上包口，将包递给由纪："给。"说完一屁股坐在桌前。

"夫人，请你过来一下。我需要你写一张纸……"

男子环视四周，盯上了餐具橱上的广告传单。

"那些传单里有没有只印了一面的？你去找找看。"

由纪在众多传单中找出了一张背面空白的纸。正面印着钢琴班的开课通知。由纪默默将纸摆在桌上。

"啊，就用它好了，"男子掏出一支自动铅笔放在传单上，"夫人，请坐。"

由纪战战兢兢地坐在他旁边。

"你要我写什么啊？"

"照我说的写就行。"

男子待由纪拿起了笔，缓缓说道："我要出门两三天冷静冷静，我会联系你的……就这样吧，最后签上你的名字。"

由纪无法反抗，就好像男子口袋里的弹簧刀在控制由纪的手一样。

男子检查了由纪写的字条，满意地道："很好，原来你叫'由纪'啊。由纪……很顺口的名字。"

"这个……是写给谁看的啊？"

"谁看都行，反正是给第一个进屋的人看的。"

"可……上头说'我会联系你的'……你让我联系谁啊？"

"应该用不着联系。第一个看到这张字条的人八成是你，由纪夫人。"

"啊？我写的东西，会被我第一个看到？"

"这些都是无关紧要的小事。我们该走了。"

"去哪儿啊？"

"我还没决定。在车里想吧。先跟你说好，我们即将踏上旅程———一家三口，其乐融融的旅程。"

"一家三口？"

"没错，我是你的丈夫，你是我的娇妻，纱江是我们的独生女。"

"荒唐！"由纪反驳道，"你没开玩笑吧？怎么能这样？我怎么可能当你的妻子……"

"只是演戏。我会扮演你的丈夫，昭。"

"你怎么知道我丈夫的名字？你真是他的同事吗？"

"不，但我知道他叫什么。不过用'北条昭'这个名字的确有点危险。刚才我在半路上看到了一块写有'大原建设'字样的招牌。就借用这个姓好了。从今天起，我就是大原昭，而你是大原由纪。"

"莫名其妙……"

由纪满怀憎恶。她知道男人的可怕，所以委实不想陪对方演猴戏。

"夫人。"

男子突然郑重开口。原本盘着腿的他，突然端正坐姿，将双手放在膝头。

"请你仔细听我说。让你当我的妻子，只是做做表面功夫。我不会要求你完成妻子的职责，更不会伸手碰你。倘若我真有非分之想，我早就在二楼的寝室动手了。这点道理，你总能想明白吧？"

由纪下意识地点点头。他说得没错。只要他将刀顶在纱江胸口，她就会对他言听计从。把衣服脱光，张开双腿，抬起屁股——就像她的丈夫昭不时提出的无理要求那样。再怎么难为情的要求，她都无法拒绝。因此，男子的话的确可信。

"所以我希望你在即将开始的旅程中扮演妻子的角色。我们是一对恩爱的夫妻，带着孩子，享受着愉快的旅行——只要不让外人起疑就好。但你记住，万一你想逃跑，或是想求救，我绝不会手下留情。我会立刻捅死你和纱江。"

"可是……"由纪含糊其词，"要是你杀了我，你不也会进监狱吗？"

"那是当然。我没打算活下去，我会在警方抓住我之前自杀的。夫人，不，由纪，这次旅行，是我要赌上性命去完成的工作。我必须完成它。我……由纪，长久以来……"

男子说不下去了。由纪抬头望去，却见男子的双眼闪着泪光。一行泪水悄然滑落，他赶忙伸手擦了擦脸颊。

（他在哭……）

一股莫名的感动油然而生。

"走吧，你抱着纱江吧。"男子拿起旅行袋，正要走出客厅，却又回头望向由纪，"如果你想上厕所就去吧。"

由纪顿时松了口气。她早就有了尿意，却一直没好意思说出口。

"那就让我去一下吧。"

"把纱江给我吧，"男子接过孩子，"厕所在哪儿？"

"这儿……"

穿过客厅与狭窄的走廊，便是厕所与浴室。男子跨入由纪打开的厕所房门，扫视了一圈，说道："进去吧，但我只给你三十秒。三十秒一到，我就会在外面叫你。要是你不回答……我想你会回答的，快去吧。"

他将由纪塞了进去，关上了门。

由纪憋了好久，赶忙锁上门，打开水龙头，拉下裤子坐在马桶上。忍耐多时的东西喷涌而出。得救了。事态紧迫，却反而体会到了生理上的快感。

由纪起身时，瞥见了洗脸台旁的浴室窗户。

（对了，那扇窗户后面就是隔壁人家的厨房啊！那栋房子里住的是一对年轻夫妇。我可以钻出窗户跳下去。要是那家的夫人在家，我就得救了。我可以让她报警。可纱江还在他手里，我要怎么保证纱江的安全呢……）

敲门声传来。

"由纪，好了吗？"

"来……来了！"

三十秒转瞬即逝，她甚至来不及对着镜子理一理头发。

（我的脸色一定很糟糕，头发也乱了，妆也花了。他眼中的我是什么样的啊……笨蛋！我在想什么呢！）

由纪边开门边呵斥自己。管他是怎么看我的呢！

"走吧。"

男子一手抱着纱江一手提着旅行袋与由纪的包，用眼神示意由纪先走。

"我把客厅的窗户关好了。大门钥匙在里头吧？"

走出玄关，上锁。清爽的风扑面而来。

"啊……"男子笑道，"真舒服。"

玄关旁停着辆崭新的车。白色的花冠。平时丈夫也会把车停在那儿。

（埼玉县的车牌……这人也住在埼玉县吗？）

正在由纪研究车牌号时，男子打开车门，笑道："由纪，啊，从现在起我会叫你由纪。你记车牌号也没用，那东西很容易换的。这辆车也许是北海道的，也许是九州的，谁知道呢！上车吧。"

男子将纱江交给由纪，打开了副驾驶座的车门。旅行袋放在了后车座上。

由纪上车后，男子迅速从前面绕了一圈，在驾驶座上落座。

"把门锁上，系好安全带。"

他拉出安全带，绕过由纪的肩膀，插入座位旁的插口。一瞬间，男子的手指碰到了由纪的乳房。由纪一惊，吓得浑身僵硬。

"五点半啊……五月的黄昏时分竟如此明亮。"

车缓缓行驶起来。

"去哪儿呢……天就快黑了，梅雨天的夜晚……不过无论去哪儿，霓虹灯光都会夺走夜晚的黑暗。"

汽车朝熊谷市中心驶去。旅途的尽头在何方？由纪紧抱膝头的纱江，默默凝视着前方。

点景·大泉警署

在风景画中，画家常会用人物与动物突出景致。南宗国画也会经常使用这种手法。有了这些人物与动物，自然风景就会与栖息在风景中的生物浑然一体，加深画的韵味。

在绘画的世界中，人们将存在于风景画一角的人物或动物称为"点景"。

这部小说中的各个章节也会配以题为"点景"的记述。作者想要借此机会，将绘画的手法运用在文学世界中。

在前一章中，作者聚焦了生活在埼玉县熊谷市的北条由纪，还有她的独生女纱江。并在场景中安排了一位突然来客。借男子的话说，他们即将踏上"一家三口，其乐融融的旅程"。男子的车正往熊谷市中心驶去，缓缓驶去。

同一天。也就是同一个画面中的"点景"，便是东京都练马区的大泉警署。

那天，大泉警署的署长极不愉快。

因为那天早上，他和儿子大吵了一架。儿子在今年的高考中名落孙山，正在代代木的复读学校上学，是所谓的"复读生"。但署长认为，这也是无可奈何的事，就算复读一年，也要考上一流大学。这一年的复读，定会在他漫长的人生中派上用场。他就是如此鼓励儿子的。他希望儿子能考个好大学，进入警界。这就是他的梦想。

警界看重实力，这一点在晋升制度上体现无遗。但"高中文凭"和"大学文凭"的差距显而易见。在通过警官录用考试、进入警校之前，两者的差距还不是特别明显。但从警校毕业后……

有大学文凭的人只需一年工作经验即可参加巡查部长晋升考试。但只有高中学历的人必须勤勤恳恳干四年才行。升任巡查部长一年后，大学毕业生便可参加警部补晋升考试，但只有高中文凭的人必须再积累三年的工作经验才有考试资格。考警部的资格也不一样。只有高中学历的人最多能靠业绩和能力升上警视或警视正，但大学毕业生还可以再上一层楼，当上警视长、警视监也绝非痴心妄想。

大泉警署署长在高中毕业后考入警校，吃尽了苦头才混到今天的职位。他的阶级是"警视"。但他的同学——有大学文凭的同学都升上警视长了，比他整整高了两级。

儿子出生那天，他紧紧握住病床上的妻子的手，说道："谢谢你给我生了个儿子。我要让他当警察。所以我决定给他起名'警悟'。"

他希望儿子超过自己，成为警界的高级干部。这就是他的梦想。他因此要把孩子送进一流大学的法学院。他从小就教育孩子要志存高远，可妻子那天早上的话让他大惊失色。

"警悟最近好像没去复读班啊……"

"什么？不是给他买月票了吗？上半学期的学费也交了，他不去学校能去哪儿？"

"他上高中的时候一直是乐队的主力，常在东京的比赛中拿头名呢。他还会吹萨克斯，同学朋友都夸他吹得好……"

"萨克斯？就是那种大喇叭吗？"

"是啊。他想当职业乐手，也想组织自己的乐队，所以他想考音乐大学。最近有些开在地方城市的音乐大学特别缺学生，只要有高中的推荐信，谁都能上。所以他说，与其去补习班，不如跟着萨克斯老师好好练习……"

"蠢货！岂有此理！把警悟叫来！我要好好教育教育他！"

署长与儿子的激烈争吵就此打响。

儿子想成为专业的萨克斯乐手，组织属于他自己的乐队。而父亲希望他考上一流大学的法学院，成为警官。两人好似两条平行线。署长的妻子只得不住地劝。

"我养你这么大，不是让你去吹喇叭的！"

"吹喇叭有什么不好的！音乐能带给人梦想与宁静，比起挥警棍的警官，我更适合当音乐家！"

两人越说越激动。署长自知要去上班，心生一计，说道："总而言之，补习班的课不能落下。如果你想当个音乐家，也得考个一流的音乐大学啊。复习迎考总没错。"

先稳住他，让他继续复习。只要对成绩有了信心，他兴许会尝试着考考其他大学。

署长边穿鞋边道："你给我好好想想，你现在学的这些东西总能派上用场的。"

然而在他出门之后，背后传来的竟是儿子的冷言冷语：

"哼，补习班教的能有什么用啊！我真想一把火烧了它！"

署长强忍着呵斥儿子的冲动，上班去了。走进警署落座时，他仍在气头上。不就是落榜了吗？至于闹这么大别扭吗？混账东西！他不禁骂出了声。与此同时，他脑中灵光一闪。

一切源自临出门时儿子喊的那句话。

（他说"我真想一把火烧了它"……在我们片区发生的连续纵火案，不会也是高考落榜的学生干的吧？）

大泉警署辖区内出过两起连环纵火案。第一个起火点是大泉学园町的文具店，那是十天前的事。

这家店的隔壁是家洋货店。两家店之间有块狭长的空地。文具店把很多纸板箱堆在那儿，平时会有人来收，但那天没有人来，纸板箱就那么堆着了。

犯人将灯油浇在纸箱上，点了火。勘查现场时，警员们注意到现场有一股灯油味。所幸发现得早，而且两家店的外壁用的都是防火建材，才没有酿成大祸。就是文具店的房檐被烧焦了一个角而已。警方认定，这是纵火取乐的人干的好事，那人就想看看消防车出动的热闹景象而已，便没有放在心上，只是通过居委会长提醒各家各户不要在自家附近放置易燃物品。

第二起案件发生在三天前的早晨。这次的性质非常恶劣。受害者是大泉学园大道东侧的书店，面朝关越学园大道。一楼放着杂志和普通文学书籍，二楼则是学生用的参考书和问题集，来买书的多为年轻的学生。

店门口是四扇装着厚玻璃的拉门，挂着拖地的长窗帘。门虽然锁着，可那毕竟是建于昭和三十年代的老建筑，正面的两扇拉门无法完全合拢，中间有一条缝。犯人盯上的就是这条缝。

警方在现场勘查时发现，犯人入侵时用螺丝刀或撬棍之类的东西把门缝撑大了。然后往里扔了十多张报纸，还将一张报纸卷成纸筒，插入门缝，接着再将灯油顺着圆筒倒进店里，以此纵火。这便是现场勘查人员的推理。

总而言之，火势非常凶猛，可见犯人倒了许多灯油进去。火顺着窗帘烧到了天花板，又蔓延到入口附近的木质平台上。店里满是易燃的杂志与书籍。等家里人察觉到情况不妙时，一切为时已晚。一楼几乎全被烧毁，二楼的一部分也遭了殃。消防队好容易才把大火扑灭。犯人瞅准了破晓时分，路上没有人烟的时候。

大泉警署正全力以赴搜寻纵火犯的行踪。他们增加了警员的夜间巡逻次数，刑警们则四处打听案发当天的情况，寻找目击证人。有前科的人，被警员辅导过的初、高中生是警方的重点调查对象。

（我们是不是找错方向了？）

大泉警署署长在大书桌前皱眉沉思。

署长的儿子也是个老实的孩子。街坊邻居都夸他懂礼貌。高中毕业前，他从没犯过大错，可就是因为一次失败的高考，让他完全变了个人。他的同学们都开始了丰富多彩的大学生活，只有他不得不当灰头土脸的复读生。父母还逼他去补习班上学，可这补习班里没有能让青春年少的他满足的生气与活力。我这一年，就得在这灰蒙蒙的建筑物里度过了吗？——这一份郁闷，让他吼出了"我真想一把火烧了它"。

没错，我们要调整搜查方针。

署长想找的不是那些有前科或是被警员辅导过的高中生，反而要找那些因中考、高考失败不得不去补习班上课的失意学生，尤其是那些来自地方城市，独自生活在公寓的家伙。必须把他们盯死——这便是署长的结论。受害的是文具店和卖参考书的书店，它们都和考生有关，对不对？

署长伸手拿起电话，让刑事课长与搜查第一组主任江森警部补来他的办公室。

"您找我？"刑事课长立刻现身。

"嗯，我觉得我们得改一改纵火案的搜查方针……"署长察觉进屋的只有刑事课长一人，"江森呢？"

搜查第一组主任江森警部补是本案的直接负责人。

"还没来呢。"

"迟到了？"

"应该快来了吧……他在外头跑了好多天，怕是累坏了……"

"荒唐，谁不累啊！他跟你打过招呼没有？"

"这个……没有……"

"岂有此理，你居然不知道部下在干吗？"

"非常抱歉……"

"罢了，等江森来了再说吧，咱们再等会儿。"

一小时后。十点多了，江森警部补还是没来。署长忍无可忍，又把刑事课长召来了。

"江森到底上哪儿去了？"

"我也正纳闷呢，他从没无故旷工过啊……"

"打个电话到他家去吧。"

"我打了两次了，通是通了，可没人接。"

"看来他不在家啊……"

"是啊，可他也不可能单独调查吧？而且也没跟我打过招呼。我也不知道他到底上哪儿去了……"

"江森警部补突然消失，难道是人间蒸发？"

"不会吧，只是……"

刑事课长停顿片刻后，直视署长的双眼。

"难道你有什么线索？"

"也许是我多心了，我猜这事没准跟我们收到的那个东西有关……"

"那个东西……你的意思是江森知道了那个东西的真相，为了确认，就单独去调查了？"

"毕竟这件事只有您、我和他三个人知道，其他人都一无所知呢。"

"所以他才会单独行动？"

"如果真是这样，问题倒简单了。我就怕对方加害江森。他该不会是被绑走监禁了吧！搞不好对方会以他为人质，提出无理要求。"

"那可不妙啊……是大问题……"

"这只是我的想象。"

"不，这个可能性很大。先等到天黑吧，要是他当真失踪了，就立刻行动。"

"但那之前得保密吧？"

"那当然，被媒体知道了还不闹翻天啊。这是最高机密，明白？"

"明白。"

"这可如何是好……唉，愁死人了……"

两人面面相觑，相继叹息。大泉警署由此被不祥的感觉笼罩。

江森警部补消失了，而且这似乎不是他本人的意志使然。他会不会是被某人给抓走了？署长越想越觉得事实就是如此。他的想法当然事出有因……

第二章　密室之旅

轿车左右两边是无比熟悉的街景。由纪常来这一带买东西，有些店的店员还记住了她。这是由纪习惯了的风景。

　　由纪离家前遵照男子之命，在传单上写了"我要出门两三天冷静冷静"几字。当时她问过他们之后的去向，结果男子答道："我还没决定。在车里想吧。"

　　此话当真？

　　黄昏时分，天空尚存一丝光亮。再过两小时，周围就会被黑暗包围。车不可能一直这么开下去，他准备去哪儿过夜呢？夜的来临，令由纪心惊胆战。

　　轿车在市公所入口处左转，沿着本町直行。在进入镰仓町之前，他们遇到个红灯。车停了。由纪迅速扫视左右。路上会不会有认识她的人？有没有办法求救？然而，她很快放弃了这个念头。就算有认识她的人在这附近，她也无法抱着纱江冲出去。因为安全带将她牢牢固定在了座位上。车门也锁着。解开安全带，打开门锁，抱着纱江冲出去——就算她动作再快，也得花个五六秒，一旁的男人绝不会视若无睹。

　　他确实说过："万一你想逃跑，或是想求救，我绝不会手下留情。我会立刻捅死你和纱江。"他说这话时神情郑重，话音更是十分凶狠，可见他绝不是在吓唬由纪，而是明确表态。看来她是不可能在这儿逃了。

车动了。前面还有个红绿灯。是绿灯。男子稍稍加快车速，猛然一个右转，上了仲町大道。旁边有栋八层高的大楼，墙面反射着夕阳的色彩。那是熊谷市最大的百货商店。纱江的婴儿床和襁褓都是在那儿买的。由纪望着老字号的百货店，眼眶湿了。也许这是我最后一次看到它了——恐惧和不安的感觉蔓延。

轿车驶过仲町，男子默然凝视前方。车速不快，可见男子的思绪紧张，唯恐会出车祸。由纪忍不住想，这车要是跟别的车碰一下就好了，那就有机会跑了，偏偏他开得那么小心，看来是没希望了。

车驶入男沼町。刚结婚时，丈夫昭带由纪来过这儿好几次。昭以前上班的伊豆原医院就在这里。除了大学附属医院，埼玉县内就数这家医院规模最大。

伊豆原医院占地八千坪，共有三栋大楼。由纪的娘家在熊谷市东边的南河原村。但她婚前就听说过这家医院的威名。

由纪与昭的婚礼请来了熊谷市市议会议长夫妻当证婚人。但两人与议长夫妻并无交情，只是临时请来的罢了。婚礼与婚宴的排场非常大。来宾大多是医院的人，一切费用由男方负担。这也让由纪很是尴尬。

"新郎北条昭是关东知名大医院——伊豆原医院的总务部人事主任，前途无量，深受院长的信赖，是伊豆原医院不可或缺的重要人才……"

副院长代表院方致辞。可由纪觉得他的话特别假。昭又不是医生，把他捧到天上有什么用！

刚结婚时，由纪曾问丈夫："医院的人事主任是不是很辛苦啊？"

"那当然，"昭很得意，"伊豆原医院有二十几个医生和将近一百名护士，还有会计、文秘、做检查的技师、食堂的工作人员、小卖部的店员、咖啡厅的工作人员、保安和清洁工。录用新人、退休离职都是我跟总务部长的工作。我们医院的规模比你们南河原村的公所还大呢。而且医院里有很多年轻医生，常跟护士纠缠不清，我还得帮他们擦屁股。每年两次的奖金发多少也由我定，所以医院里的人都敬我三分。年轻护士都缠着我讨好我，可我不会多瞧她们一眼。由纪啊，这一点你大可放心，我们医院里没有比你漂亮的女人。"

由纪听得羞红了脸。她沉浸在初为人妇的幸福感中，觉得丈夫无比可靠。

我还有过这种日子啊——由纪不禁感叹。可如今的昭已不在伊豆原医院工作，而他们的婚姻也快破裂了。

男人的声音打断了由纪的短暂回忆。

"啊，那就是著名的伊豆原医院吧？"

轿车右前方出现了一栋被绿树包围的回字形白壁建筑物。

"好大啊，听说那是父子两代人缔造的大医院，当地人都管它叫'伊豆原王国'呢，据说医院里还有网球场和门球场。"

……

"你也去过的吧？你丈夫不是在那儿工作过吗？"

"你怎么知道？"

"我还知道他跳槽了——民生自由党议员梅津悠作的事务所，对不对？好像是私设秘书，对吧？说到那个梅津悠作，真是熊谷市出身的政治大腕……"

"你连这都查出来了？你到底是何方神圣？是报社记者还是私家侦探？"

"梅津议员是民生自由党的实力派政治家，连续七次当选，也当过医疗行政的最高领导人。他妹妹就是伊豆原医院的院长夫人。"男子没有回答由纪的问题，突然恶狠狠地说道，"钱权尽握，双方的未来都有保障，这世界就是这么肮脏。"

"你那么讨厌梅津议员和伊豆原医院啊？"

"确实不大喜欢。"

"所以你就恨屋及乌了？可是，你讨厌医院跟绑架我们母女有什么关系啊？告诉我啊，你到底有什么目的？为什么要把我跟纱江关在车里？你要拼命去完成的工作，就是折磨女人和孩子吗？"

"唉……"男子瞥了由纪一眼，苦笑道，"女人当了母亲果然会变得坚强，没想到你这么温柔的人居然会说出如此尖锐的话。可惜我暂时不能把目的告诉你。你总会明白的。不过，我不会一直把你们关在车里的，我正想让你们下车呼吸呼吸新鲜空气呢。"

男子靠边停车。

仪表板上放着几张地图。有从杂志上剪下来的，也有手绘的。男子拿起地图，凑近看了看。车里越来越暗了，窗外暮霭荡漾。

"沿着这条路一直走就是利根川了……刀水桥……过了就是群马县……"

"你要去群马县？"

"不，那之前我有个地方要去，你知道'绣球花寺'吗？"

"就是能护寺吧？"

"你知道啊？没错，它的正式名称是能护寺。你去过？"

"昭开车带我去过一次。"

"哦？那你知道该怎么去吧？"

"再往前开一点，好像有个挂着'刀水桥'牌子的红绿灯。在那里左拐，一直开就到了……"

"那好，先去那边看看吧，也让纱江透透气。她真是乖巧得惹人怜爱……纱江，对不起啊，马上就能出去了……"

男子踩下油门时，由纪问道："请问——"

"嗯？"

"现在去能护寺也看不到绣球花吧……"

"没开吗？"

"绣球花的花期是六月中旬到下旬。"

"是吗？可埼玉县的观光手册上写着'五月到六月，寺内五百余株红、白、淡紫、粉色的绣球花争奇斗艳'……"

"那是他们写错了，要不然就是你把'五月底到六月'给看错了。总之，开得最盛的时间是六月。"

"大概是我看错了吧。由纪，你跟你丈夫是什么时候去的？"

"去年五月下旬，正好是花快开的时候……"

由纪说完不禁紧咬下唇。

回忆喷涌而出。那时，两人的关系还很融洽，不过昭周围总有女人的影子。她跟母亲抱怨过这件事，但母亲劝她："只有一两次就算了，别老气呼呼的。如果是坐吧台的女人，就更没必要跟她们一般见识了。男人啊，到头来总是会回家的。谁闹谁输。当年你爸也经常拈花惹草，把我给气得呀……可是他在世的最后十年真的对我很好。只要有了孩子，昭一定会改，会当个好爸爸的。他妈妈那么反对，他不还是娶了你吗？这说明他是真喜欢你。你就当他看准你是个温柔的人，所以才这么任性。最后啊，他还是会回到你身边的。"

由纪对母亲的话深信不疑，有意识地不去纠结丈夫身边的肮脏味道。她知道母亲是传统的女人，但传统的女人都很坚强，值得她去学习。

日子一天天过去……

就在两人参观绣球花寺的第二天，那个人来了。这次无关紧要的访问，成了夫妻之间无法逾越的鸿沟。

"那家伙就是你的情夫？"

昭醋劲大发，死死追问。由纪很清楚，在背后煽风点火的正是婆婆民子。

不久，由纪察觉了身体的异样。她怀孕了。

"哼，我可不想帮他养野种。你去给我把孩子打了！"

昭残忍地撂下这句话。这肯定也是婆婆民子出的馊主意。

纱江出生那天，民子甚至没来医院探望。住院的准备工作是由纪的母亲帮着做的，分娩时也是母亲一路陪着。

"自己的孙子都不来看一眼……太过分了，"母亲眼泪汪汪，"由纪啊，实在不行就算了，想回来就回来，别委屈了自己。"

"我不能走。要是走了，岂不是承认他们的污蔑？我不会让他们这么侮辱我！我决不让纱江变成没爹的孩子！妈妈，我会努力的，我会为了这孩子奋斗的！"

昭与婆婆民子无法将由纪告上法庭，只因他们没证据证明由纪"红杏出墙"。当然，由纪也不准备协议离婚，于是两人的婚姻就这么风雨飘摇到了现在。

在能护寺欣赏完绣球花的第二天，那个人来找我了。一切因此而起。责任自然不在他身上。都怪昭的嫉妒心太重，才会冒出如此荒唐的想象。谁知寺庙内鲜艳夺目的各色花朵，竟成悲伤的回忆，深深烙在眼底——

"啊，就是那儿……"正在开车的男子兴奋地喊道，"到了到了，让纱江出去透透气吧。山门关着啊……能进去吗？"

车停了。

"由纪，你也出去吧，解开安全带。"

男子顺手将由纪膝头的纱江抱起，开门走了出去。由纪赶忙跟上。外头虽然没风，但空气中洋溢着五月的香味，与车里的截然不同。由纪深吸一口气，品味着短暂解放带来的安心。

能护寺的山门没有华美的装饰，非常朴素，但一看就能感受到开山一千两百年的传统底蕴，不愧是千年古刹。

山门紧闭，旁边竖着一块小木牌。

"开门时间：六点至十八点。冬季为十七点。"

"坏了，早知道就该早点出门……"

男子抱着纱江来到山门前。他看不见正面的本堂与钟楼——那里，五百多棵绣球花长满了厚重的绿叶，正静候开花的一刻。隔着紧闭的山门，他们只邂逅一片寂静。

男子抱着孩子在山门前深鞠一躬，久久没有抬头。由纪凝视着他的背影。

（那家伙会向佛祖祈祷什么啊……）

男子终于抬起了头，还轻声说着些什么。由纪竖起耳朵。

"我来绣球花寺了。很遗憾，花还没开。要是六月中旬就好了，可惜时间没算准。不过我总算来了。在我的想象中，眼前就是一片盛开的绣球花，五颜六色。那……我走了。"

他在跟谁说话？不是怀中的纱江。他好像在与远处的某人隔空交谈。

由纪越来越搞不懂这男人的身份了。用刀威胁她，将她们带到这儿的凶犯，居然有闲情逸致参观绣球花寺，还和不在场的人说些莫名其妙的话。

"走吧。"男子回到由纪面前，"纱江，让妈妈抱吧。"他将纱江交给了由纪，"上车吧。"

男子打开副驾驶座的门，催促由纪上车。自己也坐回了车里。男子的动作没有丝毫多余。柔软的身体，做出行云流水的动作。看着十分养眼。

"把门锁上。系好安全带。"

都说出车祸时，安全带和门锁能救命。但对现在的由纪而言，它们不过是拘束她的刑具。无奈的是，她只能照办。

车动了。

由纪问道："你不是熊谷人吧？"

"你怎么知道？"

"要是你住在熊谷，随时都能来绣球花寺，还怕看不到花？可你刚才说的是你总算来了，就像是在跟什么人汇报一样……"

"啊，你听见了啊。我在跟佛祖说话呢。"

"骗谁啊！反正你肯定不住在熊谷，但你的车是埼玉牌照……喂，你到底住哪儿，是干什么的？为什么要掳走我们？你不像是会做坏事的人啊，是别人让你这么干的吧？到底是谁？告诉我啊……"

"唉，由纪啊，你这'十万个为什么'可不是我现在能回答的。倒不是不能告诉你我住哪儿……"

"你住哪儿？"

"居无定所。我没骗你，我现在真是居无定所，四海为家。"

"有人在追杀你？"

男子默然片刻，幽幽说道："现在的我，就是漂泊天涯的犹太人。"

"犹太人？你是犹太人吗？"

"我只是打个比方。那是传说，说神话也成。和耶稣基督有关的神话。由纪，你听说过基督教吧？"

"听是听说过，但不大了解。我们村里有个牧师，有时会上门发那种写着教义的小册子……"

"没错，就是那个基督。他是犹太人，但他传播的思想惹怒了当时的犹太教领导者。于是他被判处了极刑。这是我以前在书上看到的，记得不是很清楚……"

"你的意思是你跟基督一样被判刑了？所以要到处逃窜？所以你才把自己比作漂泊天涯的犹太人？"

"不。"男子微微一笑，轿车在住宅区间的小路上行驶，"耶稣是在哥耳哥达山上受的刑。他背着十字架，在看守的监视下一步步迈向刑场，走到半路实在累坏了，就想在一户民宅稍微休息一下，大概是想喝口水吧。不料那家的男主人不仅没给他喝水，还将他骂了个狗血淋头，朝他丢石头，把他赶了出去。"

"天哪……然后呢？"

"你对这种故事有兴趣吗？"

"你管我有没有兴趣呢！说说话总比闷声开车好啊……"

"原来如此，说说话也能缓和一下紧张吧，那我就讲下去。当时耶稣跟那人说了一句话——在我重回人世之前，汝将无尽徘徊。"

"然后呢？那个男人怎么了？"

"耶稣被处决之后，那个犹太男人在某种力量的驱使下离开了家，漫无目的地走啊走，无法休息，也无法停止，就跟幽灵一样四处漂泊，想死都不行。他成了永恒的流浪者，徘徊的犹太人。"

"那……那个犹太人还在走吗？"

"也许吧，但这是当时的神话……有很多人对这个神话抱有兴趣，并根据它写了各种各样的小说。日本也有这样的作品。芥川龙之介的……"

由纪惊叹道："你的知识好渊博啊。你一定看过很多书吧？简直跟大学教授一样。"

"哪里哪里，我只是从小爱看书罢了，还依稀记得一点。"

"我最羡慕知识渊博的人了……我只有高中文凭，脑子也不好使，所以昭常笑话我再这么下去一定会被家人抛弃，离开家四处漂泊……刚才的故事说得我感同身受。那个犹太人好可怜，好悲惨……"

由纪正品尝着某种不可思议的感情。

我为何会和他聊起来？为何会仔细听他说的话？这个男人坐在我旁边，手握方向盘。他可是绑匪啊，他用刀威胁我和纱江，将我们掳走，把我们关在行驶中的轿车里。我应该害怕他、憎恨他才对，可我竟没有对他产生激烈的憎恶，反而有些许亲切感。我才离家四五十分钟，出门前的那种恐惧就变淡了……

为什么？由纪扪心自问。因为他对纱江很温柔吗？因为他的用词很有礼貌，态度也很正经吗？有可能，但也不仅仅因为这些。

也许是因为，由纪在这个男人身上看到了丈夫昭所没有的东西。那是她在婚前，在少女时代反复在心中描绘的，理想中的"男性"形象。

然而，她不愿坦承这一点。他是个可恨的男人，却又无法打从心底里恨。由纪已无法掌控自己的感情。

驶出狭小的住宅区后，视野一下子开阔了。左右两边都是平坦的田园。远处还有民宅与工厂。井井有条的田地里种着刚发芽的大葱，形成一条条整齐的直线。尖尖的绿叶径直插入黄昏的天空。

"啊，那就是著名的深谷大葱吧？"男子瞥了眼由纪的脸说道，"这里的大葱的白根比较长，而且很甜。什么时候收获啊？"

"应该是秋末吧……我也不是很清楚。这儿是深谷？"

"没错。我们在深谷市南边。话说纱江平时都是什么时候睡的？"

"七点半多吧……睡前洗个澡，八点前肯定让她睡下。"

"对哦，还得洗澡……差点儿忘了。纱江，很快就到了，洗个澡，再吃点奶就能睡觉了。得抓紧了……"

轿车加快速度，继续开了三十多分钟。

马路越来越宽。迎面而来的车都打开了车灯。

远处灯光闪烁。越是接近，光的密度就越大。天空被红色雾霭所包围。霓虹灯光，染红了夜空。

周围已是一片夜色。

男子在半路上停了一次。他打开车里的灯，仔细看了看那张手绘地图。

"嗯，没错，右边有个公民馆，刚开过那个加油站。在第二个十字路口左转……嗯，知道了。"

由纪迟疑地问道："这是哪儿啊？"

"本庄市郊外，但我们不去市内，再开四五分钟就到了。"

车再次开动时，之前很安静的纱江开始闹了。她扭动身子，甩开由纪的手，大哭大喊。也难怪，她上车之后一直保持同一个姿势，被由纪从身后抱着，自是疲惫不堪，心情岂能好得了！

"乖，乖，别哭了，对不起啊，那就换个姿势。乖，别哭了别哭了，纱江乖……看，好多漂亮的灯哦。好看吧？"

由纪抱起孩子，左右动了动，好让她看到周围的风景。纱江见眼前的景色不一样了，很是稀罕，立刻收起了眼泪，不停地摆动双腿，享受难得的自由。

车驶入狭窄的小巷。星星点点的路灯，照亮没有人影的马路。稍微开一点，右前方便出现了一栋大型建筑物。屋顶上有一块红色的霓虹招牌，写着三个大字——梦乐庄。

"到了。这就是我们今晚的住处。"

车缓缓驶入建筑物前方的树丛。

由纪很快意识到，这里并非普通的酒店或旅馆。没有玄关，也没有前台。当然也没有人出来迎接。整栋楼寂静无声。

"这是什么地方？怎么没人啊……"

"外国人管它叫'汽车旅馆'，日本人管它叫'情人酒店'。"

"天哪，"由纪不禁皱眉，"这么下流的地方……"

"下不下流，全看住客的心。还是说你往下流的方向想了？"

"胡说八道！"

由纪气得别过头去。这话听得她浑身发烫，心跳加速，脸颊都红了。

要是让那人瞧出来了，该有多难为情啊。

通道左右两边有好几个拉着卷帘门的车位。有的车位亮着写有"准备中"字样的霓虹灯。

男子找了个卷帘门还开着的车位。

"下车吧。"

男子催促道。他迅速走下车，按下墙上的开关。由纪下车时，静静下落的卷帘门已将车与外界的通道完全隔离开了。由纪顿时有种与世隔绝之感。她被丢进了无处可逃的密室。这份孤独，让她紧紧抱住纱江娇小的身子。她只能与小女儿相依为命了。

男子取出由纪的旅行袋，又打开轿车后盖，拿出一个大号纸袋。纸袋用很厚很牢的纸张做成，跟旅行袋差不多大。里头到底装了什么啊？鼓鼓囊囊的。

"入口……啊，在这儿。"

他打开小门，将由纪推了进去。

"进去吧。"

他也跟了进去，将门反锁。

眼前是一条非常陡的楼梯。只够一个人走。男子轻轻推着由纪的后背，是让她上去吧。由纪无法拒绝。

由纪仿佛步入刑场的囚犯，耷拉着脑袋，沿着狭窄的楼梯缓缓上行。男子就在她身后。

这是由纪第一次进情人酒店。

她只在小说和电视里见过个大概。那是专为男女情事准备的房间。见不得光的男男女女会在这隐蔽的房间里度过疯狂的情痴一刻。肉体与肉体缠缠绵绵，大汗淋漓，沾满淫乱的浆液，谱写奔放的痴态。由纪还以为——只要进了情人酒店的房间，就会染上肮脏的味道。这就是她对情人酒店的固有印象与认知。

然而男子打开房门后，映入眼帘的是豪华的水晶吊灯。房间的华美教由纪大跌眼镜。

房间非常大。地上铺着血红的地毯，周围的墙壁则统一为白色，但有些地方点缀着些许银粉，反射着吊灯的光。正面应该是扇窗户，但拉着厚重的紫色百褶窗帘。

房间中间有张硕大的双人床，明确表现出这间屋子的用途。白色床罩上放着两个枕头。枕边的床头柜上有茶壶、两个茶杯和一盒纸巾。这间房间，就是为男女幽会准备的。房间的主角，就是中间的那张大床，其他装饰品不过是用来营造气氛的配角。

（好俗的房间……）

由纪在心中感叹。然而，她只能对着俗气房间中间的大床干瞪眼。

（他会逼我睡在这儿吗……）

男子与由纪一同站在入口，环视房间。

"先进去吧。"

男子催促道。他关上了门。墙边放着两张矮沙发，前面则是一张茶几。

男子走到沙发跟前，将纸袋放在沙发旁边，又从由纪的旅行袋里拿出纱江的哗啷棒。那是他临出门时塞进旅行袋的。

"给，这是纱江最喜欢的哗啷棒哦。"

由纪还站在原地。男子来到她身旁，将玩具塞进纱江手里，继而拍了拍由纪的肩膀，说道："休息一下吧。你总不能站一晚上吧。"

他揽着由纪纤弱的身子，将她引到沙发旁，让她坐下。

桌上放着一本皮封面的说明书，写有"梦乐庄客房说明"字样。男子拿起说明书，扫了几眼后，便走到了床边的电话机前，拨了一个号码。前台接了电话。

只听男人说道："我要过夜，是不是太早了？啊？要加钱？没关系，再来两份晚饭……是吗？那就要两份高级寿司。早餐就要说明书上的套餐，也是两人份。寿司八点半送来就好。退房……九点半到十点吧。怎么付钱？哦，知道了。"

男子放下听筒，走回来道："先给纱江洗个澡吧。跟我来，只有妈妈知道该放多热的水。"

男子的动作与语气十分麻利，由纪只得跟上。怀中的纱江动了动小手，哗啷棒丁零作响。

房门边的墙上挂着个藤衣架。下面则是藤编的衣筐，里头有叠好的浴衣与毛巾。

男子推开衣架旁的门，打开电灯。那是化妆室。贴着白色瓷砖的墙壁与洗脸台上的白色陶器显得非常干净。右边是洗手间。推开正面的房门，便是宽敞的浴室了。

墙边有个椭圆形的粉红色塑料浴缸。边缘十分圆润。泡起来一定很舒服。家里的那个四角形瓷砖小浴缸根本没法比。墙边还放着两盆观叶植物，在白色瓷砖的衬托下分外翠绿。不知不觉中，由纪竟开始用家庭主妇的眼光看待这个浴室了。

男子拿下插在浴缸上方的喷淋头，扭开水龙头，用热水仔细冲洗了浴缸的各个角落，而后关上水龙头，对由纪笑了笑，露出一口洁白整齐的牙齿。

"保健所常会来这种地方检查，所以他们的卫生工作做得很好。客人也会选择干净的酒店住。但要洗澡的是纱江，总得多长个心眼儿。"

由纪默默听着。男子的每一个字，都能温暖她的心。

只见男子同时打开水龙头上的两个开关，用手指确认水温，调整冷水和热水的比例。

"这个温度应该差不多了吧？你试试看。"他说道。

由纪伸手摸了摸，点点头。

"那就去外面准备一下吧。"

由纪照办了，没有任何抵触，她的身体自然而然地做出了反应。

她让纱江躺在床上，脱了她的衣服。刚换好尿布，男人就回来了。他摊开酒店的浴巾放在床上，又拿出了五六个塑料袋。

"这些袋子是我带来的。尿布和其他垃圾可以塞进袋子里，明天找个地方扔掉。先给纱江洗澡吧。由纪，你可以跟她一起洗。"

"我就不用了……"

"你不跟她一起洗吗？"

"不，我给她洗洗身子就好了。"

"平时也这样？"

"总之我不洗……"

"是吗？那随你吧，洗完了记得把塞子拔了。"

说完，男子便一屁股坐在了沙发上。由纪用男子摊开的毛巾裹住一丝不挂的纱江，抱着她走进浴室。

由纪用塑料桶舀了点热水，将纱江轻轻放进去。小屁股坐进去刚刚好。平时她总会边说话边给孩子洗，可今天的她一言不发。纯真无垢的四个月女婴，竟会在情人酒店的浴室洗澡。由纪越想越不是滋味，恐怕房里的男人也是怀着这种心情帮她洗浴缸的吧。

　　对不起啊，纱江……由纪默默道歉，轻轻抱起孩子柔软的身体，将她横着放进蓄满水的浴缸，用一只手托着她的后脖颈。娇小的身躯浮了起来，热水哗啦啦地溢出。由纪这才察觉到她还没脱鞋。管它呢。穿着鞋，袜子就不会湿了。

　　纱江的身体在透明的热水中悠游。她眯着眼睛，张着小嘴巴，露出粉色的小舌头。泡澡时她总会露出这种表情。

　　片刻后，纱江雪白的肌肤越发红润，脸也泡红了。

　　"暖和了吧？妈妈帮你擦干……"

　　由纪用浴巾裹着纱江回到房间。男子已换上白色长袖衬衫与深蓝色的运动裤。不知他是什么时候换的衣服。他正盘腿坐在沙发上，在茶几上奋笔疾书。

　　他见由纪回来，便道："洗完了？让她多玩会儿不是挺好吗？"

由纪答了句"不用了"便将纱江放在了床上。擦完汗水之后，她为女儿换上新尿布，再套上带来的睡衣。她自己也躺在了小女儿身边。背对着男人敞开衣襟。纱江的嘴唇贪婪地吮吸着乳汁……

睡熟后，纱江才松开乳头。由纪拉起羽绒被，轻轻盖在她身上。她坐起身，呆呆地望着女儿的睡脸。

接下来该怎么办啊？

孩子睡着了。她无所事事。男子好久没发话了，一直在写东西。沙发还有空位，但她实在不想坐过去。在家时，她常会在陪纱江睡时打个盹，可现在的她哪儿有那个闲工夫。伸长了腿躺在床上实在太危险了。男人也许会误会她在勾引他。正襟危坐，是对男性欲望的无言防守，也是她用来抵抗的姿势。

由纪将双手放在膝头，耷拉着脑袋。这时，她忽然察觉了些许异样。刚进屋时，床上明明有两个枕头，可现在只剩一个了。另一个枕头呢？她看了看床的周围，却没有找到。她轻轻扭过头，望向男子。沙发旁边有一块黄色的毯子，上头便是那个失踪了的枕头。

（他要睡沙发吗？）

无论男子睡在哪儿，都无法保证她的安全。他可是掳走妇女儿童的逃犯啊。对他而言，这是一场拼上性命的逃亡。别看他表面平静，非常绅士，心里定是充满了不安与恐惧。为了逃避不安，为了缓解恐惧，男人总会将魔爪伸向女人。他的绝望感将在我体内爆发。那个时刻会在何时来临？由纪只觉得血液将要倒流。

保护纱江，保护自己。我有这种力气吗？有这种本事吗？她凝视着膝头那纤细的手指，描绘出空虚的想象。

房间里鸦雀无声。空气纹丝不动，静得叫人毛骨悚然。从建筑物的规模看，这栋酒店里至少有十对、二十对男女，可由纪竟听不见丝毫动静。完全没有人的气息。

情人酒店，与外界的视线与声音完全隔绝的，密室。在屋里叫得再响，再怎么哭喊，都不会有人听见。（妈妈，我该怎么办啊……）由纪在心中呼唤远在娘家的母亲。（妈妈，救救我啊……）

嘎吱！男子突然起身了。由纪身子一僵，朝男子望去。

男子伸了个大懒腰，左右晃了晃手臂，做了两三次伸展运动，再将写到一半的文件塞回纸袋。他打开房门附近的冰箱，取出茶具说道："由纪，过来坐吧，我去泡茶。"

由纪赶忙下床说道："啊，我来——"

说到一半，她突然停住了。干吗要给他泡茶啊！想喝茶，让他自个儿泡呗。可看见他端出茶具，她便下意识地说出一句，我来。家庭主妇的惯性。她气自己的不争气。

男子将茶包放进茶杯，拿起冰箱上的电热水壶倒了点水。

"请。"

他示意站着的由纪过去。她也不能老杵在床边，便战战兢兢地坐在了他身边。

"离家后你没喝过一口水，一定渴了吧。"

"这水不行啊，没烧开。"男子举杯喝了一口，突然看了看电热水壶的插座，说道，"果然没插好。这杯就倒掉吧。"

男子拿起两个茶杯，去洗脸台把茶倒掉，很快走了回来。

"凉茶没味道，也没香味。喝了心情也会变糟的。这种心境……嗯，用'今晚纵声痛哭吧 旅店的凉茶 勾起痛楚'来形容真是再贴切不过了。"

由纪盯着男子，问道："你是为了哭……才住这儿的？"

"啊？我？你误会了，我说的是啄木的短歌。你听说过石川啄木吧？"

由纪点点头。石川啄木是著名的歌人，这点常识她还是有的。

"世人只知道啄木是歌人，但他原本是诗人。但他的诗并没有受到太高的评价。而且光靠写诗实在吃不饱饭，于是他就开始写小说了，还写了不少，但也没有卖座的作品。真是讽刺。他是个无名诗人，也是个不成气候的小说家。他为了自我安慰，便开始写短歌了。他本人是抱着自我娱乐的心态写的，没想到那些短歌抓住了人们的心……啊，糟了，我又开始说些无聊的事儿了。我这就去烧开水。喝点热茶吧。"

"没关系，我最喜欢听这些了，而且我还能背出一首啄木的作品。"

"哦？哪一首？"

"是我妈妈教给我的。当年她上过高等女校，文学细胞比我多多了。她都六十多岁了，还经常去公民馆参加短歌俱乐部的活动呢！"

"真是位知书达理的好妈妈。你的家境一定很好。"

"好什么呀！我出生在熊谷市附近的南河原村，是利根川流域最小的农村。而我们家是村里最穷的人家。为了凑钱上高中，我不得不每天早起去送牛奶。我妈妈还在村子的拖鞋厂工作呢。"

"拖鞋？是穿的那个吗？"

"嗯，我们村的拖鞋生产量是全国第一，每年两千多万双。这也是我们村唯一的过人之处了……"

"噢，这我倒是头回听说……"

水烧开的响声传来。

"差不多了……"男子喃喃起身，换了个新茶包，倒上热水，放在桌上，"这回泡出颜色来了。"他喝了一口，"你也快喝吧。"

"好。"

由纪伸手拿起茶杯。从下午到现在，她滴水未沾，渴得不得了。清茶的淡淡苦涩，竟会变得如此美味。

"话说回来，"男子将空茶杯放回茶几，"你刚才说你会背啄木的短歌……让我猜猜看你会的是哪一首吧。是不是这首——'在东海小岛的白色沙滩，我泪流满面，与螃蟹嬉戏。'"

由纪摇了摇头。

"噢，你妈妈教给你的是吧？那大概是这首吧——'玩耍着背了母亲，觉得太轻了，哭了起来，没有走上三步。'"

由纪再次摇头。

"不对啊？比较有名的作品有'带着石头逃离家乡，这份悲痛，永不消逝'、'轻唤名字，不禁泪流，再也回不去十四岁的春天'、'生气之时，必定打破一个缸子，打破了九百九十九

个，随后死吧'——都不对啊？那是哪首啊？要是有提示就
好了……"

"我妈妈在拖鞋厂上班。"

"这就是提示？"

"我们村的拖鞋都是手工制作的，要将材料弯曲、折叠，
再缝起来。妈妈下班回来后总是让我跟爸爸先洗，她最后一
个洗，然后再往手上涂点护手霜，看着那双手——"

"我猜到了！"男子举手打断由纪，微笑道，"'虽然在工作，
可生活并不轻松，凝视双手便知'——是这首吧！"

由纪笑道："回答正确！"

这是何等不可思议的光景。不，用"不自然"来形容应
该更贴切。由纪面前的男人是个绑匪，他强行掳走了她与年
幼的孩子，将她们关在密室里。她不知道他有何目的，唯一
确定的是有人在追杀他。这个男人很危险，她必须提高警惕。

而由纪竟兴趣盎然地听着男人讲故事，随声附和，还讲
起了娘家的事与母亲的日常生活。不是在回答男人的问题，
而是她主动说出来的。而且见男人猜出了啄木的作品，她还
笑称"回答正确"，就好像在和亲昵的朋友聊天一样，语气中
充满了调笑。平日里的由纪岂会如此！

由纪并未察觉到自己的变化。

当然，她对男子仍有戒心。这家酒店的客房都是密室，
她仍在担心男子会不会盯上她的身体。

即便如此，她仍被男子的话语所吸引，与他谈笑风生，
而且她很享受这段对话。真是种难以理解的心态。由纪自己

也无法解释这种不自然的情况。

男子讲起了"漂泊天涯的犹太人"的故事，石川啄木的故事，还有啄木的短歌作品——婚后，由纪一直渴望着能与人讨论这些话题。由纪从小爱看童话与小说，也许是受了母亲的影响。上初中时，她几乎将学校小图书馆里的书看光了。上高中后，她的读书欲越来越强，还会将校图书馆借来的书借给母亲看，与母亲讨论读后感。那也是她最幸福的时刻。

由纪早就放弃了去大学深造的念头。书本是她唯一的心灵支柱。一书在手，未知的世界豁然开朗，好不欣喜。

小说中描绘了由纪从未经历过的无数人生。作者的华丽空想编织出的故事也刺激着由纪的想象。她也能张开空想的双翅，翱翔在故事的世界中。这便是由纪的青春。

与昭结婚时，由纪对丈夫书架上寥寥无几的书本大失所望。

高尔夫球入门、麻将必胜法、男女交际礼仪、色情女性的暴露写真集。全是些她连翻都不想翻的书。

婚后，昭也从没提起过文学、小说之类的话题。他会聊的只有医生与护士之间的桃色新闻，还有如何向药品公司要回扣的窍门。

对比之下，这名男子的话语深深滋润了由纪干涸的心灵。他的每一个字，都满足了她的渴望。由纪就跟变了个人似的，两眼放光，仔细听着男人的每一句话。这一刻，她回到了南河原村的少女时代。

"你研究过啄木的短歌？"

"没有啊。"

"那你为什么这么懂啊？"

"因为啄木是我的故乡的骄傲。他是我们那边诞生的英雄人物。"

"啄木是哪儿的人啊？"

"东北地区岩手县南岩手郡的日户村。但他两岁那年搬去了涩民村。'总而言之，我爱涩民村，回忆中的山 回忆中的河'——对他而言，那个涩民村才是他的故乡，我就出生在那附近。"

"那你从小就读他的短歌喽？"

"不，上初中后才开始研究的。那一带的学校总会备一套啄木全集或歌集放在图书室里。我初二那年，学校来了位中年的国语老师。他是啄木的狂热崇拜者。每次上语文课，他都会朗诵几首啄木的作品，大概能背个几百首吧。"

……

"初三那年，他给我们布置了暑假作业。从啄木的歌集中选取二十首喜欢的作品，写读后感。我就是从那时开始读啄木的。啄木的歌浅显易懂，直截了当，中学生也不存在理解的问题。我也跟那位老师一样，一头栽进啄木的世界。说来真是不可思议，我最近看什么书都记不住，上中学时看的东西却记得很清楚。"

由纪深有同感。她也还记得上高中时看的夏目漱石的《草枕》："边沿着山路上行边想。用智，会棱角毕露；随情，会身不由己。"

"那你选了哪几首作品啊？"由纪问道，"说给我听听吧。"

"这我就记不清了。"

"总能记得一两首吧……"

"嗯，那就……"

男子突然不说话了。是在回忆吗？由纪瞥了他一眼。

"由纪。"

男子转向由纪。温柔的表情消失不见，凝视着由纪的眼神异常深邃。

"石川啄木只活了二十七年。他在短暂的生涯中，创作了一千多首短歌。我希望你能记住其中一首。"

"哪首？"

"知道这首歌的人并不多——'森林深处传来枪声，那是，自寻死路之声的美妙。'"

"能再说一遍吗？说慢点……"

男子重复了一遍。由纪也跟着男子念念有词。

"这首歌讲的是自杀的人吧？"由纪问道，"有人在森林里举枪自杀——"

"那是啄木的空想。他有点自杀欲，作品中有好几首和自杀有关，但你不用去记其他作品，记住这一首就好。"

"可为什么要我记……"

"你以后会想起这首歌的，不，是我希望你能想起来——"

男子百感交集，哽咽了，声音在颤抖。

这时，门后传来门铃的响声。

"啊，晚饭来了。不好意思，请你帮我加点水吧。"

男子起身走出房间。由纪看了看手表——八点半。

不眠之夜渐深。

由纪穿着来时的衣服，默默躺在纱江旁边。

男子把房里的灯都关了，唯有枕边的台灯发出黄色的微弱灯光。

男子将沙发与小茶几搬到门口，把立式台灯拉到沙发旁边，弯着腰继续写东西。

之所以把灯搬远一些，怕是为了让由纪睡个好觉吧。但由纪非常清醒，实在睡不着。

方才吃晚饭时，由纪勉强吃了两个寿司，便放下了筷子。

男子见状问道："你不喜欢吃寿司？要不点些别的吧？"

"不了，我没食欲。"

"那怎么行！纱江还在吃母乳吧？妈妈营养不良，就出不了奶水，还会影响纱江的发育。不是你在吃，是纱江在吃。这么想总能吃得下去了吧？来，再吃一个。"

男子很会劝人。由纪伸手又夹了一个。

"嗯，总能吃得下的。话说你刚才吃的是虾蛄吧？你知道虾蛄的英语吗？"

"不知道……"

"虾蛄就是停车的地方，所以虾蛄的英语是 garage。"①

由纪不禁喷饭。

"怎么跟落语②似的……"

"我就是听落语学的这个段子。终于把你逗乐了，人一笑啊，胃的蠕动就会变快。再吃个金枪鱼寿司吧。去寿司馆的时候，有些人为了装懂行，会把金枪鱼叫作 toro。"

"啊，我听说过……"

"那你知道为什么要把金枪鱼叫作 toro 吗？"

"又是落语？"

"不，你先吃吃看……细嚼慢咽，知道了吧？金枪鱼的口感柔软，入口即化，入口即化不是'torori'吗？于是金枪鱼就变成 toro 了。"

"听着还是很像落语的段子啊……"

"不，这是真的。据说以前在东京日本桥有一家很有名的寿司馆，客人们都说那家店的金枪鱼一碰到舌尖就化掉了，美味得难以言喻，一传十十传百，toro 就变成了金枪鱼的代名词。这是我在书上看到的。"

说着说着，男子面前的寿司桶便空了。

"你看，我都吃完了，可你的还有剩的。"

"可我吃不下了……"

"那就这么办吧。这个海苔卷，你知道它叫什么吗？"

"河童卷？"

---

① 日语"虾蛄"（shako）和"车库"读音相同。
② 日本传统曲艺形式，类似我国的单口相声。

"没错。米饭里夹黄瓜。那你知道它为什么叫河童卷吗？"

"我怎么知道啊……"

"你说说看呀。要是说不清楚，那就只能请你把这两个河童卷吃掉了。要是说清楚了，就算我输，我会把你剩下的都吃掉。"

"这怎么行！我懂的哪儿有你那么多啊……"

"那这两个河童卷就对半分吧，怎么样？这样就能吃完了，让我们为河童卷干杯吧……"

由纪被男子轻松的口气逗乐了，便夹起河童卷吃了下去。边吃边笑，边吃边聊。那是由纪阔别已久的愉快氛围。

"我吃饱了。"

"都解决掉了，不错不错。"

"那就告诉我吧，为什么这种黄瓜卷要叫河童卷啊？"

"啊，其实啊……我也不知道。"

"啊，上当了！"

"我还专门问过寿司馆的大叔，可他们也不知道，还笑话我说'一直是这么叫的，有什么好问的啊'，可我还是很好奇，就查了查字典。"

"查到了吗？"

"嗯，在'河童'的词条里有。河童是一种想象中的动物，住在河川与陆地，身材跟孩子一般大，全身的皮肤是带着绿色的黄色，头顶有个装水的盘子……后面还带了一句：'是黄瓜的别名。'"

"别名？"

"就是说黄瓜也叫'河童'。可为什么会有这种说法呢？字典上也没说清楚。"

"我想知道的就是这个哎……"

"不过我大概能猜到。你想啊，河童的皮肤是带着绿色的黄色，跟黄瓜不是很像吗？身材跟孩子一样，也就是瘦瘦小小的，这也跟黄瓜很像。河童头顶有个装水的盘子，而黄瓜头顶也有个瓜蒂，摘下瓜蒂，就是个凹下去的地方，这不是跟'头顶的盘子'很像吗？也就是说河童和黄瓜很像。古人的想象力很丰富，于是就……"

"好厉害！还真是哎！所以黄瓜卷才叫'河童卷'吧！"

"这只是我的猜测。也许仔细查一下能找到更准确的说法。只是从些许线索出发，通过推理与想象追求谜题的真相，是非常重要的事情……啊，糟了，我平时就是因为太爱说这些无聊的事情才会被大伙儿讨厌的……"

"大伙儿？——是你的朋友吗？还是同事啊？你是做什么的呀？"

男子无视由纪的问题，默默拿起茶杯。分明在回避有关朋友与工作的话题。

为了转移由纪的注意力，男子换了个话题。

"我记得芥川龙之介写过一本叫《河童》的书。我在上高中时看过，但内容记不太清了……好像是一个男人误入了河童的国度吧。他通过介绍河童的社会生活与文化，对人类社会进行讽刺与批判，用词非常幽默……"

"啊，我也看过。也是上高中时看的。"

"嗬……听说芥川是个非常严谨的作家。写《河童》时，他大概把日本各地的河童传说与民间故事都查了一遍吧。那里头有没有提到过河童与黄瓜啊？你还记得吗？"

"我也忘得差不多了……但有一段记得特别清楚……"

"哦？是什么？"

"河童的语言。"

"啊？故事里提到了吗？"

"嗯。我是和妈妈一起看的，那些河童话实在是太好笑了，印象特别深刻。"

"哦？他是怎么写的？"

"在河童的国度，表示同意或是 yes 的时候要说'qua'。小说里写的就是罗马字。我跟妈妈讨论了半天，不知道这个词该怎么念。我说，这个大概是念'库啊'吧。可她说，那样多没意思啊，那可是河童国哎，肯定是念'夸'。也是，的确是'夸'更有意思。打那以后，我们就开始用河童语交谈了……比如，我妈妈问我，由纪啊，今天是不是放假啊？我就会回答，夸。我问，妈妈，晚上又吃咖喱啊？她也会一本正经地回答'夸'。然后两个人狂笑一通……"

由纪脸上洋溢着笑。在忍耐丈夫与婆婆的诽谤中伤的痛苦生活中，她绝不会露出这种表情。那是南河原村的十八岁少女的表情，那是清苦却充实的青春岁月。

"真是位好母亲，"男子幽幽道，"听得我好羡慕啊。"

"你的妈妈肯定也很聪明，很爱看书吧？"

"不，我的母亲不在了。死了。"

"啊……"

"有时我常会想，要是她还活着会怎么样。母亲的存在对孩子而言是何等重要。你现在的幸福，也离不开你的母亲。"

"幸福？你说我很幸福？"由纪突然反驳道，"我的生活怎么幸福了？成天唉声叹气、悔不当初的女人怎么幸福了——"

说到一半，由纪突然发现——说漏嘴了！怎么能说这些呢？家丑不可外扬。她只跟母亲提过这件事。她一不小心将心中的烦恼说给了绑匪。一时冲动……

居然说给了这个男人，说给了这个来路不明的男人。

由纪羞耻得鲜血逆流。脸一定红透了。

但男子的态度异常平静。他喃喃道：

"果然是真的啊……"

"果然？你到底知道什么？你查过我们家的底细吗？还是别人告诉你的？"

"不，我只是听到了些风声。你丈夫有些管不住自己的嘴，啊，糟了……都十点了。睡吧，我会在那边睡的，你放心。"

男子说着便将沙发搬到了房门口，顺便把茶几也搬了过去。由纪则仓皇逃到了床上。她平时睡觉都会换睡衣，现在却穿着白天的衣服，这让她难以平静。

男子自称会到那边睡，让她放心，但绑匪的话怎么能信？他准备什么时候洗澡啊？要是他洗完澡，光着身子，泰然自若地走到床边……她无法反抗那柔软而强韧的肉体。她只有一百五十六厘米高，四十三公斤，男子一只手就能按住娇小柔弱的她。

而且纱江就睡在她旁边。就算拼上一条命，也得保护女儿的安全。身为母亲，她只能委身于那个男人吗？她只能咬紧牙关，忍耐各种凌辱吗？

　　好想逃走！好想甩开那个男人！我要求救……但是怎么求救呢？空虚的想象在由纪脑海中激烈旋转，而且这想象总伴随绝望。那是死亡的伴奏，要是逃跑没成功，等待着她的恐怕便是死亡。

由纪用薄羽绒被掩着脸，窥视男子的动静。只见他趴在茶几上奋笔疾书。他带着绑来的女人进了情人酒店，总不会有闲情逸致忙工作吧？他到底在写什么？

由纪不时看表。真希望天早点亮。要是能平安度过今晚就好了。她恨时间怎么过得这么慢。

十一点半。

男子突然动了。他将文件放回随车带来的纸袋，接着推开洗脸台的门，又打开了浴室的门。他没开灯，但台灯的微弱光线照亮了他的后背。

床上的由纪看不清浴室的全貌。

男子打开水龙头放热水，又走回房间，将沙发与茶几推到房门口。再在狭小的空地上摊一层毛毯，放上枕头。衣筐里有两件酒店的浴衣，还没人用过。男子拿起一件，摊开盖在毛毯上。许是要拿浴衣当被子用吧。

男子铺好床，又走回洗脸台。他没关门，但也没开灯。他将头伸进浴室，看了看水量，之后便脱下了衬衫与运动裤，丢在洗脸台上。身上只剩一条白色短裤。紧致的身体在台灯的光亮下仿佛一具层次分明的雕像。浅黑色的肌肤与胯下的白布片形成鲜明对比。

男子的手碰到了短裤。由纪赶忙拉起被子，闭上眼睛，突然灵光一闪。

（这是逃跑的好机会！）

由纪探头朝浴室望去，只见男子正坐在浴缸里。微弱的亮光映衬着一个黑色的脑袋。

离开熊谷之后，他们吃了晚饭，还聊了很久，而由纪并没有表现出要反抗或是逃跑的迹象。男子定是放松了警惕。她要好好利用这个机会。

万幸的是，她还穿着衣服。虽然纱江穿的是睡衣，但她顾不上那么多了。她可以抱着纱江冲出去，走下狭窄的楼梯。男人的车就停在那儿。面前是卷帘门。开关在墙壁的左侧。只要卷帘门开了一条缝，就能钻出去，来到马路上。边跑边喊。这种酒店就算是半夜也有人进进出出，还有工作人员值班。她不知道前台在哪儿，但总会有人听见她的喊叫，冲出来查看情况。

就算男子察觉了她的动作，也不能光着身子追出来。穿衣服至少要十秒。这十秒里，我是绝对安全的。没问题。现在正是执行计划的好机会！

那是一瞬间的判断。

由纪抱紧睡梦中的纱江，朝浴室望去。男子的头露在浴缸外面。突然，由纪心里咯噔一下。我能看到他的头，就说明他也能看到我啊！

浴室里没开灯，非常昏暗。但大房间的立式台灯还开着。

而且枕边的小电灯泡也能照亮床上的情况。对他而言，房里足够亮了。

他能在昏暗的浴室中看清房间里的一举一动。他定是泡在浴缸里，仔细观察着她。她没法起身，没法跑动。她不可能避开男子的双目。难怪他没关门……

（这人太谨慎了！）

由纪不禁叹息。

男子洗完了，纤长的身子站在浴缸旁。她仿佛看到了什么不该看的东西，羞得心头如小鹿乱撞，只得闭眼翻了个身，背对男子。但心跳仍然很快。一个全裸的男人就站在她附近。那浅黑色、皮革般光滑的肌肤上，还有刚出浴的水珠，大汗淋漓。那露骨的印象，让由纪喘不过气来。

她听见了关门的声音。男子关上了浴室和洗脸台的门。

由纪在被子中蜷缩起身子。两条腿牢牢并拢，双手死死抓着乳房，都快把自己抓痛了。小动物面对强大的天敌时，就会摆出这种姿势自卫。

男子似乎没有要过来的意思。一分钟、两分钟……突然，房间变暗了。他把台灯关了。由纪战战兢兢地探出头，只见男子躺在了刚才铺的那条毛毯上，盖着酒店的白色浴衣。

又过了一会儿，鸦雀无声的房间中传来男子有规律的呼吸声。

（太过分了，我这么难受，他倒睡着了……）

绑匪将猎物撂在一边，呼呼大睡，猎物却不敢就此放松警惕。也许他在装睡，等我睡着后乘虚而入。由纪又看了看钟，凌晨一点了。

男子睡得很熟。由纪的紧张也渐渐缓和下来。今晚也许能平安度过，但危险尚未远去，还有明天、后天。在他放了她之前，痛苦的夜晚仍会继续。

"放"这个字意味着由纪的自由，同时也让由纪预感到了死亡。

（他用不上我了才会放我，可是他会留活口吗？我知道得太多了。他的长相，声音，说话的口气，特长，我还见过他的裸体，知道他的体形。对他而言，我是非常危险的证人。他会让我活着回去吗？那么谨慎的人……）

悲剧的想象无边无垠。不想死，想逃，却无法独力逃走。必须求救。可要怎么把她的处境告诉别人呢？用什么方法？

由纪伸长了腿，稍稍放松了一下。她趴在床上，拉过枕头，将头埋了进去。硬硬的枕头。突然，她有了个主意。

枕头！用枕头就好了！

枕头很大。套着浆过的白色枕套。由纪轻轻抬起头，抚摸枕头的表面，小心不让男子发现。在由纪的眼中，枕套就好像一张巨大的白纸。

可以在上面写字。不用很长，只要写一句求救的话就好了。

绑架。救命。白色花冠。168X。

写这些足矣。她出门时记下了男子的车牌号，只有末位跟昭的车牌不一样，所以记得很清楚。这种酒店的人员进出频繁。他们一走，工作人员就会来打扫房间，整理床上用品。他们看到枕头上的文字，一定会报警。几小时后，警方就会发布通告，在路上设置关卡。拦到男子的车只是时间问题。今天下午，警方就会找到他的车，到时候她跟纱江就能得救了。

他再小心，也不会去检查枕头背面吧。没问题，这个计划一定能成功！

用什么东西写呢？幸好她有笔——圆珠笔，正月时在商店领到的奖品，很短，夹在笔记本里正好，写起来的手感也不错。她很喜欢那支笔，总把它放在手提包里随身带着。

圆珠笔写出来的线很细，但她可以多描几次，这样就能在白色枕套上留下明显的黑色文字了。

由纪伸手将枕边的手提包拉了过来。盖上被子，借着灯泡的光亮找了半天。

不见了！圆珠笔不见了！

丢了？还是没放进去？

但由纪没有轻易放弃。可以用口红。一支口红，可以变成红色的毛笔。白色枕套上的血红文字。这样不是更显眼吗！

手提包里有她常用的化妆品。由纪继续寻找。粉盒、小香水瓶、梳子、镜子、面巾纸、钱包……就是没有口红！

事到如今，她才想起男子临出门前做了一件事。

他拿了由纪的手提包，还检查了一下包里的东西。当时他嘟囔了一句"这东西应该用不上……"还把什么东西装进了口袋。他拿出来的一定是圆珠笔和口红！当时她惊恐万分，没有余力关注他的手。

圆珠笔自不用说，口红也能当"笔"用——男子早就料到了。

男子之所以没收这两样东西，皆因他早就看破了由纪的小算盘。酒店里有厕纸，也有面巾纸。她可以将自己的窘境写在纸上，暗中求救。可要是没有笔，她就写不了了。检查手提包，就是为了断绝后患，没收一切能写字的玩意儿。男子打从一开始就料到了这些。

周密的计划，可怕的洞察力，冷酷的意志，缜密的头脑。那是他千锤百炼过的绑架舞台剧。由纪是无法逃脱的演员。一切都在作者的意料之中。何时落幕？落幕时，她还活着吗？

绝望感压得由纪喘不过气来。双目紧闭，却有一行清泪滑过。

点景·大泉警署

大泉警署。署长办公室墙上的挂钟指向下午两点半。正是陌生男子来到熊谷市的由纪家，胁迫由纪踏上"一家三口，其乐融融之旅"的时候。

署长办公室有一张用来接待的小桌，还有几把椅子。署长与刑事课长隔桌而坐，一言不发，苦着个脸。

这是课长第三次被叫去办公室。

"江森还没联系你吗？"署长问的还是同一个问题。

"没有啊……"课长给的也是同一个回答。

搜查主任江森警部补还没现身。大泉警署正全力搜捕纵火案的犯人，而江森警部补是此案的直接负责人，也是指挥官。他总是上午八点准时到位，将当天的搜查方针与注意点告诉手下的刑警们。还会带着部下去打探情况。他为人诚实，工作热心，深得署长的信赖。

而这位江森警部补至今没来上班。是迟到，还是旷工？关键是前面肯定得加一个形容词——无故。

"还是联系本厅吧。"课长皱眉道，"万一……"

"为时尚早，"署长叹道，"本该上午八点到位的江森晚到了六小时，要是急急忙忙跟本厅汇报完，他就来了，大家的面子往哪儿搁？我总觉得他很快就会来的，再等等吧。"

实际上，署长很清楚那就是自我安慰。

"我也知道有这种可能，但我总会想起龟辰事件……"

"你的意思是，"署长指着桌上的明信片，"这也是龟辰事件相关者干的？"

"我敢断定寄信的就是星川副教授，江森也同意我的意见。那人坚信他妹妹是被警方害死的，对直接负责指挥工作的江森恨之入骨，很可能向江森寻仇。"

"唉，我觉得这就是闲人的恶作剧，没当回事，也没跟别人提过。毕竟这种东西有损士气……所以我才吩咐你跟江森别告诉别人，恐怕是我失策了，要不然我们就追查这明信片吧。"

署长再次打量起桌上的明信片。

总共三张。内容完全一样，收信人分别是署长、刑事课长与江森警部补。地址则是三人的家庭住址。

你这个怠惰的警察！
你直接影响了市民的和平与安全！
立刻辞职赎罪！
倘若不听忠告，天谴立刻降临！

内容一样，却不是复印件，而是用铅笔手写。每个字的点与线都是用直尺画出来的，非常整齐。

邮戳显示明信片寄出的时间是三月二十三日十二点到十八点之间，地点是蒲田邮局。当然，上面没有寄信人的名字。

收到明信片的当天，刑事课长与江森警部补就把明信片交给了署长，并征求了署长的意见。

"我也收到了。收件人就我们三个啊……这个先放我这儿吧。做我们这种工作的人常会收到这种威胁信。被我们抓过的犯人，或是犯人的家属也许会迁怒于我们。别放在心上，不过也别把这件事告诉别人，被媒体知道就麻烦了。"

当时署长再三吩咐他们要将此事保密。

"不过，"刑事课长说道，"这年头有文字处理机，也有复印机，直接复印不就好了，干吗自己写啊？"

江森警部补答道："文字处理机和复印机的字的特征比较明显，能查出生产厂商和生产日期，警方能顺藤摸瓜找到销售机器的商店，也能查出买机器的人。寄信人怕的就是这个吧。"

"原来如此……"署长茅塞顿开，点了点头。

"而且这种字没法做笔迹鉴定。也许寄信人是个知识分子。不过所谓的知识分子都是些只敢说不敢做的家伙。应该不会出什么大事。"

笔迹鉴定检查的是人写字时特有的"习惯"，好比笔势与笔压。但用直尺写成的点与线就看不出这些特征了。

署长的意见合情合理。

谈完之后，刑事课长叫住了江森。

"江森，过来一下。"

两人来到一间空办公室。

"你是不是知道寄信人是谁？"

"我只是随便猜的……"

"你猜的人，是不是在龟辰事件中失去妹妹而对你怀恨在心的星川？"

"没错，课长您也在怀疑他？"

"除了他，还有谁会做这种傻事！"

"要我查查看吗？"

"算了。署长也说了，这种信没法做笔迹鉴定，肯定也查不出指纹。"

"也对，光寄信又不构成犯罪，没法找他问话，也没法带他回警局……"

"毕竟我们这儿还没有任何损失。不过……这家伙也太吓人了吧……"

"东华女子大学副教授，星川英人。我这辈子都不会忘记这个名字。谁让他把我骂了个狗血淋头呢！"

"咳，这两天你还是小心点儿吧。也许过两天他就会露出狐狸尾巴了。"

两人的对话到此结束。明信片的记忆也在课长脑中逐渐褪色。

然而江森警部补的"无故旷工"又勾起了他的回忆。

（江森肯定找到了什么线索，想要借此接近星川副教授。

也许这就是他"旷工"的原因。）

刑事课长提到的"龟辰事件"究竟是怎么回事？

龟辰，原名坂户辰吉，是暴力团关东侠道会的成员。酗酒斗殴是家常便饭，连狐朋狗友都嫌他太粗暴。

他的后背有一个甲鱼的刺青。甲鱼伸长了圆筒状的脖子，张开大嘴，显得非常狰狞。

"只要是被我咬住的家伙就别想逃。所以我才会在后背刺个甲鱼。"

这是他的口头禅。甲鱼辰、龟辰就成了他的绰号。

今年一月四日。

案发现场为大泉町一丁目。邻近埼玉县和光市，周围全是住宅与商店。去年秋天，有人在这儿开了一家名叫"小夜"的小酒馆。

老板娘是个三十多岁的高个儿美女。她在客人面前自称"夕子"，但这八成不是她的本名。

除了老板娘，店里还有个年轻姑娘，名叫留美。以前在加油站上班。看到小酒馆门口的招工启事，就找上门来了。她能歌善舞，爱唱卡拉 OK 的客人特别喜欢她。

调酒师是个叫"小真"的年轻男人，长得挺帅，店里没人时管老板娘叫"夕子"。留美心想，他们俩不是恋人就是夫妻。

小酒馆二楼有个六张榻榻米大的房间，但老板娘和调酒师平时住在别处。留美也不知道他们有没有同居。

说回一月四日。

一月一日到三日，小酒馆小夜放了三天假，四日开始正常营业。

那天，留美是下午五点到的店里。老板娘好像早就到了，店里都打扫好了。留美推门进去时，只见老板娘正站在吧台后方插花。

"不好意思，"留美忙道歉道，"我来晚了。"

老板娘回头笑道："没关系，反正六点才开门呢。"

正说话间，店门开了。一个男人走了进来。

留美正要说我们还没开门呢，却听见老板娘惊呼道："老公！"

"哟，好久不见了，时枝。"男子一屁股坐在墙边的包厢里，环视四周，"这家店不错啊。"

男子的声音很轻，但魄力十足。

"你……你什么时候出来的……"

"哼，一张口就来这句啊。蹲了三年班房的男人回来了，你应该这么说——啊，太好了，辛苦了，我一直在等你回来呢。看到你这么精神我就放心了，恭喜你啊……这才是好老婆该说的话。是不是啊，时枝，小夜的老板娘？"

男子用沙哑的嗓音，装模作样地说着。眼看着老板娘的脸色越发苍白。留美见情况不对，便往门口挪了挪。要是出了什么事，就立刻逃跑。

"可……可我怎么知道你什么时候出来……"

"哼，装傻啊！我从监狱寄出来的信都被退回去了，'查无此人'。你趁我蹲班房的时候开溜了。你知道这有多丢人吗？我只能咬牙切齿地熬着。我是上个月出来的。这一个月我费尽心思，到处找你。你就不会拿点酒来跟我叙叙旧吗？"

"对不起……我这就给你备酒……可下酒菜还……"

"下酒菜还怕没有吗？"

"啊？"

"蠢货！亏你是黑道中人的老婆，竟然听不懂我这话的意思？下酒菜就是你的手指。一根还不够。你的手肯定摸过不少年轻男人的老二吧？给我砍两根下来，放在盘子上拿给我。"

"你……你要我砍手指吗？"

"废话！这是黑道的规矩。我要带着你的手指回组里。侠道会的龟辰要扬名立万，就只有这个法子了。"

"不要啊，我怎么下得了手啊……老公，原谅我吧，我还有点积蓄，求你了，饶了我吧……"

"我不是来要钱的。你下不了手，我帮你砍。坐下！"

男子起身指了指眼前的座位。说时迟那时快，站在门口的留美迅速用后背推开门，逃了出去。

"哼，逃了啊……我对那小丫头没兴趣。不过时枝，你是逃不了的。"

男子边说边掏出一把枪，将枪口对准了老板娘。

"啊,救命啊！"女子惨叫着瘫坐下来,"别开枪！别杀我！救命啊！我是你的女人，你说什么我都会听的……"

女子哭喊着，跪地求饶。

"哭哭啼啼的做什么！演得可真好，我才不会上你的老当呢！你的手指，我要定了！柜台里应该有菜刀吧。"

龟辰举枪对着时枝，正要走进柜台。

里屋突然传来嘎吱响声，接着则是拼命跑上楼的脚步声。龟辰大吃一惊，来到隔开店面与里屋的玻璃门。与此同时，二楼的房门被人狠狠关上了。

事后人们才知道，当时身在二楼的调酒师听见了楼下的骚动，便悄悄走下了楼。他透过门缝，张望店里的情况。见男子掏出手枪，他拔腿就跑。最初的两三步还是蹑手蹑脚，可之后便顾不了那么多了。他迅速冲进二楼的房间，将房门反锁，瑟瑟发抖。原来这位小真——江藤真吉是时枝的小白脸。

"有人啊……"

突如其来的动静转移了龟辰的注意力。他打开眼前的玻璃门，跨了进去。

"喂！里头的人给我出来！"

他朝二楼喊道。时枝没有放过这个机会。她颤颤巍巍地站起身，朝店门口冲去。

"贱人！"

龟辰赶忙追上，对准几米开外的女人开了一枪。女人的身子一歪，但她没有停下，而是摇摇晃晃地跑着。那是生死一线间的飞奔。

龟辰对准她的后背又是一枪。就在这时，他听见了警车的响声。之前逃出去的留美用手机打了110。

万幸的是，正好有一辆警车在附近巡逻。

警车接到警视厅交通指令室的紧急出动命令后迅速赶往案发现场，很快就到位了。

"畜生！"

警笛声让龟辰胆战心惊。他转身就逃。

这时，一个抱着孩子的年轻女子从不远处的公寓院子里走了出来。

龟辰冲上前去，拿枪顶着她问道："你家在哪儿？！"

突如其来的恐惧，让女子半晌开不了口。

"你家在哪儿？！"

枪口对准女子的脖子。

"三、三楼……"

"好，给我回房去！"

龟辰推了她一把。女子如梦游一般朝电梯走去。

龟辰将女人塞进电梯时，警车已停在了小夜门口。警笛声停了。

电梯停在三楼。电梯门打开后，龟辰便收起了手枪，抓着女子的脖子说道：

"别大喊大叫。我只是想在你家稍微休息一会儿罢了。快带我进去。"

女子颤颤悠悠地来到三〇八室门口。

"这儿啊。名牌上的那个星川是你老公？"

女子摇摇头。

"不是老公？那这是谁的房间？"

"哥哥……是我哥哥的……"

"你哥的啊。你们一起住吗？"

女子再次摇头。

"莫名其妙。里头有人吗？"

"没人呢……我哥哥出去了……"

"于是你就来看家了？"

"我是来做客的……"

"管他呢。给我开门！"

女子单手抱着孩子，用另一只手掏出手提包里的钥匙，打开了房门。

这里是东华女子大学的副教授星川英人的房间。年轻女子是他的妹妹，由比冴子。她怀中的婴儿是她的儿子，才六个月大。

冴子的丈夫在拓洋商事工作，上个月被派去中国香港出差了，要下个月底才回来。于是她便经常造访哥哥的房间，帮尚未娶妻的哥哥做做菜，洗洗衣服，打扫打扫房间什么的。

兄妹俩很要好。之前她回岩手的娘家过年了，今天来的时候特地带上了老家的特产。

不料她上门时，哥哥正要出门。

"来得正好，"他说道，"我要去教授家拜年，本想昨天去的，可昨天他出门去了，只能今天去了。"

"吃了饭才回来吗？"

"不，就去打个招呼，六点多就回来了。你能不能在这儿等我一会儿啊？晚上一起吃饭吧。"

"那我今晚在这儿过夜吧……"

"行啊，反正你回去了也是一个人。那我去去就回。"

说完，哥哥英人便出门去了。冴子陪儿子玩到了五点半。

"舅舅马上就回来了，我们下去等他吧。"

冴子抱着孩子下楼，正巧撞上龟辰。

龟辰揪着冴子的脖子，走进三〇八室看了看，问道："你哥是干什么吃的？"

墙边有个天花板那么高的书架，上头装满了书。龟辰可没见过这架势。

"他是大学老师……"

"哼，真了不起啊。那他什么时候回来？"

"就快回来了……"

"知道了，他回来了我也不会让他进来的。你给我到那边待着，别让孩子哭啊。"

他指了指隔壁房间。十张榻榻米大的客厅旁是六张榻榻米大的日式房间，那间屋子的北面是厨房与卫浴。冴子抱着孩子，被龟辰赶去了小房间。

家门口有一小块凹下去的地方，算是玄关。龟辰将客厅的桌椅搬来堆在门口，还反锁了玄关与客厅之间的玻璃门。换言之，要进客厅，就必须突破两道门。这也成了让警方手足无措的壁垒。

龟辰走进小房间，环视一圈后来到厨房。确认房子就一个出口之后，他便打开冰箱，拿出一罐啤酒一口喝光，长舒一口气。他还点了根烟，右手持枪回到了客厅。

冴子盯着龟辰的一举一动，瑟瑟发抖。

这时，拉响警笛的警车已经来到公寓附近。戴着头盔，穿着防弹背心的警官们手持盾牌，将公寓团团围住。街坊邻居纷纷将窗户打开一条缝，凝视着那可怕的光景。

综合小酒馆老板娘时枝（这是她的本名）和街坊邻居的目击证词，案情已基本明朗。

时枝的确中枪了，但伤到的是右侧下腿部内侧，也就是小腿部。子弹斜着穿了过去。她拖着伤腿跑到了附近的外科医院。虽然出了点血，但不至于残废，轻伤而已。

暴力团组员坂户辰吉开枪打伤了三年前同居过的女人，还挟持年轻女性与孩子，据守公寓与警方对峙。年轻女性是三〇八室的星川英人的妹妹——警方已经把这些都查清楚了，问题是：要怎么救出人质呢？歹徒有枪，性情残暴，要如何才能安全地救出两位人质呢？

听闻辖区内发生了性质如此恶劣的案件，署长吓得面无血色。他赶忙带上刑事课长赶往案发现场，却没人提出有效可行的解救方案。署长的车成了临时的对策本部，而搜查主任江森警部补成了现场总指挥。

这栋公寓的三楼共有五间结构一样的房间。三〇八室位于最东边的角落。隔壁是三〇七室。江森从管理员办公室给三〇七室打了个内线电话，请居民放警察进屋，防止隔壁的暴徒进一步威胁市民的生命安全。住在三〇七室的老夫妻一口答应。

三名枪法精准的警官被派往三〇七室。

"你们进去时一定要小心，决不能让犯人发现，三〇七室的居民会站在房门口帮你们挡着。门把手一转你们就动身进去。千万别敲门。进屋之后，立刻打开窗，拉上窗帘，盯紧犯人的动向。我会用喇叭跟他喊话。你们就趁我喊话的时候进去。

最后可能得开枪,但必须等我的指令。进去之后用无线电联系。去吧!"

布置完工作之后,江森警部补开始了第一轮喊话。

"三〇八室的坂户君(警部补没有直呼其名),坂户辰吉君,我们是大泉警署的人。屋里的那位女性与这次的案子完全无关。先把他们放了!听得见吗?坂户君!别错上加错啊!放下武器,出来吧!你也是混任侠之道的男子汉啊!有什么意见,堂堂正正到我们面前说就是了!听得见吗?坂户君!"

这时,三〇八室的窗户开了一条缝。辰吉的右手伸了出来。手上还有枪。与此同时,砰的一声,手枪开火了。枪口对准天空,分明是为了吓唬人。一瞬间,四周鸦雀无声。

"吵死了!别喊了!又不是在选举!会吵到街坊邻居的!听着!屋里有电话!警车上应该也有电话吧!用电话说!蠢货!"

啪!窗户关上了。听不见孩子的哭声与女人的喊声,也不知人质是否平安。

江森警部补立刻用警车的电话拨通了三〇八室。

"坂户,"警部补的口气顿时严肃起来,"我照你说的打电话过来了,人质是否安全?"

"你是谁?打电话要先报名字懂不懂?"

"我是搜查主任江森。"

"阶级呢?"

"警部补。"

"哼,小喽啰一个,怎么不派警视总监来跟我打招呼啊?!"

"我是这起案件的总负责人。立刻释放人质！拿女人、孩子当挡箭牌，算什么男子汉大丈夫！"

"扯淡！要是放了他们，武警就会冲进来，你当我傻啊！听着，这房子就一个出口，还有两道门。要是你们敢轻举妄动，小心我一枪崩了他们！"

"你总不能一直躲在屋里吧！你有什么条件？"

"嗬，看来你是个明白人啊。我就一个条件。把时枝……小酒馆的老板娘带来。她一来，我就把女人、孩子放出去。"

"少提无理要求，时枝受了重伤，还在医院动手术。"

"重伤？扯什么啊。我打的是她的脚。肯定只是皮肉伤。不然她怎么跑得动？"

"当时她特别亢奋，到了医院就不行了。医生说她失血过多，根本没法走。"

"那就找个轮椅推过来。用担架也成。她来之前，就让这位小姐陪我好了。我们要吃晚饭了。冰箱里有的是吃的。"

龟辰挂了电话。明明是隆冬，警部补的额头却挂满了汗珠。

就在这时，东华女子大学副教授星川英人从教授家回来了。

听完刑事课长的解释与江森警部补的汇报，他吓得面无血色，赶忙找到署长说道：

"我妹妹会没命的！冴子生完孩子之后身体一直很不好，怎么能让她留在屋里独自面对那个禽兽啊！快把那个叫时枝的女人带来啊！用她把冴子换出来啊！求你了署长！"

"我知道您很着急，但我们不能把时枝带来。她会有生命危险的。再说了，时枝本人也不敢见犯人，当然会拒绝我们的要求。我们不能强迫她过来啊。"

"那我去把她带来！她在哪家医院？"

署长默默摇头。此举无疑激怒了星川英人。

"为什么不告诉我啊？要我说，这起案子的罪魁祸首就是她！谁让她抛弃丈夫的！黑帮混混的老婆不能死，可我妹妹是无辜的啊！你们就不管她了吗？日本的警察就是这么冷酷无情的吗？我再也不求你们了！我要直接跟犯人交涉！"

"星川先生，您先等等，"署长忙抓住星川的手臂，"他就跟发狂的野兽一样，手里还有枪，怎么会听你说呢！"

"没关系！我上大学时打过橄榄球，论臂力，我绝不会输给他！"

"可你不可能打得赢手枪啊！"

"我去把冴子换出来。对方也不会突然开枪的。情况不对，我就用身体撞他！为了救妹妹，我什么都愿意做！"

星川甩开署长，撒腿就跑。可江森警部补挡住了他的去路。

"请您冷静点！贸然刺激犯人反而会增加人质的危险。请您去管理员办公室休息一下，让我们来处理吧。"

警部补召来两位在公寓里待命的警员，吩咐道："带星川先生去管理员办公室。你们要陪着他，别轻举妄动。"

换言之，他将星川英人软禁在了管理员办公室。

身材高大的星川副教授被两名警员带走了。这时，龟辰所在的监狱的典狱长给署长打了个电话。

"坂户辰吉在服刑期间常有腹部疼痛的情况，最近我们监狱的诊疗所给他做了个胃镜，查出了一块息肉，应该是胃癌。

但我们还没告诉他，只跟他说是早期胃溃疡。这病必须得做手术，但眼看着他就快出狱了，我们就让他出狱了立刻找家医院治病。可他说：'别骗我了，我爸、我爷爷都是得癌症死的。我肯定也得癌症了吧。'反正他就是不相信我们说的话。出狱时他还笑着说：'反正我就一年半载可活了。横竖都是死，不如做出点惊天动地的大事来，让全日本都记得我。'听到案子的消息，我便心想得赶紧打个电话知会你们一声……他已经破罐子破摔了，逮捕他的时候请务必多加小心。"典狱长如此说道。

署长紧咬下唇。

男子自知死期将至，便挟持了人质。这种人不怕被警察逮捕，更不怕刑罚。向背叛自己的女人复仇是他唯一的目的。不达目的，他绝不会释放人质。

"怎么办啊……只能打持久战，慢慢跟他耗吗？"

刑事课长带着凝重的表情点点头。也只有这个办法了。精神与肉体的疲劳可能会改变犯人的心态，也会带来些许可乘之机。警方只能寄希望于这一点了。

"我再给他打个电话。"

江森再次拨通三〇八室的电话。

"坂户，你给我听着，典狱长刚给我们打了电话……"

"哼，那个小胡子混账吗？他说什么了？"

"他很担心你的身体，说你可能得了胃溃疡，让你尽快去医院治病。如果你真的有病，我们也会立刻给你办好住院手续。等你治好了再赎罪也不迟。怎么样啊，坂户？你都撑了这么久了，也差不多了吧？出来吧，我们也会帮你联系医院治病的啊。"

"主任啊，你都快把我说哭了。"

"我们也在担心你的身体啊。"

"拿甜言蜜语对付我龟辰？想得美。我清楚得很，我得的是癌症。我找了个相熟的江湖郎中，一吓唬就搞到止痛片了。话说主任啊，我一直在看电视，可每个电视台都放着同一个画面，还都是这公寓的远景。多无聊啊。是警察拦着他们不让他们凑近拍吗？"

"废话，又不是拍戏！"

"别纠结那些条条框框的嘛。让NHK来拍一个近景也成啊。要是有摄影机，我也有兴致探出头来挥挥手服务一下观众不是？将警察玩弄于股掌之中的男子汉大丈夫龟辰，就会出现在全日本的电视画面上了。我想让弟兄们好好看看。"

"别开玩笑了，明早的报纸头条还不是你的吗？"

"对哦，还有报纸呢。记得放上照片哦。你们应该有我的照片吧？嗯……早报啊……真想快点看到。"

"你窝在屋里怎么看啊？出来吧。到警局喝个茶看看报纸不是挺好的吗？"

"行啊，你把时枝带来就行。"

"我动不了那女人。她也没法动啊。"

"我不是说了吗？搞个轮椅啊，再让消防队架个云梯，叉车也行啊。把那贱人绑在轮椅上，举到三楼窗口。怎么样，这个法子不错吧？"

"少提无理要求……"

"你啊，怎么这么古板啊？这也不行，那也不行，那就没什么好说的了。拉上这位小姐垫背吧。你给我记住，我不会活着落到你们手上的！反正我只有一年半载可活了。"

"等等！别做傻事！我去医院找时枝好好谈谈！我一定会想出办法让你满意的。但我可能要花些时间。你能等我一小时吗？"

"行啊，等两三天也行。给大伙儿添麻烦了。我来给大家醒醒脑吧。"

电话突然断了。说时迟那时快，三楼的窗户开了。龟辰伸出手来，手枪再次开火。子弹划破夜空的黑暗……

警局的干部聚集在署长的车周围。

防犯课长与机动队长也来了。警视厅派来了支援部队，搜查一课课长都现身了。

每个人脸上都带着焦虑的神色。龟辰在监狱里蹲了整整三年，刚放出来不久。不难想象他有多"饥渴"。而他旁边是个貌美如花的人质冴子，还有个毫无反抗之力的幼儿。冰箱里有啤酒，还有不少正月里吃的年菜。最要命的是，龟辰为了缓解胃癌的疼痛，威胁医生，搞来了些药品（八成是麻醉剂）。

他的目的是向背叛他的女人复仇。达到目的之前，他绝不会离开三〇八室一步。当然，他也不可能释放人质。大家都很清楚——随着时间的流逝，事态只会进一步恶化。

要突破房间，有两个方法：要么打开玄关大门，再用身体

106

撞破玻璃门，让武警冲进去；要么从屋顶或是楼上的房间吊绳索下来，踹破窗户冲进去。

无论如何，枪战都无法避免，这也意味着人质会有生命危险。警方之所以不敢强行突破，正是因为他们没有救出人质的自信。

"我有个主意……"

江森警部补对刑事课长说道。听到这话，署长仿佛抓到了救命稻草一般。

"什么主意？有什么办法打开局面吗？"

"我也没有把握……通过电话，我发现那个龟辰非常聪明，而且也很冷酷。但他也有单纯幼稚的一面。他正陶醉在自己的行为中。他想在死前干一场大事。他想让所谓的弟兄们看看他的英姿。换言之，我们可以利用他那幼稚的英雄主义思想。如果我的方法失败了，肯定会有人牺牲，而且我也没法保证人质的安全。但强行突破也是一样的。在这种情况下，我们很难避免流血。既然如此，为什么不试试看我的法子呢？"

他向众人解释了他的"方法"。

"这倒也是个法子……"

刑事课长望向署长。

"劝他肯定没用，那就只能在渺茫的可能性上赌一把了。怎么办呢……"

署长转向警视厅搜查一课课长，征求他的同意。

"试试看吧。龟辰在三〇八室开了两枪，那当然是要吓唬我们，可没人能保证他的下一枪不会对准人质。他也许会杀死一个人质，要挟我们答应他。江森的方法虽非万全之策，倒也值得一试。如果失败，我们就做好强行突破的准备。先让突击部队到点待命吧。江森，你再等三十分钟，让他们把准备工作做好。"

搜查一课课长与大泉警署的刑事课长开始商讨突击作战的细节。

而江森警部补则召来两名巡查，吩咐道："你们帮我去街坊家借两根竹竿来。再搞个信封，里面放上五六张信纸，再准备一条用来打包行李的绳子。准备好之后就把它们放在公寓东边。没错，就是三〇八室的正下方。东边没有窗户，是龟辰的死角。快！"

几分钟后，巡警们便把江森要的东西放在了他指定的地方。

他将两根竹竿绑在一起，调整好长度，让竹竿的顶部刚巧够到三楼窗户下方。再用绳子把信封挂在竹竿顶上。

接着，他用无线电联系了躲进三〇七室的刑警。

"隔壁房间有什么动静吗？"

对方压低嗓门答道："不知道。犯人倒是经常说话，但没听到女人讲话。孩子好像睡着了。"

"刚才我给三〇八室打过电话，你听得到电话铃吗？"

"能依稀听到。"

"好，接下来我会再给他打个电话。打完之后，立刻开枪狙击犯人。"

"啊？我没听错吧？我们没法从这儿进三〇八室啊，怎么狙击？"

"我会诱导犯人把身子探出窗户。你们不是有三个人吗？让田村坐在离三〇八室最近的那扇窗户旁，把手肘搁在窗框上，用窗框当枪托。松野站在田村背后，摆好狙击的姿势。矢代负责拉窗帘。不，不要拉，要把窗帘抬起来。切记小心行事。矢代，你要时刻关注我的动作。我会拿着竹竿站在三〇八室的正下方。竹竿顶部挂着个白色信封。犯人会探出身子来拿那个信封。看到我手中的手帕落地，你就抬起窗帘，和另外两人一起开枪。记住了吗，矢代？看着手帕，手帕落地之前决不能开枪，也别探出脑袋，免得被犯人看见。只许成功，不容失败，必须一击毙命。明白了吗？有问题吗？"

"没有！"

"那就找个方便狙击的角度，架着枪等着。别错过了电话铃声。动起来！"

"遵命！"

江森发完指令后，又喊来一位巡查，叮嘱道："帮我通知本部，我这就开始执行计划。先让公寓正面的警官躲到建筑物阴面。本部如果同意，就让他们朝我挥挥手。"

巡查飞奔而去。大泉警署署长的车停在公寓不远处。它正是这起案件的紧急对策本部。

江森朝警车望去，只见刑事课长果然朝他挥了挥手。江森同样举手示意，表示他看见了。

江森看了看表。时值晚上九点四十分，案发后四小时零十分钟。

江森警部补举着加长版竹竿来到公寓正面。走到三〇八室正下方后，他便将竹竿靠在了墙上。竹竿顶部的白色信封随风摇摆。

公寓前的马路已被封锁，普通人严禁进入这一带。周围也看不到一个景观。他们正在公寓底楼与楼梯的平台上等候长官的突击指示。

五层楼高的公寓被异样的寂静所包围。房间都亮着灯，却没有丝毫人气，也没有任何动静。所有居民都屏息凝神，观望着事态的发展。

只有江森警部补在动。确认好竹竿的长度后，他掏出电话，拨通了三〇八室的电话。

犯人很快接起了电话。

"坂户吗？"

"有啥好问的，除了我还会是谁啊！"

"人质怎么样了？"

"没怎么样啊。小娃娃睡得很好，小姐也老老实实地陪着我呢。时枝呢？你把她带来了吧？"

"我去医院了，刚回来。她的伤势比我想象的更严重。医生说她今晚必须得静养。"

"那明天就能动了？"

"我也说不好。"

"混账，你就不想带她来是吧？好，你不仁我不义，就让这位小姐当时枝的替身，好好伺候我好了。等我玩腻了，再拉她陪我一块儿下地狱。孩子也一样。一枪崩了，一了百了。到时候你们警方就会被全日本的口水淹死！是贱人时枝的命

110

宝贵，还是两个人质的命金贵？这么简单的算术题都不会算吗？"

"等等坂户！我还没说完呢！我去找时枝谈过了，她的确伤得很重，于是我就把你的情况跟她说了一下，让她想办法跟你谈谈。"

"她拒绝了？"

"她哭了，说你误会她了，她没有背叛你……"

"胡扯！那贱人趁我蹲班房的时候找了小白脸开溜了！几滴眼泪就把你骗了，你也太他妈蠢了吧！"

"我只负责把我看到的听到的告诉你。她哭着跟我说，你进监狱之后她孤苦伶仃过得多辛苦，她还说那个跟她住在一起的年轻男人是她同父异母的弟弟。"

"亏她说得出口，她可真能演啊。"

"我也觉得这事儿有点扯，就让同事帮我查了查。警察只要打个电话，四五分钟就能把你的家底查出来。一查，才发现她说的都是真的。时枝的老家在长野县南信浓村，旧姓山本，那个男人是时枝的父亲在外头跟别的女人生的，他死前认了那个孩子。那人叫山本真吉，二十四岁。他真是时枝的亲弟弟啊。"

"嗬，听着还真像那么回事……"

案发后，江森警部补立刻赶往时枝所在的外科医院，问明她的籍贯与旧姓。而别的信息则是他顺口瞎编的。调酒师并不是时枝的弟弟，但龟辰好像被江森说动了。

"可那贱人从没跟我提过这事儿啊……"

"她也难为情啊，听说她父亲经常拈花惹草，她也不想把家丑讲给你听吧。人家都以为那个小真是她的情夫，小白脸，但她不在乎别人说什么。这三年里她一直跟弟弟相依为命……"

"哟，怎么越说越伤感了！"

"今晚你突然现身时，她本想跟你说清楚的，没想到你二话不说，直接把枪掏出来了，她实在是吓坏了，才会拔腿就跑……"

"废话，我就是去杀她的！"

"我知道，但你并不想杀她，所以才让她砍手指不是吗？她也知道你挟持了人质，还问我'要是我砍了手指，他会不会释放那两个无辜的人'呢。"

"哼，她还说过这话啊？"

"她是个懂得人情世故的好女人，难怪你会喜欢上她。但她说啊，砍手指之前她必须把某些事情跟你说清楚。"

"什么事情？"

"她希望你能理解她心里的苦，她这三年是怎么过来的，为什么一直没联系你。说完了，你要杀要剐都随你的便。"

"所以我才让你把她带来啊。"

"不行啊，她动不了，我也没法把她带走。你也不会相信我说的话吧？于是我就让她给你写了封信。你先看看她的信再说吧。"

"信在你手里？"

"没错。坂户，你别挂电话，把听筒放下，透过窗帘的缝隙看看我。我就站在楼下，没别人。"

112

江森警部补挥了挥握着手机的手，又用另一只手拿起墙边的竹竿，抬头望向三楼的窗户。

公寓房间的灯光与大门口的灯照亮了江森的身影。虽说是晚上，但公寓周围还是很亮的。

三〇八室的窗帘稍微晃了晃。江森再次举起手机。

片刻后，龟辰的声音从电话那头传来。

"喂，我看见你了，挂在竹竿上的就是时枝的信吗？"

"没错。要是你把枪扔出来，我就让女警把信送到房门口。把枪扔了！"

"混账！谁吃这套啊！要不是这把枪，我哪能跟警察平起平坐！还不快把信拿来！"

"好，我就知道你会这么说，所以才特地准备了这根竹竿。时枝嘱咐你看完了一定要回信。她想知道你是怎么想的。"

"你让我怎么回啊？"

"时枝就在附近的医院里，住的单间，床边有电话。信里写着电话号码，你打到她的病房就行了。"

"哦？我能跟她单独说上话？"

"没错。护士应该不在旁边。听着，坂户，你可别让时枝太伤心哦，她还爱着你呢，别老嚷嚷着让她剁手指啊。"

"那得等我看完信之后再说。"

"好吧，那就把窗户打开，把信拿去。要是你同意不伤害人质，明天早上我也会用这竹竿把早报送过去。快拿吧。"

江森将手机塞进口袋，双手扶着竹竿，往前走了两步。

窗帘稍稍拉开了一些。一瞬间，龟辰露出了脸。他瞧见了窗户下方的竹竿，便将窗户打开了一些。握着手枪的右手慢慢伸了出来。他想用手枪把竹竿钩过来。但江森算准了竹竿的长度。龟辰的手枪只能擦到竹竿顶部，却够不着用绳子挂着的信封。

"你在干什么呢！"江森大喊道，"快拿啊！"

窗户后的龟辰答道："再举高点儿啊！我够不着！"

"不能再高了！这竹竿太沉了！你等等！"

江森将竹竿竖在地面，从口袋里掏出手帕，擦了擦脸上的汗。

"这回可一定要够到啊。把手枪放下，要是走火了怎么办！"

"少说废话，还不快把竹竿举起来！"

"怕什么！时枝跟我说了，别看你长得虎背熊腰，其实你的胆子可小了。"

"胡说八道！"

"你不敢把头伸出来，连老婆的情书都不敢拿。我给你举着，你把手伸长点。"

窗户开了一半。龟辰探出头来。握着手枪的右手搁在窗框上。他游目四顾，确认窗下只有江森一人，便将左手伸向了竹竿。

"就这样，这下大概能够到了。"

江森举起竹竿。但竹竿实在太重，他也是踉踉跄跄。竹竿顶部碰到了龟辰的手，可又摆远了。

"又没抓住！你就不能再伸伸手吗？"

"烦死了！你给我举高点儿！"

114

窗户开得更大了。龟辰的上半身终于探了出来。江森警部补的电话放松了他的警惕。但他仍死死盯着正前方，还小心观察着两旁的动静。他弯着腰，用力伸出左手，抓住了竹竿。

　　突然间，江森手中的白色手帕落地。三〇七室里的两把枪迸出火花。

　　"啊！"

　　龟辰惨呼着跌回屋内，只听一声枪响传来。

　　手持盾牌的武警撞破房门，踹开玻璃门，冲入三〇八室中。惨不忍睹的光景，教他们动弹不得。

　　龟辰身中两枪。一枪粉碎了他的下颌，另一枪则贯穿了他的左手上臂。客厅成了一片血海。他还有一口气，右手紧握着手枪，在血海中挣扎。

　　冴子被绑在小木桌上。这张桌子平时放在厨房，当餐桌用。龟辰把它搬进了客厅。

　　龟辰用手帕塞住了冴子的嘴，还用她哥哥英人的领带把手帕牢牢绑死。她的双手则被反绑在身后，再用绳子固定在桌脚上。就像是在背桌子一样。她瘫倒在地，伸长着腿，裙子被拽了下来，丝袜与内裤缠在脚跟上。上衣的胸口敞开着，内衣与胸罩被撕得粉碎，揉作一团丢在旁边。冴子几乎全裸，左侧乳房下方有个正在喷血的窟窿。鲜血顺着她雪白的小腹流到双腿之间，形成了一片血池。

　　桌旁摆着一个坐垫。六个月大的婴儿躺在上面。武警冲进来时把孩子吵醒了。只见孩子抓着母亲满是鲜血的脚号啕大哭……

冴子当场身亡。龟辰被送往医院抢救，无奈几小时后因抢救无效死去。

冴子是被龟辰的手枪打死的。那是一把托卡列夫，俗称TT33，原产苏联。但当时龟辰已身负两枪，不可能有余力举枪打死冴子。

龟辰被隔壁房间的刑警打中之后，倒在了房中。右手中的手枪因碰撞走火，不幸打穿了冴子的胸膛。

由此可见，冴子的死，是一次不幸的偶发事故。

两名开枪击毙龟辰的刑警与负责指挥的江森警部补并没有受到处分。

警察管职务执行法中规定，警官可在下列情况开枪射击：

（一）逮捕犯人或防止犯人逃跑时。

（二）保护自己或他人时。

（三）嫌疑人妨碍警官执行公务时。

从当时的情况看，开枪势在必行。警方有必要使用武器，也有正当的理由。

然而，痛失妹妹的星川英人认定——妹妹是警方失职的牺牲品。

他的愤怒与心痛并没有集中在龟辰身上。他的矛头，直指警方。

从案发次日起，他每天杀去大泉警署，要求会见署长。刑事课长与江森警部补也被署长叫了去。

——我妹妹冴子被那疯狗一样的男人抓了起来，受了整整四小时的委屈！你们知道她有多痛苦，多屈辱吗！光是想，我的心就快碎了！你们早就猜到事情会变成那样，却没有采取任何行动，袖手旁观。你们要怎么负这个责任！你们对得起她的孩子，对得起她的丈夫吗！你们要怎么赎罪！

——如果你们说我妹妹的死是犯人引起的偶发事故，那我倒要问你们，事故的原因是哪儿来的？还不是警方的责任吗？！

——犯人让你们把那个时枝带去见他。要是你们照办了，他肯定会放了冴子。可你们就是不肯答应。这才是酿成悲剧的根本原因！你们大可把时枝带去现场，让她跟犯人喊话，同时保证她的安全。你们这群无所作为、愚蠢之至的警察！当着我妹妹的遗体，你们就不觉得羞耻吗！

——黑帮混混的老婆也有人权。这我没意见。时枝还活着。很好。可冴子死了。冴子就没有人权了吗？被害者的生命，就不如黑帮混混的老婆金贵了吗？

——我本想去把冴子换出来，还想跟犯人正面搏斗。可你们派了两名警员，把我锁在了管理员办公室里，剥夺了我的自由。我只能眼睁睁地看着妹妹在痛苦中挣扎，在屋里受苦，却什么都做不了，你们警察知道我有多无奈吗！

——你们这群无能的警察，给我立刻辞职！给我剃度出家，为冴子念经诵佛！

星川英人每天来到大泉警署大声抗议。与其说是抗议，不如说是唾沫横飞地谩骂与怒号。

他还哭着说道，冴子是他唯一的妹妹，她两岁那年，母亲便撒手人寰了。父亲娶了后妈，但后妈待他们不好。他又当爹又当妈。兄妹俩一直相依为命，感情非常好，不能与普通人家的兄妹相提并论。

星川英人是东华女子大学的副教授，广受女学生的欢迎。他擅长体育运动，体形非常标致，长得也十分帅气，又是钻石王老五。他在某本文艺杂志上发表了小说，得到了某著名文学大奖的提名。女学生们都把他当偶像崇拜。

"只要星川老师一句话，我什么都愿意做，什么都愿意给。"学生们甚至有这样的感叹，"可他就是不跟我说话呀……"

可在大泉警署抗议的他，与学生口中的帅哥老师相距甚远。他只是一个因妹妹的死唉声叹气、怒不可遏的平凡男子。

以上即为"龟辰事件"的概要。案发四个多月了。悲剧逐渐淡出人们的视野。可江森警部补的"无故旷工"勾起了署长与刑事课长的记忆。

那天晚上七点。（那正是北条由纪这辈子第一次踏入情人酒店的时候——）

大泉警署署长办公室。刑事课长带着沉痛的表情，坐在署长对面。大部分警员都回家了。警局里静悄悄的。但署长还是压低了嗓门……

"江森还是没联系我们。看来我们得做个决定了……"

"要跟本厅汇报吗？"

"嗯……总不能瞒着啊……"

"那要跟弟兄们说吗？"

"只知会干部们吧。包括那几张明信片。"

"问题是怎么对付媒体……'江森的无故旷工与星川英人有关'只是我们的猜测，我们还没有任何证据。要是媒体听说了这件事，肯定会把'龟辰事件'的旧账翻出来。上次我们已经被星川骂了个狗血淋头了，要是这次的事和星川无关，他绝不会忍气吞声，肯定会毫不留情地追究我们警方的责任……"

"是啊，所以我们决不能轻易泄露他的名字。这可如何是好……星川到底在哪儿啊？"

"不知道啊，听说他在案发后辞职回老家去了……"

课长边说边从口袋里掏出一盒烟。署长也点了根烟。

两人沉默片刻，盯着青烟越飘越远。

"星川上大学时练过橄榄球，力气很大是不是？"

"没错。"

"听说江森上高中时是篮球队的，而且他还是空手道黑带……"

"好像是黑带二段，您问这个干什么？"

"他们都很壮，就算星川想法子接近了江森，也没法轻易将他掳走吧？"

"是啊，他们的体形不相伯仲，但要是他有凶器……"

"江森有枪啊。他去调查纵火案的时候也是随身带枪的。"

"好像是哦，昨天他是跟落合刑警一起出去的。落合说，他们是六点半回来的，听完大伙儿的汇报后，他就跟落合一起回去了。当时是七点吧。他们回家的方向正好一样，就结伴走了一段。当时江森还说要去超市买点东西做晚饭呢。"

"哦，他还没成家吧？"

"嗯，他的午饭一般在外头解决，但晚饭都是他自己做的。听说他会在出门前把饭煮上，调到保温挡，晚上回来吃热的。他还说他早晚一定要喝点味噌汤，不然就跟没吃饭似的，还让我找个机会去他家尝尝他的手艺呢。"

"那他七点半左右就该到家了吧。"

"问题就在这儿。和落合分开之后，他就失踪了。他是在家里失踪的，还是在回家路上碰到了什么事……"

署长将肥硕的身子微微前倾，说道："要不……"

"要不什么？"

"去查查江森的房间吧。当然这事儿得保密，也没有搜查令，但我会负责的。也许我们能在他家里找到什么线索。"

"也是，这就去吧！他家离警局就十五分钟的路。"

署长与刑事课长同时起身。

"警察署长与刑事课长居然要去搜查部下的房间，这算什么事儿啊……"

署长本想自嘲一番，表情却很僵硬。

第三章　疑惑

"由纪，还睡着呢？都八点了，要迟到啦。快起来……"

是母亲的声音。这么晚了？该起床了。由纪想睁开眼睛，眼皮却跟黏住了似的，怎么都张不开。

"由纪！"

楼下传来母亲的喊声。突然，由纪睁开双眼，发现她身上还穿着高中校服。那就不用换衣服了。

由纪冲下楼。大门开着。阳光好刺眼。

由纪的自行车靠在门口。她正要伸手去抓车把，母亲却从旁边冲了出来，一下撞开由纪，跨上了车。

"妈妈，你快让开啦，我要去学校了。"

母亲没有作答，而是踩起了车。平时她都是走路去工厂的，为什么今天要用我的车？

"等等，妈妈，等等！"

然而，母亲并没有回头。而是像自行车赛的选手一般，抬起臀部，奋力踩着踏板。眼看着母亲的身影越来越小……

"等等，妈妈，妈妈！"

由纪在母亲身后大叫。她被自己的声音吵醒了。与此同时，她想起自己并不在南河原村的家里，而是被一个陌生男人带到了情人酒店。

屋里一片漆黑。天还没亮吗？由纪打开枕边的台灯，看了看表，六点二十分，可阳光并没有射进屋里。

由纪望向睡在房门口的男子。对方裹着酒店的浴衣背对着她，蜷缩着身子。

由纪长舒一口气。这一晚总算熬过去了，不过……她一直提心吊胆，不想在他面前睡着，可终究还是睡着了。一晚上怕是打了好几个盹吧。母亲担心女儿的安危，便在梦中喊醒了她。好想妈妈啊……由纪无比思念娘家的母亲。

身旁的纱江轻声哭了起来，她饿了。纱江好像醒了很久了。借着台灯的灯光，她终于看清了母亲，在刺眼的灯光中眨着眼。现在恰好是平时给她喂奶的时间。

"啊呀，纱江已经醒啦。对不起啊，来，吃奶吧……"

由纪轻声说着，将乳房送到女儿嘴边。纱江贪婪地吮吸着甘甜的乳汁……

最近纱江的吃奶时间开始趋于稳定了。早上六点多吃一次，之后则是每四小时一次，十点、下午两点、六点、晚上十点，一天五次，已成习惯。纱江每天七点多睡觉，但到了十点会稍微醒一会儿。只要让她含着乳头，她就会在半梦半醒中吃一点。喂个十分钟，她便能一觉睡到次日六点，不会在半夜三更吵闹。

"纱江真乖……"

由纪轻声安抚着一门心思吃奶的女儿。

这不是我的孩子，是你跟那家伙生的杂种吧——亲生父亲将纱江贬得一文不值，狠心抛弃了她。如今，她又被陌生男人绑到了这情人酒店，只能紧紧抓着母亲。女儿在胸口吃奶的模样是何等可爱，何等可怜。

"对不起啊，纱江……"

纱江的小嘴松开了乳头。

"吃饱了吗？"

由纪边问边用带来的纱布擦了擦纱江的嘴，也擦了擦乳头。孩子睁大双眼，仰视着母亲的脸。

男子好像起来了。他瞥了眼由纪，以为她还睡着，便将毛毯叠好放进纸袋，又随便叠了下盖在身上的两件浴衣，放回衣筐。

男子走去洗脸台，刷好牙，再用酒店的剃须刀刮胡子。洗脸，用梳子把头发理顺。由纪呆望着他。

收拾完之后，男子走了出来，对坐在床上的由纪说道："早，纱江醒了？"

"嗯。"

"她睡得好吗？"男子凑近床边，微笑道，"纱江，早上好。对了，把窗户打开吧，得让纱江呼吸点新鲜空气……"

男子将厚重的窗帘朝两边拉开。窗户有两层，里面那层是透明的玻璃，外面则是镶嵌在铝合金窗框上的黑色塑料板，再加上厚重的窗帘，自然能隔绝外部的光线与响声。

男子用力打开窗户。朝阳洒在红色的地毯上，无比炫目。沉淀了一晚上的空气被柔和的风搅动起来。

"啊，真舒服！"男子来到窗前，深呼吸几次，回头说道，

"由纪，把纱江抱来吧。"

由纪老老实实地抱着纱江走到窗前。周围有好多树木。昨晚入住时，周围已是一片漆黑，看不到什么风景，可现在她还能看见远处的小镇。大概是因为酒店在一个小山丘上的缘故吧。酒店前方的树木不是新种的。建筑商在山顶的杂树林中开出一片空地，造了这栋酒店。周围的树林则保留了下来。无人修建的树枝吐着新绿色的嫩芽，沐浴在朝阳中的枝条熠熠生辉。

由纪不禁赞道："好美啊……"

她深吸一口气。绿叶的味道乘风而来，涌入由纪的胸口。

"今天天气也不错。"

听到男子的话，由纪不禁仰望天空。万里无云，湛蓝的天空无边无际。

两人就这么并排站着，欣赏周围的风景，一言不发。但由纪并没有忘记有个男人站在她身边。她并不害怕。她的心中充满了宁静与安详。身边的男人与她眺望着同样的风景，呼吸着同样的空气，享受着同样的绿叶清香。

（如果他是我的爱人……如果他将手轻轻搭在我肩头，揽住我的腰……）

由纪的身子忽然倒向男子的怀抱。她大惊失色，幸好这只是想象，现实中她的身子并没有动。由纪不禁为自己不着边际的空想而羞愧。

"我也去洗个脸……"

她将纱江放在床上，走去洗脸台。

126

八点多，早餐送来了。装在纸质容器中的果酱与黄油，两片面包，装在小碟子里的蔬菜沙拉，一个水煮蛋，还有咖啡。

睡眠不足和紧张，影响了由纪的食欲。

"生产母乳是母亲的责任。你得为了纱江吃啊。"

听到这话，由纪只得用咖啡灌下一片面包、白煮蛋和半盘沙拉。

男子则吃了个精光。

吃完后，男子打开电视，看了九点档的新闻。之后他便抱着胳膊，沉思了三十分钟之久。

其间，由纪将家里带来的浴巾塞进旅行袋，给纱江换了尿布，将脏尿布放进男子准备的塑料袋里。她可以随时出发了。

纱江仰面躺在床上，用眼睛追着母亲的一举一动，显得很困的样子。由纪又给她喂了会儿奶。

须臾，男子起身高举双手，伸了个大懒腰。

"差不多该走了。"

男子边说边朝电话机走去，像是要打电话去前台确认费用。

片刻后，门铃响了。男子走出房间，但没去多久就回来了。房间外有个专门用来结账的窗口。工作人员看不到住客的脸，也不会直接与客人交谈——这就是情人酒店的特色。

"啊，纱江睡着了？"

"嗯，平时她总是这个点睡一觉。"

"是吗？那就只能委屈她在车里睡了。要不把她放在后面？"

"不，我抱着就好。"

男子提着大纸袋与旅行袋走出房间，由纪则抱着纱江，提着塑料袋跟在后头。

十点多了。

轿车行驶在平坦的大道上。

男子的驾驶风格依然谨慎。由纪发现，男子故意避开了热闹的市中心，而且他并没有明确的目的地。同样的招牌与广告牌，由纪已见过多次了。也就是说这十多分钟里男子一直在绕圈子。

由纪很是焦躁。这可不是兜风看风景。她压根没有欣赏风景与风土人情的兴致。她只盼着男子尽快赶到目的地，好把她们放回家。

"你到底要去哪儿？"由纪忍不住问道，"一直在转圈子……你的目的地到底是哪儿？"

"目的地啊……眼下我还没什么明确的目的地，可能的话最好找个神社寺庙什么的。"

"你那么虔诚啊？"

"不，因为那种地方比较宽敞，还有很多树木，我也想让

128

纱江出去透透气。纱江不是没戴帽子吗？所以出去散步的时候得找有树荫的地方。"

由纪哑口无言。男子的周到，让由纪非常感动。

"要不别去神社了，先过河吧。"

"过河？"

"嗯，过利根川。不过过河之前先去那儿吧。"

男子的左手松开方向盘，指了指马路左边的大广告牌，"某某超市阿贺野店"。还有个代表停车场的 P 字。

男子将车开进停车场。纱江正好醒了。

"哦，纱江醒啦。叔叔抱。"

男子抱起由纪膝头的纱江。

"由纪，你也下车吧。"

他边说边下车。停车场里有十多辆车。刚睡醒的纱江在男子怀中不哭也不闹，睁着眼睛环视四周。

"纱江，你看，这里有很多车车是不是啊？这里是超市。叔叔要跟妈妈去买东西。纱江也一起来吧。"

男子用眼神催促由纪进店。

店门口堆着许多购物篮。

"由纪，你拿个篮子。"

男子说道。超市大门左手边有周刊杂志和儿童读物、图画书什么的。男子随便挑了两本周刊杂志，丢进由纪手中的购物篮。

不同的货架挂着不同的标牌。只见男子朝右手边的食品专柜走去。

他拿了一盒牛奶，三包三明治。

"午饭就吃这个吧。晚上再请你吃点好的。"

接着他又走去了服装专区。

"你是穿 M 号的吧？"

"我？你要买什么？"

"睡衣啊。昨晚你没穿酒店的浴衣，直接穿着这身衣服睡的，也就是说你不愿意穿酒店的浴衣。那就给你买一套下面是裤子的睡衣好了。"

"不用了……"

"这种气有什么好争的？晚上还是换上睡衣好好休息休息吧。啊，这件怎么样？正好是 M 号。要是你不喜欢这个颜色和图案，就只能请你忍一忍了。反正就用两三天。"

男子拿起浅蓝色的睡衣与睡裤。上衣领口有白色的花边。

"有股子学生气，罢了罢了……"他将睡衣放进篮子，环视一周，"这家超市好像不卖玩具啊。我本想给纱江买个玩具的……算了，走吧。"

男子示意由纪去收银台结账。两人的消费超出一万日元。

走出超市后，男子将怀中的纱江递给由纪，又接过她手中的购物袋。这也是他极其谨慎的体现。超市里有其他顾客，也有店员。就算由纪敢逃，也不敢大声呼救，因为纱江还在他手里。男子用怀中的纱江，剥夺了由纪的自由。

坐定后，男子拿起仪表板上的两本地图。封面上好像印着"埼玉"与"群马"。

"开到红绿灯左转，上县道，伊势崎深谷线……嗯，这条路最不容易开错。"

看来他选好目的地了。

"走吧，前面就是利根川。"男子转向由纪，"过了上武大桥就是群马县了。"

轿车行驶片刻后便是男子提到过的那个红绿灯。下方挂着的路牌写着"下手计"字样。那应该是个地名吧。但由纪并不会念[1]。

轿车左转，开上一条大马路。男子加快了车速，径直往前开。前方是一座铁桥。

"那就是上武大桥。下面就是利根川。"

由纪抱起纱江，好让她看到窗外的景色。

"纱江，快看，这就是利根川哦。是不是很宽啊？妈妈的老家啊，就在这条河的下游。"

五月的明媚阳光缓缓洒在河面，波光粼粼。

由纪的故乡——南河原村位于利根川与荒川中间的低地。村里有不少小河与沼泽。一到夏天，那些地方就成了孩子们嬉戏的游乐园。风光恬静的小山村。由纪家就两间房，一间八张榻榻米大，一间六张。父亲去世后，二楼的大房间就成了由纪的。由纪上高中时，每逢大考都会复习到很晚，母亲便会给她准备些夜宵和热茶，踩着嘎吱作响的楼梯端上来："由纪，吃了夜宵再复习吧……"

今天，她的母亲也会一如既往地去拖鞋工厂上班吧。塑形，

---

[1] 日本的某些地名念法比较特殊，常有日本人也不会念的情况。

缝制。而我则被这莫名其妙的男人掳走了，被他关在了车里。现在则来到了利根川正上方。妈妈，他要带我去哪儿啊？接下来还会出什么事啊？……

由纪的眼眶湿润了。

"由纪。"

男子突然发话了。轿车已开过利根川，来到一片住宅区。

"要是你觉得无聊，可以听听歌。那儿有几盘磁带，你随便选一盘吧。不过我只听演歌，没有年轻人喜欢的摇滚和新音乐……"

还真是。车上有十几盘磁带，全都是演歌的。但由纪并不讨厌演歌。因为她的母亲是个演歌发烧友。由纪从小耳濡目染，也喜欢上了演歌。

村田英雄、田端义夫、都春美、北岛三郎、美空云雀……由纪选了盘迪克·三根的磁带《人生林荫道》——那是母亲最喜欢的曲子。

音乐家古贺政男特有的吉他前奏从音箱中流淌而出。

　　妹妹啊，莫哭泣。
　　若是哭了，
　　背井离乡又有何意义。(佐藤惣之助作词)

　　迪克·三根的歌声富有男性的磁性，用柔软而甘甜的声线撩拨着听众的心灵。歌曲完美诠释了哥哥对妹妹的爱。这也让由纪想起了她唯一的哥哥。

　　她的哥哥在十八岁那年去世了。那年他还在上高三。他比由纪大五岁。成绩总是名列前茅。父亲生前总说，我无论如何都要把这孩子送进东大医学部。老师们也说他是建校以来最优秀的人才。哥哥是由纪的骄傲。她从小仰慕哥哥，哥哥去哪儿她就去哪儿。"我长大了要嫁给哥哥！"她曾用这话逗得父母乐不可支。哥哥也很疼爱这个爱撒娇的妹妹。

　　高三那年夏天，哥哥突然脸色苍白，还会不时流鼻血，低烧不断，牙肉也在出血。村里的医生没看出个所以然来，只说他是学习太用功了，可能有些营养失调，让他多注意饮食，多运动运动。可症状就是不见好。父母实在有些担心，便带哥哥去了熊谷市的医院，做了个精密检查。结果竟查出哥哥得了急性白血病。一周后，他便撒手人寰了。他走得实在是太突然，太突然了……

哥哥的睡脸很安详。由纪趴在他身上，号啕大哭。"妹妹啊，莫哭泣"——迪克·三根的歌声勾起了当年的悲痛。

  寂寥夕阳下的小路，

  哥哥曾哭着呵斥你。

  你可曾忘记？

吉他与弦乐的间奏再次传来。由纪的手指在纱江背后打着节拍。

突然，男子伸出手来，按下了停止键。乐声戛然而止。

"这首不行。换一首吧。"

男子说道。由纪很是来气。不是你让我随便选的吗？所以我才挑了这首《人生林荫道》啊。

"为什么啊，你不喜欢这首歌吗？"

"不，只是听曲子讲究一个心境。有时听着开心，有时就越听越痛苦。如果你喜欢古贺的曲子，就放藤山一郎唱的那盘《慕影》吧。"

"算了。"

由纪故意扭头望向窗外。路边唯有单调的田园风景。由纪闭上双眼。她对周围的风景全无兴趣。她对群马的了解仅限于伊香保温泉。婚前，她在南河原村的邮局工作，单位曾组织员工去那个温泉旅行。从熊谷出发，坐 JR 上越线到涩川，换乘去伊香保的巴士。但她几乎不记得途中的风景和半路上的站名了。她甚至懒得探究车具体在群马县的哪个位置。知道了又如何？

男子掐断了迪克·三根的歌，这反而让由纪更感兴趣。《人生林荫道》共有四小节，男子是在第二小节唱完时动的手。他说"听曲子讲究一个心境。有时听着开心，有时就越听越痛苦"……

换言之，男子现下觉得《人生林荫道》是一首让他难受的曲子，所以他不想听。他把我绑来了这儿，开着车在群马县到处乱跑。这就是他的"现在"。这和《人生林荫道》有什么关系？为什么《人生林荫道》会变成让他痛苦的曲子？

歌词唱的是一对兄妹，而且是一对不幸的兄妹。身处逆境的兄妹俩为不幸的命运而哀叹。妹妹则为不幸的人生落下眼泪，哥哥鼓励她、教导她要勇于面对困境。后两段里应该会唱到"活下去 燃起希望"、"春天总会来到"。

莫非这个闷声开车的男人也有个妹妹，也有不幸的过去？

由纪的想象毫无根据，她也没有任何把握。她不知道男子的姓名、住址与职业，但她总觉得自己窥视到了他的心灵角落。

车停了。由纪睁开眼，环视周围。民居变得稀稀拉拉，田野取而代之。

男子说道："出去走走吧。"

"这是哪儿？"

车停在马路左侧的空地上。那块地非常大，足够停五六辆车，地上还铺着水泥。看着像停车场。

男子拿起仪表板上的公路地图与写有"群马"二字的观光杂志。

"这是境町，还是已经进尾岛町了？听说这附近有很多有名的寺庙。我是看到这座寺庙才停下的……"

"寺庙？"

"嗯，就在那儿。"

男子指了指左手边。有一段七八级高的石阶，尽头则是座山门。

"如果我们在境町，那就是能满寺，杂志上说里头有松尾芭蕉的句碑。长光寺也有他的句碑。如果是尾岛町，那就是永德寺了。它还有个雅号叫'杜鹃寺'。还有满德寺，也叫'断缘寺'，专供女人躲进去离婚的。这附近的寺庙可真多。哦，门票三百。还有江户时代的休书和德川历代将军的资料呢。先进去看看吧。寺里树木比较多，让纱江散散心正好，也挺安全的。"

男子让由纪下车。走上石阶，便见山门左右两旁是两座崭新的石灯笼。基石上刻着"新田町林屋传兵卫捐赠"字样。

"咦？新田町？是照念寺啊，杂志上没写呢……"男子仰望山门，喃喃自语，继而望向由纪，"这里好像是新田町，在太田市西边。你来过这儿吗？"

由纪摇摇头。太田市和新田町，都是她完全陌生的土地。

她压根不知道自己身处群马县的哪个位置。

"这座照念寺好像不是很出名。但没有游客反而更好。我来抱纱江吧。你可以在里头走走，放松放松。"

男子抱着纱江，跨入山门。由纪紧随其后。

寺内面积很大，正面是大殿，右侧的平房应当是僧房，两者间用走廊相连，而左侧乃是假山。假山对面是一栋古旧的建筑，像是别院，又像是茶室。木质雨窗是关着的。

假山背后不乏老树。杉树、松树、樱花树、枫树……仿佛数年来无人打理，枝条肆意生长，层层叠叠，绿树成荫，纵然是五月的阳光都无法将之穿透。

树荫下的泥土湿润柔软。由纪享受着阔别已久的温柔触感。

男子没在散步，但也没傻站着，而是抱着纱江，在树荫下来回晃悠。由纪则走在他身后。她的身体一直被安全带固定着，只有在这儿才能畅享自由。动一动，感觉整个人都活过来了。

男子一会儿用双手高举纱江，一会儿又抱着她左右摇摆，就跟荡秋千似的。只听见纱江发出银铃般的笑声。

（我逗她的时候怎么没见她这么笑过啊？这孩子可真是……）

纱江在男子怀中荡漾。时而高声欢笑，时而扭动身子，发出咕噜噜的响声，也许是觉得痒吧。女儿正委身于男人的臂弯，如成熟的女人一般发出妖媚的声音——那不是母亲对四个月大的幼儿产生的感情。那是由纪的错觉。是近乎空想的错觉，然而，掠过心头的嫉妒让她忘却了母性，做回一个普通的女人。

"在这儿歇一会儿吧。"

寺庙角落里有个紫藤架，下面摆着两把木椅，还有一张圆桌。

椅子历经风吹雨打，显得非常破旧，但还很牢固，也没有腐朽的迹象。

两人对面而坐。

周围死寂，大殿和僧房静得掉根针都听得见，附近也没有其他游客。

　　转头一看，树丛后是小镇的景色。寺庙周围是宽广的田野，新造的房子星星点点。阳光下，没有高楼大厦，全是低矮的平房。一幅宁静的田园风光，让由纪的双眼放松了不少。

　　"今天是你离开熊谷的第二天，"男子问道，"亲戚朋友会不会打电话给你？"

　　"我想不会吧……"

　　"哦？可你经常跟母亲联系吧？"

　　"那都是我打给她，只有昨天早上她突然给我来电话，说工厂老板办喜事，放假一天……当时聊了有三十分钟，我想她这几天都不会再打来了。"

　　"那就好。你丈夫恐怕不会给你打电话的，这两天也不会回去……"

　　"你怎么知道？你是不是查过我丈夫的事？你跟他到底是什么关系？"

　　这是由纪最好奇的一点。只要搞清昭和男子的关系，兴许就能推测出他强行带走她们母女俩的目的了。

"不，我跟你丈夫没有任何关系。"

"可你知道我们家是什么情况不是吗？所以才敢肯定他不会打电话给我，也不会回家……"

"唉，这只是我的想象罢了。"

"可你会这么想总是有依据的吧？"

"这个……我听到了一些传闻。"

"什么传闻？"

"你老这么追问我也不是回事啊，那我就告诉你吧，你丈夫在熊谷市的国会议员梅津悠作的事务所工作，对吧？"

"没错。"

"你丈夫虽是梅津议员的私设秘书，但他的工资是由伊豆原医院支付的。也就是说他是医院派去的职员。伊豆原医院的院长夫妇每年都会捐很多钱给梅津，还把轻井泽的别墅免费借给梅津使用。其实就是白送给他了。而且他们为了让梅津在今年年底或明年开春的大选中取胜，特地派出自家医院的员工帮忙开展选举活动。他们为什么要这么不遗余力地支持梅津悠作？原因很简单。因为伊豆原院长想以民生自由党候选人的身份参加两年后的参议院大选，他当然想借用梅津的政治影响力了。"

"你这么了解政治的内幕啊……"

"这些事看报纸就知道了。而且我跟当地的报社记者很熟……"

"那昭散布什么流言了？"

"不是流言，只是他去熊谷市的高级料理店和俱乐部的时候总是口无遮拦。私设秘书的工作就是巩固地区后援会组织，增加会员的数量。会员越多，选票就越多。所以秘书需要经常跟市内的官员或后援会干部喝酒。你丈夫一喝酒，口风就松了。所以我就听到了风声。"

"他都说什么了？肯定是我跟我娘家的坏话吧……"

"差不多吧，说得还很难听。'我们夫妻在外头都有人，现在分居了……'"

"外头都有人？"

"他说，我老婆在外头偷汉子，而我在帮那人养野种。所以我即使在外面拈花惹草我老婆也不敢说一个字——他这么说当然是为了勾引俱乐部的女公关和料理店的女人……"

"岂有此理，太过分了！"由纪不禁喊道，"纱江，这孩子是他的亲骨肉！从没有别的男人碰过我！我说的都是真的！是他误会了！不，应该说是他妈妈，也就是我婆婆利用他爱吃醋的性格污蔑了我！我婆婆本来就很反对这桩婚事……"

"我知道。你看着就不像是会红杏出墙的人。昨晚我们聊过啄木的短歌，还聊到了你的母亲，还有你高中时代的趣事。恕我冒昧，当时的你就像个十七八岁的少女一样。最近的年轻女性总有些过分成熟的感觉，不是很清纯，但你和她们截然不同。你很纯洁，一直用母亲的凛然态度对待我。这样的人，怎么可能背着丈夫跟其他男人纠缠不清呢？你的丈夫居然会怀疑你，真是男人中的败类！"说完，男子露出难为情的笑容补充道，"不好意思，我并不是故意抨击他……"

"没关系。听到这话我其实很开心。有这样一个人理解我，我就很欣慰了……"

这是由纪的真心话。眼前的男人是绑走她的犯人。但他义正词严地反驳了丈夫昭和婆婆民子扣在她头上的不白之冤。

"容我多一句嘴,"男子仿佛在和怀中的纱江说话,"要是你同意因'女方出轨'离婚,纱江肯定会很伤心的。她总会站在你这边,无条件地相信你。纱江,告诉妈妈,让妈妈加油。妈妈,加油,妈妈,不要输!"

男子装出纱江的口气。男子的一片善心让由纪深受感动。她紧咬下唇,强忍着涌上心头的呜咽。

"不过你丈夫为什么会怀疑纱江是别人的孩子啊?"男子抬起头,直视着由纪泪水盈盈的双眸问道,"难道你做了什么会引起他怀疑的事?"

"因为——"

说到一半,由纪突然语塞。她能把这种事告诉他吗?那是他们夫妻之间的问题,是家务事,是私事,是夫妻间的秘密。不应该随便告诉外人。知道内情的只有她的母亲。

男子见由纪默然,苦笑道:"看来我问了不该问的问题,只是……若一方保持沉默,而另一方不断坚持某个主张,这个主张就会成真。你丈夫在外头说他知道你的情夫是谁,还撞见你们搂搂抱抱卿卿我我,末了又仔细描述当时的情况。要是你不解释,他的版本就会不断扩散。我不相信他说的话,但是……"

男子的最后一番话推翻了由纪的自制。连他也在怀疑我吗?她一直咬牙忍耐着丈夫与婆婆的诽谤中伤,可她也有很多话要说啊。真想找个人倾诉，真想让别人听听她的委屈！心中的千言万语，终于突破了由纪的自制心。

"那我就告诉你吧，"由纪强忍着激动，调整呼吸后说道，"那是去年春天的事……"

那天，住在南河原村的堂哥努来到熊谷市的由纪家做客。

由纪的父亲是村公所的财务职员，勤勤恳恳干了一辈子。他有个弟弟很会做生意，开了家卖家用电器的商店，还在附近的行田市开了个加油站。

努是这位叔父的独子，高中毕业后就帮父亲经商。叔父总会在客人面前眯起眼睛炫耀说有了这个后继者就放心了。

努这人性格开朗，工作踏实，深受众人的欢迎。村民们就取他名字（tsutomu）的后两个音，喊他"汤姆"。他比由纪的亡兄小两岁，从小跟由纪一起长大。

温暖的春日下午，努突然来到了由纪的新居。

见到阔别已久的堂兄，由纪喜出望外，赶忙拉着他的手，将他请进客厅。当时丈夫昭还在伊豆原医院工作，她也还没怀上纱江，送丈夫出门之后就没什么家务要忙了，下午总是闲得慌。

努说，他有个高中同学在熊谷市工作，那个同学已经结婚了。前些日子他打电话告诉努说，老婆给他生了个大胖儿子，于是努就带着贺礼去做客了，还在同学的盛情邀请下蹭了顿午饭。告辞之后，他决定顺路来看看由纪。

144

"不好意思啊，我这趟不是特地为了你来的，不过我就是想参观参观新夫人的新居嘛。"

"哎呀，汤姆，你能来我就很开心了。坐吧坐吧。新夫人正愁没事儿干呢！太好了！真是好久没见到你了呢！我这就去泡茶。啊，要不来罐啤酒？"

"嗯，我在同学家喝了点酒，又走了一段路，正渴着呢。"

"那就来啤酒吧。我也能陪你喝上一杯了。"

毕竟是堂兄妹，没什么好客气的。由纪端出啤酒与简单的下酒菜，坐在他对面说道：

"为远道而来的汤姆干杯！"

"好，那我就为新夫人由纪干杯吧！"

两人喝了一口酒，同时笑了起来。他们聊了许多许多。亡兄的回忆，两人都认识的朋友，村里的新鲜事。时间转瞬即逝。干掉三罐啤酒之后，努打着哈欠说道："啊，我还要去一家燃料店谈公事呢，喝了这么多可怎么办啊？这已经是我今天第二次喝酒了。困死了……"

"那就稍微躺会儿吧，我去附近的超市买点东西。你要几点出门啊？"

"五点多吧。"

"那你睡一小时好啦，我回来之后会叫醒你的。"

她在地上铺了两个坐垫当床垫，又将一个坐垫对折，当枕头用。见努睡下之后，由纪便出门去了。她的母亲最爱吃熊谷特产五家宝①。她便打算买上一点，让努帮着带回去。

由纪买完东西回家一看，努都打起了呼噜。

"汤姆，起来啦，五点了。"

由纪摇了摇他的肩膀。努一开始还半睁着眼睛，一听都五点了，赶忙跳了起来。

"我走过去要半小时呢，车也放在那儿了。那我就先走了啊！回头见！"

说完便往门口赶去。反正他们熟得很，也不用啰啰唆唆地告别。由纪也下到玄关。定睛一看，努的领带好像松了，领结也耷拉在胸口。

"瞧你，领带都睡歪了。"

由纪将手伸向努的领带，凑上前去，想帮他把领带整理好。不料努好像还没完全睡醒，一个没站稳，一屁股坐在了门框上。抓着领带的由纪也被拽倒在了他的双脚之间。在外人看来，两个人就跟抱在一起似的。

"哇，好大的酒味！"

由纪扭过头去，正要帮他整领带……

就在这时，大门开了，昭走了进来。努赶忙推开由纪，站起身。与此同时，由纪也看见了丈夫，却因事出突然，连一句"你回来啦"都没能说出口。昭的眼神是如此犀利，惹得由纪不禁低下头去。

饱含紧张的沉默持续了数秒之久。这几秒仿佛比一辈子

_____

① 一种日式糕点。

146

还长。平日里笑脸盈盈的努也吓坏了，难为情地低着头说道：
"多谢款待，再见。"说完便飞也似的逃了回去。

"那家伙是谁？！"

昭胡乱脱了皮鞋，冲进客厅。不凑巧的是，客厅还保持
着努睡觉时的状态。两个坐垫，一个对折的坐垫枕头。

"哼，"昭恶狠狠地环视客厅，"原来如此，你们就是在这
儿解决问题的。一发还不够，到了门口了还要搂搂抱抱。没
想到我要回来拿东西吧？由纪，你可真倒霉啊。那男人是谁？
你们什么时候认识的？婚前就认识了？我好歹也是你丈夫，
你总得跟我解释解释吧？"

"老公你误会了！我们没做见不得人的事！他是我堂哥！
今天他去熊谷的朋友家送贺礼，回来时顺路来看看我……"

"哟，堂兄妹啊，那就更是别有一番风味了吧。他经常趁
我不在的时候来吗？"

"没有的事！这是他头一回来……"

"算了，我还得带文件回医院呢，回头再慢慢听你讲经验
之谈。在堂兄怀中享受欢愉的人妻,女性杂志上常有这种故事。
真没想到能听当事人亲口讲,我可真是个幸福的丈夫啊,由纪。"

昭冷嘲热讽之后便上二楼去了，须臾拿着装有文件的大
信封下楼，瞪了由纪一眼，却一句话也没说，扬长而去。那
天晚上，他没有回家。

男子听着由纪的诉说，用力点头道："我明白了，回忆这些一定很痛苦吧……都怪我……"

"没关系。只有我妈妈知道这些，毕竟我没法跟外人说这事，但我一直想找个人倾诉一下。我只能默默忍着，就好像责任都在我身上一样……我……"

"太过分了。纱江正好是那时怀上的？"

"没错。发现我怀孕之后，我丈夫大发雷霆，说什么'那不是我的孩子！你要让我养野种吗？！'……生纱江时，他跟婆婆都没露面，我妈妈只能住在医院照顾我。"

"哼，明明是她的第一个孙子……"

"总之……那段时间的昭特别不正常。打那天起，他每晚都要和我行房。'你跟我结婚之后从来没享受过房事，也没取悦过我，我还以为黄花姑娘都是这样的，可那个男人肯定教了你不少技巧吧？你肯定把他伺候得很舒服吧？你怎么不用同样的法子伺候我啊？你们是这么玩的吗？他是这么摸你的吗？'……他让我做了好多难为情的事，我都不好意思说……这样的日子持续了一个月之久，然后他就再没碰过我。后来，我就发现自己怀孕了……"

"唉，纱江和你就这么成了他野心的牺牲品。"

"野心？"

"没错，你丈夫好像要参选下一届市议会议员。他还跟俱乐部的女公关说，我有个大靠山。他的梦想是先当市议会议员，再当县议会议员。"

"我也听他提起过，我还以为那是酒后的胡话……"

"不，他是动真格的。要当政治家，总需要些裙带关系。但你的娘家，南河原村的人没有熊谷市议员的选举权。那他们能提供雄厚的选举资金吗？恐怕也不能，于是……"

"我知道。我和纱江帮不上他的忙，是他的累赘。"

由纪低着头，咬着嘴唇。男子的话很有道理。婚礼的证婚人是熊谷市议长，但他就是昭的靠山吗？不对。婆婆民子有个"男人"，这个男人也许能说动市议会议长。这么想也许更合理。

刚结婚时，民子常说我家小昭娶你之前啊，有的是好人家上门说亲，有市议会议员的千金，有律师的女儿，可那孩子偏偏看上你了……

由纪还以为那是婆婆的冷嘲热讽，可那没准是真心话。要将宝贝儿子送上地方政治的舞台，就需要迎娶一位大家闺秀。这就是民子的梦想。要赢得选举，关键是地缘与血缘。贫穷的南河原村出身的由纪，自然讨不到婆婆的欢心。

这桩婚事本就是昭单方面的死缠烂打。他们是在由纪高中同学的婚礼上认识的。新娘请由纪当女主持人，而新郎请的主持人正是昭。也就是说，新郎新娘希望他们能一起主持婚礼。

昭好像经常做这类工作，很是驾轻就熟。但由纪还是头一遭，不知该如何是好。昭帮了不少忙，还巧妙安排了由纪的出场时间。多亏了昭，她才能顺利完成这项任务。

婚宴于下午五点左右结束。在由纪收拾东西时，昭凑过来说道："辛苦了，要不要去喝杯茶，聊聊婚宴上的趣事啊？"

由纪正好渴了。婚宴结束前，她一直吊着一口气，别说是吃饭了，就连水都来不及喝一口。

于是由纪就跟昭去酒店的咖啡厅，单独聊了一会儿。昭很会说话。他夸由纪穿和服很好看，还说"我一直在想象你坐在新娘的位置上，我坐在新郎的位置上会是什么样子，想得心脏一阵狂跳呢"。由纪羞得两颊绯红。这位开朗和气的青年，博得了由纪的好感。

几天后，昭打电话去了由纪所在的邮局。

"新郎的父母想请我们去熊谷皇宫酒店吃顿饭，算是感谢我们，可他们有事来不了，就给我寄了两张周日晚餐秀的票，让我们自己去，如果你有空，可一定要赏光啊。"

由纪跟母亲商量了一下，决定接受人家的一片好意，便在昭指定的时间来到了酒店。

这是由纪这辈子第一次享受晚餐秀的乐趣。宽敞的大厅，华美的照明，奢华的装饰，穿着白色礼服的著名香颂歌手踏着欢快的步子在餐桌之间游走歌唱。一切仿佛梦境。

他们吃的是法国大餐。这也是由纪从没体验过的。开胃菜，主菜，甜点蛋糕……她还用不惯刀叉，但昭好像经常吃西餐的样子,却故意吃得很粗俗,缓解了由纪的紧张,美其名曰:"日本人习惯用筷子,这种东西嘛,用自己顺手的方法吃就好了。"

每上一道菜,昭就会介绍一番。"这是奶油扇贝汤,日本菜里也有这样的汤汤水水","这是鸭肉片。再配一点蔬菜,衬托出卡尔瓦多斯酱的香气与味道"……可由纪只能随声附和两句"哦"、"这样啊"。要是不告诉她,她甚至吃不出这是鸭肉。她为自己的无知与迟钝的舌头而羞愧。

由纪才喝了半杯红酒就醉了,而周围的奢华氛围更加重了她的醉意。

昭目不转睛地盯着两颊微红、面带微笑的由纪,问道:"由纪小姐,你有未婚夫吗?"

"没有啊。"

"那你有男朋友吗?"

由纪笑着摇了摇头。

"嗯……"昭沉思片刻,突然说道,"由纪小姐,今晚应该会成为我这辈子最值得纪念的夜晚。"

昭的口气异常认真,让由纪吓了一大跳。可一周后,她才意识到这句话的真正含义。

他通过邮局局长向由纪求婚了……

"那就出发吧。"

听到男子的话，由纪抬起头来。方才她一直沉浸在婚前回忆中，甚至忘记了自己正身处寺庙之中。

"出发？去哪儿啊？"

"伊势崎市附近。"

男子将纱江交给由纪，起身朝外走去。由纪也抱着孩子，离开了紫藤架。

"伊势崎……很远吗？"

"不远，开车一个多小时吧。"

"那里有什么啊？"

"汽车旅馆。跟昨晚住的地方差不多。在那儿吃个午饭。你饿吗？"

"不饿。"

"那就吃刚才在超市买的牛奶跟三明治吧。晚上再吃点好的。纱江那么安静，一定是困了吧？她平时几点睡午觉啊？"

"两点多……"

"那正好，两点到还是绰绰有余的。我看过地图了，新田町旁边就是境町，穿过去就是伊势崎市了。接下来我就不绕路了。"

一路上不见一个人影。男子在山门前立定，朝大殿行了一礼，喃喃道：

"感谢佛祖让我们休憩片刻。"

由纪也学着男子的样子低头致意。心情也舒畅多了。

上车之后，男子打开公路图与手绘地图，仔细看了一会儿，确定好行车方向后便踩下了油门。

由纪呆呆地望着窗外的风景。民宅聚集的村落不见了，取而代之的是宽广的农场。远处还有丘陵与森林。与埼玉县相比，这边的地势起伏要更明显一些。

轿车穿过新田町，沿着东村与境町的交界线朝伊势崎市行驶。但由纪并不熟悉这边的地理，自然不知道这是群马县的东部，也不知道这是赤城山脚下的田园地带。

开了一小时不到，就看到了一栋充满异国风情的白色建筑物。

"那就是我们的休息处。"

男子将车驶入通往建筑物的小路。周围有几栋稀稀拉拉的民宅。在五月的阳光下，这栋白壁建筑物显得异常宁静。

小路的转角处竖着一个装有玻璃门的箱形招牌。牌子周围装了一圈电灯泡，到了晚上一定很明显。牌子上用英语和日语写着——新港湾酒店。

由纪走进房间，环视一圈。这个房间的装潢风格和昨晚的截然不同。主色调是白色。几株观赏植物摆得整整齐齐。

墙边有两张双人沙发,中间则是茶几。房间中央是一张双人床。

男子一进屋,便将外衣脱下,挂在衣架上,又将两个沙发拼了起来。接着,他拿出纸袋里的毛毯,铺在沙发上。看来他是想把沙发当床睡。双人沙发并没有扶手,拼起来之后的长度足够让一个高个儿男子躺下。

由纪将纱江放在床上。床的左边有个电视,后面则是一扇门。她走去打开门,按下开关,果不其然,那是洗脸台和厕所。走到底还有个宽敞的浴室。由纪赶忙冲进厕所,脱下裤子,一屁股坐在马桶上。她已忍耐多时。身体仿佛挣脱了束缚,享受着无穷的快感。

她走出厕所,来到洗脸台的镜子前。昨天出门后,她就再也没打理过这张脸皮。脸色很差,皮肤也没了光彩,显得非常疲劳,八成是睡眠不足所致。由纪感觉自己一下子老了好几岁,不忍再看。

回房一看,只见男子正伸长了腿坐在沙发上,边看周刊杂志边吃三明治。

"啊,你的放那儿了。"

男子指了指床。枕边放着周刊杂志、牛奶与三明治。

"还是吃点吧,吃一口也是好的。而且你昨晚就没怎么睡吧?眼睛都红了。陪纱江一起睡会儿吧。这种酒店不规定退房时间的,随便待多久都行,特别方便。好好休息一下吧。"

躺在床上的纱江正在吃手指。短小的双腿不住地摆动。由纪赶忙抱起她,给她喂奶。

二十分钟后,纱江松开了乳头。女儿睡着之后,由纪伸手拿起了牛奶。牛奶已经变温了，但用来解渴足够了。

男子仰面躺下，盖上毛毯，闭上双眼。好像在打盹。

由纪呆望着他的睡姿，就好像那是什么不可思议的东西。从昨晚到现在，他一直带着她们母女到处跑，但也不像在赶时间的样子，住的也都是情人酒店。她甚至不知道他的目的地是哪儿。今晚要住的恐怕也是情人酒店吧。

而且——他没碰过由纪一下。这人肌肉发达，怎么看都不像是性无能。由纪自认她的容貌和身材并不会输给同龄人。男子之所以不碰她，并不是因为她没有魅力。他也有常人的欲望，只是很有自制力罢了。他在用强大的精神力抵抗自己的欲望。为什么？美丽的猎物近在眼前，可他竟泰然自若地躺在沙发上睡觉。由纪真不知道他在想些什么。

她拿起枕边的周刊杂志翻了翻。

明星的绯闻、著名运动员宣布和美女主播订婚、高级官僚的糜烂夜生活、操纵政治的宗教团体的内幕……无聊的铅字在由纪眼前来了又去，她甚至没察觉杂志已落在她的胸口。睡魔袭来，难以抵挡，由纪沉沉睡去……

三小时后，由纪醒来时，男子正在洗脸台洗脸。轻微的水声打破了她的睡梦。她赶忙起身理了理衣服，好在衣着并没有乱。

　　纱江早就醒了，咿呀喊着。周刊杂志的红色封面吸引了她的注意力，只见她伸出小手，想要去抓杂志的纸。

　　"哟，你醒啦，"男子走出来笑道，"我看你睡得很好，实在不好意思叫醒你，还想今晚要不干脆住这儿算了……"

　　"对不起，我这就收拾……"

　　由纪赶忙爬下床收好牛奶盒与吃剩下的三明治。

　　"没关系，慢慢来，先去洗个脸吧，这样会爽气些。"

　　由纪低着头冲去洗脸台。她太难为情了。她的睡相如何？兴许他仔细观察过她的睡脸。上高中时，她常会在复习应考时睡着。母亲送夜宵上楼时总是笑话她，"你又说梦话了"。我昨晚没睡好，刚才不会是张着嘴睡的吧？我没有说什么奇怪的梦话吧？她羞得浑身发烫，脸颊都红了。

　　她用冷水冲了把脸，又用酒店的梳子梳了梳头。熟睡三小时后，脑子清醒多了。

　　回房一看，只见男子正抱着纱江逗她玩。

"我已经付好钱了。收拾好了就出发吧。"

轿车再次行驶起来，离开新港湾之后，驶入一条大道。

由纪问道："接下来去哪儿啊？"

"前桥市。"

"远吗？"

"很近的，就在伊势崎市旁边。而且我要去的不是市中心，而是郊外。市中心一般没有情人酒店。东京这样的大城市的闹市区倒是有的，但地方城市的情人酒店都开在人迹罕至的郊外。因为那种地方比较隐蔽，不容易被人撞见。"

"你这么了解情人酒店啊……你是不是经常去住啊？"

"不不，只是我听说某个出版社出了一本全国情人酒店指南，我就去买了一本。那书非常实用，不仅有地图，还介绍了各个酒店的设备与房价。"

"这两天要住的地方也是那本书里介绍的？"

"没错。一家叫梦乐园酒店，另一家叫爱染庄。"

仪表板上的手绘地图就是从那本指南上抄来的吧。去哪儿、在哪儿休息、住哪儿……他早已规划得妥妥当当。这起绑架案绝非一时冲动。他做好了周到的准备工作，还有详尽的计划。这倒不难理解，问题是他究竟有什么目的，什么意图？对由纪而言，这才是最可怕，最让她不安的。

男子的目的地究竟是哪儿？

会有怎样的结局等待着我们母女？

"由纪，"男子的语气依旧平静，"你来过群马吗？这里离埼玉县很近，也有许多著名的温泉。"

"我就来过一次……"

"哦？去的哪儿？"

"伊香保温泉。"

"啊，我也去过。那是个有很多石阶的小镇。可以穿着旅馆的浴衣，踩着木屐爬楼梯。那木屐的声音真是别有一番风味。石阶爬到顶就是伊香保神社了。你去神社了吗？"

"没有。"

"这样……站在神社，可以俯瞰整个小镇的风景。还能遥望上州连山的壮观风景。对我这个山里娃而言，那风景真是让人怀念啊……"

"山里娃？你不是岩手人吗？"

由纪问道，这也许是打探出男子身份的新线索。

男子巧妙地回避了她的问题，答道："我生在东北的山区，前后左右都是山。话说你去伊香保时有没有参观德富芦花的纪念文学馆？"

"没有……"

"那真是太遗憾了。德富芦花的代表作《不如归》——你应该听说过吧？讲的是川岛武男和浪子的故事。这部作品是在明治时代的报纸上连载的，引得读者们一把鼻涕一把泪，尤其是女读者。因为小说的主题是'婚姻的悲剧'。"

"婚姻的悲剧？什么悲剧……"

"男女主人公的婚姻原本很幸福，可武男的母亲，也就是浪子的婆婆登场后，温暖的小家就变成了黑暗冰凉的地方……"

……

"婆婆逼儿子休掉浪子。因为浪子得了肺结核。那是当时最可怕的疾病。婆婆怕媳妇把病传染给儿子，要是儿子有什么三长两短，川岛家的香火就断了……"

"太过分了……"

"可武男很坚定，拒绝了母亲的要求。他说，我做不出这么不近人情的事，我深爱着我的妻子……"

"就应该这样，丈夫就该尽全力保护妻子。"

"但婆婆步步紧逼，质问儿子说：'是娘重要还是媳妇重要？'武男一下子蒙了，不知该如何回答才好。毕竟明治时代的男人从小接受的教育是'凡事以孝为重'……"

……

"就在这时，武男被派去了甲午战争的战场。他是海军少尉。军人总是没法陪在妻子身边的。在丈夫厮杀战场时，浪子呼唤着武男的名字，吐血身亡。"

"好悲惨的小说啊……"

"这部作品不仅深受日本读者的欢迎，还被翻译到了美国、法国、德国，据说还有中文版的。因为它刻画了父母与子女的关系，还有婆媳关系，还描写了以夫妻为单位的个人主义思想与以家为单位的家族主义思想的冲突。而且这个故事的背后还有棒打鸳鸯的甲午战争。换言之，这也是一场战争的悲剧。多种要素综合起来，便引起了读者的共鸣。"

由纪大吃一惊。他的知识如此渊博，文学造诣如此之深，为什么要绑架我，辗转于情人酒店之中？他为何要犯下如此不知廉耻的罪行？

"这么多知识……你是从哪儿学来的啊？难道你是研究明治文学的吗？"

"不不，我不是说了吗？伊香保温泉有个德富芦花纪念馆。这些都是在参观纪念馆时看来的。那里有芦花的初版书、书信、生前常用的家居用品什么的。参观完之后，我就对他的作品产生了兴趣，买了本《不如归》看了看。那毕竟是明治时代的作品，有很多古文，我也无法完全看懂，但对话是用白话文写的，很好懂的。"

"哪儿能买到那本书啊？"

"大一点的书店肯定有。"

"可……为什么德富芦花的纪念馆会开在伊香保温泉啊？……难道他是伊香保人吗？"

"不，因为《不如归》是发生在伊香保的故事。小说的第一幕就是伊香保的某个旅馆房间。新婚燕尔的浪子与武男来伊香保度假。当时他们还沉浸在幸福之中。而伊香保正是爱交流的舞台。于是当地人就给德富芦花造了个纪念馆，借此吸引游客。"

"我真想看看那本书……"

男子的话勾起了由纪的读书欲。她本就爱看书。男子说，这部作品描写的是婚姻生活的悲剧。婆婆的登场，破坏了小夫妻的幸福生活。

婆婆的登场———一瞬间，婆婆民子那傲慢的笑脸掠过由纪的脑海。她总是带着那种表情，对由纪贫穷的娘家与不足一提的学历冷嘲热讽。

小说中的浪子是怎么反抗婆婆的？女主角的遭遇让她感同身受。

"那部作品……"

男子继续说着。轿车依然行驶在郊外，避开了热闹的城区。

"曾被改编成电影与舞台剧。武男回家探亲时浪子跟他说的一句台词非常有名。听得观众热泪盈眶呢。听说舞台剧的最高境界就是让女观众掉眼泪。"

"她说什么了？"

"当时浪子正在逗子的别墅疗养。因为那边的气候比较温暖。肺结核的病症就是吐血。她非常绝望，心想再这么吐下去是不是要死了？这时，丈夫武男来看她了。两人来到逗子的海岸，坐在能俯视平静海面的小山丘上，手拉着手……"

"她到底说什么了呀？"由纪不禁转过头去问道。

"浪子先问丈夫，我这病能治好吗？武男自是鼓励道，你胡说什么呢？肯定能好的。这时，浪子噙着眼泪，带着坚强的微笑说道……"

……

"'唉，人为什么要死啊？我真想活下去啊。活个一千年，一万年。要死，就一起死。两个人一起死。'——我上学时去看过这个舞台剧，演到这句话时，底下的观众一阵抽泣……"

一行清泪滑过由纪的脸颊。男子的话术的确巧妙，但关键并不在这儿——我没有愿意陪我一起死的丈夫。那只是挂着"夫妻"名号的陌生人。这份不甘与痛心，让由纪湿了眼眶。

她赶忙拭去泪水，问道："那武男是怎么回答的？"

"我记不清了，好像是这么说的吧——要是你死了，我也不想活了。"

"好幸福的夫妻啊……他们之间的爱是那么坚定。就算浪子死了，也能在武男心中留下无限的回忆吧？"

"没错，人总是想活着的。但人终有一死。如果是病死的，生者的悲伤总会被时间平复。可要是年轻的生命还想活下去，却被疾病之外的理由夺走了，生者的悲痛就会永无止尽，永远都不会消逝。由纪，你能容忍这种事发生吗？你能咽得下这口气吗？"

男子的声音越发激动，就好像在朝某人发火一样。由纪吓了一跳，望向他的侧脸。

男子赶忙换了个话题，掩饰内心的动摇。

"由纪，"他的口气柔和多了，"快六点了吧。我想打个电话，你要是看见公用电话了就告诉我一声。"

"那里应该有吧。"

由纪指着正前方说道。她瞥见前面有个邮局的标志。

"啊，邮局啊，来得正好。那我稍微停一下。让纱江出去透透气吧。你坐在车里别动。"

男子将车停在邮局门口，抱起纱江朝电话走去。他的动作还是那么行云流水，没有丝毫犹豫。

我也没打算逃啊……由纪暗自苦笑。只要孩子还在他手上，她就什么都做不了。

男子按了几个号码，将听筒举在耳边。眼睛则盯着车里的由纪。不久，对方好像接了电话，男子则面带微笑地说了起来。

几分钟后，电话打完了。男子回到车里，将纱江交给由纪。

"这样就没问题了。接下来去酒店好好休息一下吧。前面左转就是国道。之后照着指南书上的路线，找到一栋显眼的建筑物就行。一小时应该能开到。请你再忍耐一会儿吧。"

暮色逐渐笼罩这条郊外小道。轿车再次行驶起来。

七点零五分，两人来到第二晚的下榻地，汽车旅馆"爱染庄"。

从停车场到房间，住客不会见到其他人，也不用去前台登记。所谓的汽车旅馆，其实就是男女享受情事的情人酒店。

男子打开"桔梗间"的房门。由纪不禁惊呼。

"嗬，是日式房间啊……"男子也很惊讶。

八张榻榻米大的房间，开门便看见一个壁龛。壁龛前面放着个陶质香炉，青烟袅袅。屋里也有股微弱的香气。

房间角落里有个涂着漆的衣橱，下面则是个衣筐，里面装着浴衣和浴巾。旁边的纸门应该是通往洗脸台和浴室的入口。

对面的墙边有一张小桌子，上面放着茶具。两个花朵图案的坐垫分别放在桌子的两侧。墙上有一盏形似纸灯笼的照明灯，把桌面照得亮堂堂的。

房间中央铺着被褥，还有两个枕头。床边有个竹子与和纸做成的小台灯。还有放在朱红色木盘上的茶壶与杯子。旁边还有两个紫色的小袋子，里头装的八成是安全套。这正是房间用途的最佳写照。由纪不禁别过头去。

“放水给纱江洗个澡吧，”男子将旅行袋放在壁龛上，把自己的纸袋横放在桌旁，站着说道，“我去放水。你一会儿抱纱江过来吧。”

男子拉开纸门，打开灯。铺着瓷砖的洗手间与日式房间的氛围格格不入。浴室就在后头。

由纪赶忙脱下纱江的衣服。纱江困得眼皮直打架。她拿出旅行袋里的浴巾——因为她想起昨晚男子用酒店的浴巾当被子盖。不过……天知道他今晚会不会也这么老实。

由纪抱着纱江走进浴室。浴缸是不锈钢做的。热水已经放了半缸。

“这个温度差不多吧……”男子伸出长长的胳膊，试了试水温，“由纪，你跟她一起洗洗吧。”

“我就不用了。”

“你不洗吗？”

“嗯。”

“那就算了，我也有过一星期不洗澡的时候。”

“不会臭吗？”

“人不会被臭死的。”男子笑着走出浴室。

那天的晚饭是鳗鱼饭，配以牡蛎鸡蛋汤与腌黄瓜。那是男子在由纪给纱江洗澡时点的。

除了早饭，由纪没吃过任何东西。虽然喝了男子在超市买的牛奶，可也只喝了一小口罢了。她饿坏了，厚着脸皮把鳗鱼饭扫荡一空。

她端来茶具，泡了壶茶。两人默默喝了会儿茶……

男子突然说道："纱江好像睡熟了呢。"

"嗯，她总是这个时候睡，一觉到天亮。"

"是吗？那你今晚也好好休息一下吧。对了，换上这套睡衣吧。"男子取出在超市买的睡衣递给由纪，"我本想让你好好泡个澡再换的……"

"不用了，我就这么睡好了。"

"就穿这身衣服啊？"

"嗯。"

"可这是我特地给你买的哎……"

"我穿这身睡就好了，这身睡衣你拿回去送给你爱人吧。"

"我还没结婚呢。"

"那就给你的女朋友吧。"

"我有女朋友倒好了……"男子笑了笑，将犀利的视线投向由纪，"由纪，你是不是误会我了？"

"误会？"

"你昨晚没换酒店的浴衣，今晚也不打算换吧？你之所以不脱衣服，是想保护自己吧？但我带你出门时说过，我是不会碰你的。"

……

"你的确很美，身材也很诱人，我并不否认这一点。如果你是我的女朋友，是我的妻子……实不相瞒，我也不是没想过这些。"

……

"如果我有意侵犯你，无论你穿的是普通的衣服还是睡衣，我都能轻易得手。就算你再怎么喊，都不会有人进来。你的反抗对我根本没用。制住你，跟制住婴儿一样简单，但我并没有霸王硬上弓，因为我早已起誓决不这么做。"

……

"你误会我了。你还是不敢相信我，是不是？"

"因为……因为我不知道啊！你绑架了我们，把我们带到这种酒店来……我不知道你到底想干什么啊……我一点也不了解你这个人……"由纪跪倒在男子面前恳求道，"你为什么要做这种事啊？你到底是谁……这不是相不相信的问题……你要把我怎么样啊？你到底要我做什么啊！"

"唉，这可如何是好……"男子面对由纪连珠炮似的问题，神情茫然，"我目前还不能解释，但你总有一天会知道的，只能请你耐心等待了。总之你先换上这套睡衣吧，我出去等。"

"这怎么行……"

"那你去厕所换吧。厕所门可以反锁，你拿着衣服进去吧。如果你不想泡澡，可以打桶热水到厕所去擦擦身子。这样就能睡个好觉了，去吧。"

男子将睡衣放在由纪膝头。他的话句句属实，让由纪无法拒绝。她觉得自己应该坦率接受他的好意。男子的诚恳打动了她。

"那我就恭敬不如从命了……"

"请。"

由纪拿起睡衣，又从旅行袋里拿出自家带来的内裤，走向洗脸台。

　　她去浴室舀了桶热水，拿着毛巾与睡衣走进厕所，将房门反锁。这是她这辈子第一次在厕所里擦身换衣服。

由纪静静地躺在床上，将脸埋在花朵图案的薄被子里，双手交叉，稳稳地摆在胸口。她纹丝不动，大气不敢出一声，焦急地等待黎明的到来。再这么下去，我会不会变成化石啊……

　　摘下的手表就放在枕边。她无数次微微睁开双眼，借着台灯的灯光窥视小巧的表盘，十一点零五分。只过了十分钟啊。这十分钟仿佛比一天还长。

　　男子将小桌搬到了灯笼壁灯的正下方。桌上放着几张信纸。只见他趴在桌上，握着圆珠笔埋头苦干。

　　他在写什么呢？她只能看见男子的背影，但能瞥见他不时停笔，歪着脑袋，挺直背脊，单手摸头，陷入沉思。看来他写的每一个字都是经过深思熟虑的。

　　由纪换完睡衣回房时，男子已经在写了。

　　他看了一眼身着睡衣的由纪，说道："啊，你穿这个挺好看的，就跟女学生一样楚楚可人。今晚好好休息一下吧，晚安。"

　　由纪低声答道："晚安。"之后便钻进被窝。

　　三个多小时过去了，他还在写——到底在写什么啊？

　　将女人绑来情人酒店，总不会是在写日记吧？也不可能是信，哪儿有这么长的信啊。何况，他何必跑来情人酒店写这种东西？

还是说……他是在公司工作的工薪族，或是销售员？

公司派他出公差，他便利用这个机会绑架了我，但他不想让公司知道这件事，打算交一份假的出差报告上去，所以才煞费苦心，奋笔疾书，想搞出一份像样的假报告。

要交给公司的报告……假报告！由纪的心头突然咯噔一下，浑身颤抖。"报告"二字，勾起了某种想象。

没错！那一定是报告！但那不是单纯的业务联络，或是市场调查。"报告"的内容，一定是关于我的！

离开熊谷之后，我一直与他寸步不离。昨晚跟他一起住了情人酒店。今天下午在情人酒店睡了个午觉。今晚也是孤男寡女，在情人酒店过夜。

其间，他并没有碰过我一下。我的肉体并没有被他玷污，但这件事只有我和他知道，第三者绝不会信。从表面上看，我就是个被陌生男人勾引，享受肮脏情事的，不贞洁的妻子。

而且，我压根没想过要逃。没有抵抗，也没有反击。没有喊叫，也没有求救。

我会这么老实当然事出有因。我愿意牺牲自己，保护纱江。为了女儿的安全，我不得不屈服于男子的尖刀与威吓的态度。

然而，世人的目光是何等冷酷。我没有逃跑，没有反抗，坐着男人的车，辗转于好几家情人酒店——在世人眼里，我就是个趁老公不在，委身于陌生男人，享受性事欢愉的淫乱人妻。

那份"报告"肯定添油加醋地描写了我出门之后的一言

一行。

　　我对他是何等顺从。我跟他聊了什么。我是如何享受美食的。我被他的故事感动得泪流满面，兴高采烈地穿上他买的睡衣……由纪一闭眼，就能看到男子所写的"报告"中的一字一句。

　　那这份"报告"是给谁看的呢？读者的脸，清晰地浮现在由纪脑中。

　　北条昭。那正是她的丈夫！

由纪一路想开去……

既然男子要向昭提交"报告"，那就说明他们事先商量过，或是有某种约定。

也就是说，他是在征得昭的同意之后，才来熊谷"绑架"了我。

那么这场"绑架案"的计划是为了什么制订的？他们的目的是什么？

如今的她，应该能回答出这个问题。

由纪一直没答应昭的离婚要求。为了尽快达到目的，他才采取了这种卑劣手段。

堂兄来访的几日后，昭说出了"离婚"二字。

"我没法跟引狼入室的淫妇过日子。你给我滚！"

昭将离婚申请书甩在由纪面前。由纪自是断然拒绝。

"小心我把你告上法庭，到时候你就等着出丑吧！你就不怕丢人吗？！"昭如此说道。

由纪回敬道："我不怕！人正不怕影子歪！法院不会冤枉我的！闹上法庭，会出丑的反而是你。"

离婚的事暂告一段落。可纱江出生后，婆婆就开始旧事重提了。

小昭说啊，这孩子不是他的。你肯定不承认啦，可我也不知道该相信谁啊。但你们已经不信任对方了，这么勉强过下去对孩子也不好。你是怎么想的啊？——言外之意，是逼由纪离婚。

由纪斩钉截铁地否定了婆婆的话。

纱江是昭的孩子。我不是那种红杏出墙的女人。如果你不相信，可以给纱江做个亲子鉴定。科学一定会证明我的清白……没想到这句话反而激怒了婆婆。

亲子鉴定？亏你说得出口！——婆婆火冒三丈，狠狠瞪了由纪一眼——你要带着小昭的血去医院做亲子鉴定？要是被别人知道了，小昭的脸要往哪儿搁啊？小昭马上就要做重要的社会工作了，现在可是他的关键时刻。再说了，真要验血，也应该先查查小昭怀疑的那个男人吧。你怎么不去问他要血啊？哎哟，要是你有两三个男人就难办了。那就得把他们的血都要来呢。少装清白了！我告诉你，光靠验血，没法断定孩子的亲生父亲是谁！科学和医学还没那么发达！谁都没百分百的把握。要是你不相信，可以去大学问问看啊……

面对婆婆歇斯底里的控诉，由纪失去了反驳的勇气，她也没有足够的知识去反驳。她只得任由充满恶意的石子朝她飞来，泪流满面，咬紧牙关忍耐着无尽的痛楚。

即便如此，她还是没点头。要是同意了，她就会被打上"淫妇"的烙印，被扫地出门。这也是她拼上性命的反抗。

那段时间，她经常造访市内的书店，翻看有关结婚与离婚的法律科普书籍。她只能趁纱江睡着时出门，所以每次只能随便翻两页。

书里说，离婚的方式大致分为协议离婚与诉讼离婚两种。

如果夫妻双方都同意离婚，协议离婚是一种比较简单的方法。但由纪已明确表示她不想离婚。于是昭才会提出要闹上法庭……

但单方面提起离婚诉讼需要明确的理由。

法定离婚原因共有五种。由纪将这部分的内容牢记在心。民法第七百七十——她至今能背出这一段。

第七百七十条 男女一方可在以下情况提起离婚诉讼。

一 、配偶出轨。

二 、遭配偶恶意遗弃。

三 、配偶失踪三年以上。

四 、配偶患有重度精神疾病，无好转可能。

五 、其他无法维持婚姻的重大事由。

恐怕……由纪心想，昭见我不同意协议离婚，便想起了这些条款。因为条款的第一条就是"配偶出轨"。

但由纪并没有做对不起他的事。昭要提起诉讼，就必须先证明这一点。他之所以认定由纪"出轨"，只是因为他看见由纪在玄关帮堂兄整领带罢了。"两人搂搂抱抱"、"亲嘴"什么的不过是毫无根据的臆测。法官绝不会听他胡说八道。空口无凭，他也很清楚这一点。

要是真闹上了法庭，堂兄努也不会吃哑巴亏的。他定会主动做证，强调自己的清白。妈妈，南河原村的乡亲们，认识努和我的人都会帮我们做证，不可能出现对我不利的证词……

婚后，由纪全心全意地伺候丈夫，对婆婆也是逆来顺受，从没还过嘴。

他们还以为由纪特别软弱，吓唬吓唬就成。不料她在离婚这件事上异常坚定，一步不让，就算听到"淫妇"、"法庭"也毫无退缩的迹象。看到由纪毅然决然的态度，昭与民子定是大吃一惊。

两人一合计……既然没有证据，那就亲手制造由纪"出轨"的证据好了。换言之，就是拿出铁证，追究由纪红杏出墙的责任，逼得由纪不得不离婚……

没错！这就是这起莫名其妙的"绑架案"的真相！

男子正趴在小桌上写"报告"。他是昭的走狗！是他派来的间谍！他是丈夫和婆婆派来逼我离婚的坏人！

这种猜测，与男子现身后的种种行为不谋而合。

男子的确没碰过由纪。他的态度非常绅士。看待纱江的眼神也充满了父亲般的温柔。

然而他的温柔与周到都是演出来的。他用自己的演技缓解了由纪的恐惧，减轻由纪对他的猜疑。他用巧妙的手段撩拨着由纪的心。这不，这才一天的工夫，由纪便萌生出了"他也许不是坏人"的念头。

男子没有"霸王硬上弓"，那是因为他在等待由纪主动投怀送抱的一刻。

而且他还对由纪说了不少有关昭的坏话。比如——

　　他在外头说了你很多坏话，说什么"我们夫妻在外头都有人，现在分居了"……

　　他说，我老婆在外头偷汉子，而我在帮那人养野种。所以我即使在外面拈花惹草我老婆也不敢说一个字……

　　昭的确说得出这种话，但这个男人是从哪儿听来的呢？他说那是他听到的"风声"。可事到如今，由纪再也不敢相信他的鬼话了。那不会是他故意编出来的吧？

　　换言之，他想通过说昭的坏话表明"我与你丈夫没有任何关系"，并说服由纪离婚。

　　怀疑一旦萌芽，便会一发不可收拾。在桌前书写"报告"的男子仿佛散发着充满疑惑的气息。

　　由纪蜷缩在薄羽绒被下，回忆着男子在一路上的一言一行。

　　出门前，他让由纪在传单背面写了一行字。"我要出门两三天冷静冷静，我会联系你的"。还命令她签上自己的名字。当时由纪曾问过他，这是写给谁看的。他是这么回答的——"谁看都行，反正是给第一个进屋的人看的"。

　　然而，如果他真是丈夫的走狗，这话就不可信了。第一个看到的人定会是昭。待男子的车开走之后，他便开门进屋，将那张纸收好。那是由纪出门"旅行"的证据。

　　等由纪回来，他便能用那张传单质问她了。

　　"你趁我不在出去玩了？去哪儿玩了？住的哪家旅馆？住了几天？"

　　由纪无法回答。

"你是一个人去的还是跟人一起去的？"

由纪还是无法回答。

"传单上说'我会联系你的'，你联系谁了？什么时候联系的？"

她无法回答任何问题。

就算她说，那是突然冲进家的男人威胁她写的，丈夫也不会心服口服。

"那人叫什么名字？住哪儿？你不知道？莫非你屁颠屁颠地跟着他在外头过了好几晚？你就没逃跑吗？没有呼救吗？你就不会扑上去抢他的刀吗？还是说你特别享受他的温暖怀抱，跟他浓情蜜意了好几天啊？啊？说话啊由纪！"

不行，我回答不上来。再怎么解释，都无法让丈夫和婆婆满意。

与陌生男人在情人酒店共度良宵——这个事实成了由纪心头的一块大石，心跳加速。破灭的想象，教她喘不过气来。

一张传单，将会成为逼她同意离婚的工具。小小一张传单……

不祥的想象仍在继续。

离开熊谷后，他们的第一站便是能护寺。别名，绣球花寺。但现在并不是绣球花的花期。男子为何要将车停在没有绣球花的寺院门口，让由纪下车走走呢？

当时她曾跟男子并排站在山门前。纱江在他怀里。上车时，她才从男子手中接过了纱江。男子打开副驾驶座的车门，边说"上车吧"，边搂她的肩……要是别人看见了，兴许会以为他们是一对正在享受美景的夫妇。

要是别人看见了……看见了……照片！由纪不禁倒吸一口冷气。也许昭或昭找来的人早就守在了那儿，扛起了照相机。

没错！有个摄影师躲在暗处，等着拍我们的照片！普通绑匪怎么会有闲情逸致欣赏绣球花呢！

男子跟那人发了暗号，让由纪站在最容易拍的位置，自己则背对着相机，免得被拍到正脸。然后他再将手轻轻搭在由纪肩膀上。照片的构图还不是他定的吗？一无所知的我成了照片的主角。"出轨"现场的照片，就这么送到了昭的眼前！

而且照片肯定不止一张。

今天中午，他带我进了照念寺，在紫藤架下坐了三十分钟。我们聊了堂兄造访那天的事。就是这件事，招来了丈夫的疑惑。

我想让那人知道我不是个水性杨花的女人，所以我说得很激动，没精力观察周围。四周都是繁茂的树木，有满天星，也有丝柏。最适合摄影师藏身了。

男子说，那是他偶然发现的寺庙。但这场休息也许是早就安排好的。在紫藤架下谈笑风生的男子与由纪——照片会拍到男子的背影与由纪的正脸。这也是男女幽会的铁证。

不仅如此，摄影师还拍到了最致命的场景——新港湾酒店。

我们是下午一点多到的。男子说，他想找个地方让纱江睡个踏实的午觉。但那应该也是他跟昭事先商量好的地方吧。通道左右两边各有一个车库，车库深处则是通往二楼房间的大门。谁都能看出这不是普通的酒店。摄影师会先拍下建筑物入口的招牌，再拍下通道两侧的样子。之后再藏在空车库里，等候男子的到来。

这时，我抱着纱江下车了。他也提着旅行袋和纸袋下了车。我在车门前停了一下。男子开门后，便搂着我的肩膀，把我推了进去。与此同时，他还按下了车库门的开关。卷帘门缓缓下降时，我就这么被男人搂着走进了大门。这不也是绝佳的拍照机会吗？！

我与男人依偎着走进了情人酒店——照片中的光景，正是证明我是享受不轨情事的淫妇。下午一点，光天化日之下的情事。通道两侧非常亮，连闪光灯都不用打。

我的头发、眉毛、口鼻都会通过镜头印在相纸上。然而，再怎么正确的画面，都只能表现出事情的表面。谁能看出我心中的恐惧、不安与绝望呢？

昭会将这些照片甩在我面前，讥讽地问道：

"由纪，我这儿有几张照片，是别人寄给我的，里头还附了一张纸条，写着'仅供参考'。信封上没写寄信人的名字。新港湾酒店——你去那种地方干吗？"

……

"我一打听啊，发现那是伊势崎市郊外的情人酒店。是不是啊？"

……

"这是大白天的照片。那时我肯定不在家。你跑到那种情人酒店幽会去了？你是不是觉得去那种地方就不会被人撞见了啊？可是啊，有个认识你的人正好在那附近。"

……

"你的情夫——真可惜，没拍到他的正脸——他一定很帅吧？他是谁？叫什么名字？你们是怎么认识的？"

"……"

——他是哪儿人？

——住在这附近吗？

——还是你娘家南河原村的？

——你们是什么时候勾搭上的？婚前还是婚后？

——你不要你堂哥了吗？还是说你在脚踏两条船啊？

——你就这两个情夫吗？还有别的吗？都说出来吧。我真想见见他们啊。

——说啊，由纪。为什么不吭声啊？哦，反正快离婚了，你就懒得说了是吧？

——罢了。我也懒得打听老婆的情夫是谁。你去投靠他好了。如果他能让你幸福，我也没啥意见。

——总算同意离婚了啊。这也是常有的事。要是别人问起，就说我们性格不合好了。这样一来你就不用丢人现眼了。那就在离婚协议上签名吧。签完名，一切都结束了。快签名吧。印章在哪儿？要我帮你拿来吗？

昭带着得意扬扬的表情催她签字，他的每句话都在由纪耳边奔流而过。

被窝中的由纪拼命摇头。

不，不是的，我不是那种女人！

然而，她的否定也好，悲鸣也好，都会败在那一张小小的照片面前。

（这就是这场奇妙绑架案的真相！）

进酒店前，男子打了个电话。那八成是打给昭的"汇报电话"。如果摄影师拍到了好照片，明天她就会重获自由。也许他们讨论的就是释放她的方法与地点。

如果她没猜错，那今晚就是他们共度的最后一晚了。如果他要占有她的身子，那今晚就是他最后的机会。

昨晚，由纪看见了他的裸身。那时他刚洗完澡。

当时浴室的电灯是关着的，但房里还有台灯的亮光。男子的身形便浮现在了黑暗中。宽阔的肩膀，紧致平坦的腹部，粗壮的腿。伸手擦拭身上的汗珠时，弯下腰时，肩膀与胸部的肌肉微微颤动。她的丈夫昭白白胖胖，但陌生男子的肌肤呈浅黑色，如弹簧般富有弹性。

她从正面看到了男子的裸体。每一个细节还历历在目。今晚，他定会侵犯我的身体。他会扑向我——

（怎么办！怎么办……）

由纪伸出汗津津的双手，死死抓住双乳，试图稳定自己的心跳。

点景·大泉警署

大泉警署署长与刑事课长于晚上八点多来到他们的部下，江森警部补居住的北大泉公寓。

当然，江森还是没联系他们。但刑事课长还是不死心。临出门时，他还给江森的房间打了个电话，可依然没有人接。

"我有种不祥的预感。不进屋查查我实在放心不下啊……

只能对不起江森了。”

“我们得问管理员借钥匙吧？该用什么借口啊……”

“就说江森有急事出差去了，但他把搜查要用的文件忘在家了，于是我们就帮他来取了……”

“好，我这就去借。”

北大泉公寓并非粗制滥造的木结构公寓，而是五层楼高的钢筋水泥大楼。墙面贴着灰色的瓷砖，显得非常时髦。一楼的左半边是家花店，卷帘门已经关上了。管理员办公室在右边，中间是宽敞的通道。沿着通道走到头就是电梯了。这是栋东西走向的长条形建筑，每个房间都是朝南的。

刑事课长拿着钥匙回来了。

“走吧。我以前来过一次，他住二〇六室，就在二楼的最东边。”

“这公寓挺豪华的嘛，房租一定很贵吧？”

“江森可是有钱人。”

“有钱人？他老家不是岩手县的农村吗？我记得他父亲是在农协工作的啊。我还听说他父亲骑摩托车时出了车祸，半身不遂，在医院住了好久，后来去世了……那是他大二那年的事吧？所以他才会辍学进入警校……”

“没错，农活的重担都压在了他母亲肩上。而且他母亲身体不好，体弱多病，于是他在浅草署工作的时候就把老家的地和房子卖了，把母亲接到东京来了。”

“哦，是不是老家的房子卖了个好价钱啊？”

“不，她母亲只在东京住了一年多就去世了，但她想得特别周到。她给儿子买了份人寿保险，从牙缝里挤出了保险费，毕竟江森是她唯一的儿子，她总想给儿子留下点财产……"

"哦……真是位好母亲……"

"我有个同学在浅草署工作，这些事都是他跟我说的。江森用人寿保险的钱办妥了母亲的后事，还给老家的菩提寺送了两百万，让他们好好供着母亲的牌位。最后还剩了五六百万的样子。"

"原来如此，于是他就成了百万富翁啊……"

这段对话发生在江森警部补的房门口。钥匙就在课长手里。他本可以立刻打开房门，可是……如果可能的话，他们并不想这么做。开了门，就意味着他们要进屋搜查一番，检查江森警部补的私人物品。他们也许会亲手揭露亲密战友的私生活。这并不是一桩令人愉快的工作。一瞬间的踌躇，便成就了房门口这段对话。这里不是罪犯的家。他们没有任何紧张感，也没有十足的干劲。

刑事课长从口袋里掏出一副白手套。又掏出一副，递给署长。

"那就进去吧……"

他边说边开门。狭窄的玄关前是一张榻榻米那么大的门廊，再前面则是紧闭着的玻璃拉门。那是磨砂玻璃，看不清屋里的情况。

两人拉开门，走进屋里。刑事课长点亮打火机，找到了电灯开关。

"这是客厅吧？他一个人住能打扫得这么干净还挺不容易

的。"

"嗯,他一定很爱干净。"

客厅大概八张榻榻米那么大,木地板一尘不染。中间有一张矮桌,周围摆着四张沙发。桌上有个玻璃烟灰缸。在天花板的吊灯下闪闪发光。

"话说……"署长走到房间中间,环视四周后问道,"江森抽烟吗?"

"不抽啊。"

"怪了,你看,烟灰缸外面很干净,里面却有灰,还不少呢。至少有两三根的量吧。"

"还真是,"刑事课长凑近烟灰缸说道,"只有灰,却没有烟蒂。"

"嗯……我也发现了。江森这么爱干净,怎么会只倒烟蒂不洗烟灰呢?"

"烟蒂不是他倒的。是抽烟的人带走的吧。"

"总而言之,肯定有人上门找过他。而且……那人应该是昨晚来的。"

"是男的吗?"

"不一定啊……"署长走到墙边的两个书架跟前,"哇,江森看过这么多书啊……"

两个书架足有天花板那么高,放得满满当当。江森马上就要参加晋升警部的资格考试了,其中一个书架上放的大多是法律书籍,还有《犯罪搜查规范》《警察官职务执行法解说》、《晋升考试问题集》、《六法全书》等参考书。

但另一个书架的风格截然不同。全套《现代文学全集》，共六十本；全套《日本文学大词典》，共五本；《近代文艺史》；还有许多署长只知道名字的小说。地上还堆着不少放不进书架的书。

"你说江森是在大二那年辍学，"署长问道，"他念的是什么专业啊？"

"他简历上写的好像是'W大学文学部文艺科'……"

"难怪他这么爱看书。屋里好像没有争斗过的痕迹。唯一的疑点就是烟灰缸里的灰了……去隔壁房间看看吧。"

刑事课长打开房门说道："这儿好像是卧室。"

是个六张榻榻米大的日式房间。壁橱旁边有个衣橱。窗前铺着地毯，上头放着书桌与转椅。这里还有个小书柜，里头摆满了《日用百科全书》之类的书本。被褥则铺在剩下的小空间里。看来这果然是江森警部补的卧室。

刑事课长打开了卧室的电灯。

"这间屋子也没有争斗过的痕迹……"

署长四下瞥了一圈，来到书桌前。桌板下有个大抽屉。正中间是个锁孔。左右两边有两个拉抽屉的把手。署长伸手一拉，竟把抽屉拉开了。

"啊？没上锁啊？"

刑事课长凑上去一看。

"好像没放什么贵重物品嘛。"

"嗯……"

用橡皮筋捆着的贺年卡，同样用橡皮筋捆着的几十张发票，装有过氧化氢的小瓶、绷带、外伤药、感冒药、体温计的纸盒，计算器，两个印章，印泥和其他小东西。抽屉里很是整洁。除此之外，还有写着"人寿保险证书"字样的大号信封。

署长掏出信封里的文件看了看。

"嗬，丸菱生命啊。三十年，两千万，大概是当定期存款用的吧。他要到六十岁才能拿到这笔钱。"

"是三年前的一月签的，那时他还在浅草署。"

"嗯，他定是在一年之初规划了今后的生活。保险受益人是他本人，要是本人死亡，就由江森浩助继承。岩手县岩手郡玉川村……"

"那是江森的老家。他还没结婚，那个江森浩助大概是他亲戚。等他结婚了，受益人应该会改成妻子的……"

"他就没别的亲人了吗？"

"不，还有个妹妹，但过继给他阿姨了……"

"就是在爬长野山八岳时遇难身亡的那位吧，那是今年正月的事？"

"没错。去年十二月三十一日，他妹妹独自跑去八岳登山了。那天晚上她找了个山间小屋过夜，打算从元旦早上开始爬，可后来就再也没人见过她了。等人们找到她的时候，她已经成了雪中的尸体。是被活活冻死的。陈尸地点离登山路很远。不知是她迷了路，还是走到一半身体不舒服了。人们在当天下午发现了她的尸体。长野县的茅野警署立刻联系了江森……"刑事课长遥望远方，回忆着那天的情景，"他妹妹随身带着江森的名片，所以茅野署才能第一时间联系上他。那时我才知道他还有个过继给阿姨的妹妹……"

"这年头的小姑娘可真大胆。大冬天的，居然敢一个人跑去爬雪山……"

"是啊，江森也特别气愤。'女孩子家的，搞什么有勇无谋的登山计划！我要怎么跟茅野警署和救难队的人道歉啊！'他妹妹的养父母，就是他阿姨姨夫就住在茅野市，他妹妹也是在那边的高中毕业的。上学时她参加的就是登山部，经常去爬那座山。"

"于是就小看了冬天的雪山啊……"

"是啊。不过你就算走在大街上，也有可能遇到不测。尤其是干我们这行的，总是和死亡如影随形啊……"

"嗯……"

署长将保险证书放回信封，塞回抽屉。接着又从抽屉深处拿出一张明信片。他瞥了一眼，顿时惊呼道：

"喂！你看！这不是恐吓信吗？！"

刑事课长接过明信片，哑口无言。

"龟辰事件"发生后，署长、刑事课长与江森警部补都收到了用片假名写成的恐吓信。这张明信片也是。与那三张如出一辙。

"可是署长！"刑事课长带着疑惑的表情说道，"我们收到的明信片不是都交给您保管了吗？"

"你再看仔细点！这跟之前的明信片不一样。'立刻辞职偿还罪孽'之前是一样的，但后面的就不一样了！"

刑事课长打量起用直尺写成的片假名……

你是个不作为的警察——从开头到"立刻辞职 偿还罪孽"，的确和之前的明信片完全一致。但最后几行就……

这是第二次忠告。
若不照办，留神性命。

"原来如此……上面写明了是'第二次忠告'……可您跟我都没收到啊。莫非是针对江森个人的恐吓？"

恐吓信的口吻非常幼稚。但越是幼稚，就越能体现出寄信人的憎恶。

邮戳显示，明信片是五月十二日，也就是五天前从蒲田邮局寄出的。也就是说江森应该是四天前收到的。

"不过江森没跟任何人提起过这事，"署长说道，"而且这明信片藏在抽屉的最深处。收到第一张明信片时，我的确让你们别放在心上，也说过警察收到这种恐吓信是常有的事，还让你们把明信片交给了我。难道江森因为我的这一句话，就把明信片往抽屉里丢了吗……"

"也许是吧——"刑事课长将明信片递给署长说道，"您看明信片的正面，上头有几个圆珠笔字。那是江森的字迹。"

"邮政明信片"字样的两侧有整洁的细圆珠笔字。左边的是"H·住址确认"，右侧则是"12 日。盛冈"。

"这个 H 是什么啊……"

"我敢断定，这一定是星川（hoshikawa）副教授的 H ！"

"嗯……果然跟'龟辰事件'有关啊……"

"绝对没错。这个'住址确认'的意思是他查出了星川的地址吧。'12 日'应该是寄信日期。盛冈是星川的老家。那起事件发生后，他就辞去了女子大学的工作，回盛冈老家去了。'二战'前，他家在盛冈市附近的小村子开了家卖酒的小酒庄，'二战'后这酒庄就开进盛冈市了，除了酒，还卖各类食品，现在已经发展成岩手县的大型连锁超市了。所以星川家还挺富的。他肯定是回老家制订复仇计划了。"

"你的意思是……江森认定寄信人是星川，便单枪匹马跑去盛冈，查他十二日的不在场证明去了？"

"只有这个可能了。"

"这也太荒唐了！"署长怒吼道，"江森不是这么轻率的人。他不可能未经上司允许就单独行动！"

"可是署长，我们都找到恐吓信了，他又没把这事告诉我们……这就说明他想凭一己之力逮捕犯人啊——"

"查案不能光凭想象。真相也许正相反。"

"相反？"

"没错。也许江森没把第二封恐吓信当回事。那个'H·住址确认'是他心血来潮随便写写的。但寄信人的怒火并没有得到平复。说不定他跑来跟江森决一死战了……"

"嗯……"刑事课长凝眉寻思。

"总而言之，"署长说道，"昨晚绝对有人来过这儿。烟灰缸里的灰就是那时留下的。"

"那个人就是星川——"

"或是星川雇来的人，也可能是同情星川的共犯。"

"可……江森是空手道高手啊，他怎么会被随随便便绑走呢？而且……他应该有枪啊。"

"但他回家后总不会一直系着腰带吧。也许他会把腰带挂在什么地方，或是放在桌上。"

日本警察从一九九四年四月起换上了全新的制服。警棍也从旧式的长警棍变成了伸缩式的短警棍，还配上了皮质的警棍套，别在腰带上。手枪也不用系在肩带上了，而是连枪套直接别在腰带上。手套的颜色改成了不那么显眼的黑色，也装在腰带上。

换言之，警察的所有装备都集中在了一条腰带上，分别装在不同的套子里。套上西装外套就看不出来了，身形会苗条不少。不过这也导致腰带的重量相当"可观"。回家后摘下腰带也是理所当然。

江森警部补上班时穿的是自己的西装，但他总会随身带枪。

昨天晚上冲进房间的犯人X是怎么带走江森的呢？是抢走江森的手枪，用它指着江森的脑袋，还是他自己也有一把枪？总而言之，既然江森已被绑架，那就说明他的手枪落在了X手里。

（罪犯也许会使用警官的手枪！）

一种不祥的预感同时掠过署长与课长的心头。

"署长，"刑事课长用凝重的语气说道，"还是跟本厅汇报一下比较好吧……"

"嗯……但我们还没十足的把握啊……这可如何是好……

190

话说你有没有听见什么水声啊？"

"啊，从隔壁传来的吧？那应该是厨房。过去看看吧。"

六榻榻米大的日式房间用百褶门帘跟厨房隔开。两人撩开帘子走进厨房，只见正面墙边是料理台，上面有个小餐具橱。水龙头没有拧紧，水池里的塑料盆里装满了水，都溢出来了。

刑事课长走上前去，将水龙头拧紧，倒掉桶里的水。

"署长，"他说道，"昨晚有两个人来过这儿！"

"哦？你怎么知道？"

"您看，桶里有三个咖啡杯，还有三个勺。大概是泡了速溶咖啡吧。喝完之后，来客就把杯子放进桶里浸着了。应该不是江森浸的，换作他，早就把杯子洗干净收拾好了。"

"水龙头为什么没关紧啊？"

"因为他们没有足够的时间吧。只要开着水龙头，兴许能把指纹、唾液什么的冲掉，这样就查不出他们的血型了。"

署长默默点头，神情十分不悦。刑事课长的推测合情合理，听得他异常焦躁。署长和刑事课长都算是有一定社会地位的堂堂男子汉，结果竟连晚饭都来不及吃，急急忙忙溜进同事的家，讨论起三个咖啡杯与烟灰缸里的烟灰来……

（我在干什么呢！讨论这些有什么用！）

署长还有两年就退休了。突然，一个念头掠过他的脑海。从警校毕业后，他一直恪尽职守，没犯过什么大错。对公务员而言，"不犯大错"比什么都重要。正因为如此，他才能坐到署长的位子上。

再过两年，再过两年安稳日子，兴许能升任警视正，衣锦还乡，为职业生涯画上完美的句号。至少，他还能做这样的美梦。

然而，要是江森警部补有什么闪失，他的梦就碎了。明天我该怎么去本部汇报啊？我该怎么解释啊？我的部下连人带枪失踪了，我甚至不知道他是被绑走的还是撂下担子不干了！

一想到自己要耷拉着脑袋，在本町的刑事局长与检察官面前颜面扫地，他便喘不过气来。

"署长！"刑事课长将署长从无边的想象中拽了回来，"厨房里还有个后门。可以从后门走！"

还真是，料理台旁边有扇不锈钢门。门口还有一小块水泥地，铺着木砖。门是从内往外开的，自动上锁。

正如课长所说，门外有一条细长的水泥通道。江森的二〇六室位于公寓的最右侧。建筑物外壁有一条铁质的楼梯，直接从一楼走到五楼都行。那应该是紧急逃生梯吧。这也是为了方便居民从建筑物后侧回房。

"下面有个停车场。可以直接走这个楼梯上来，不用绕路去正面的入口。"

停车场位于公寓后侧，围着一圈铁丝网。微弱的光亮将它衬托得异常宁静。这个停车场好像还挺大。

"对了！车！"刑事课长突然冲回玄关，又提着自己的鞋跑了回来，"署长，江森说他在后面的停车场包了个车位。我去看看他的车还在不在。是一辆白色的CARINA。我能认出来。"

脚步声跨出铁门，消失在了停车场的黑暗中。不一会儿，脚步声回来了。

"找到了！他的车还在。这说明他没开自己的车。自然也不是去散步或是买东西——"

"就是说……"

"他是被昨晚来的那两个人带走的。他们把车停在停车场，等候江森回来。见他回家之后，他们便找了个借口，让江森打开了这个后门。我不知道他们三个聊了什么，总之那两个人看准江森放松警惕的时候拿出凶器，威胁他就范。也许他们用的就是江森的枪。他们剥夺了江森的自由，又用他的手铐铐住了他。毕竟他们有两个人，江森寡不敌众啊。接着他们再走这个楼梯把江森带去停车场，押上他们的车，逃之夭夭。江森之所以没呼救，肯定是因为他们一直拿凶器指着他。也许他想假装屈服，伺机逃跑……"

"哦……"署长皱眉瞥了一眼黑暗的停车场。

怀疑总是一发不可收拾。"龟辰事件"之后，失去妹妹的星川副教授冲去警局号啕大哭，控诉警方失职，莫非他的愤慨与激动都发泄在了搜查指挥官江森警部补身上？

然而，署长觉得课长的推理尚有含混之处。

首先，房里没有任何搏斗的痕迹。屋里打扫得干干净净，一尘不染。只有烟灰缸里有些灰，但并没有留下一个烟蒂。

厨房的水池里有三个咖啡杯。水龙头没有拧紧。

刑事课长说，那都是来客（犯人）干的好事，那是为了防止警方查出指纹和血型。可他的逻辑并不完美。

有闲工夫将咖啡杯放进塑料盆、将烟蒂倒掉的犯人，为什么不把他们留下的所有痕迹统统处理掉呢？只要把烟灰缸洗干净，再把咖啡杯冲干净放回餐具橱，警方就看不出入侵者的存在与人数了。只要先制住江森，他们（两个人）便有足够的时间完成这些工作。

江森警部补真是被绑走的吗？还是说……他是故意销声匿迹的？

然而，如果他真是主动失踪，那也太费解了。江森没闹出过绯闻，也不爱喝酒，是警局里出了名的老实人。他也没什么经济上的问题。而且他马上就要参加升职考试了，复习得也很认真。这种人怎么会突然失踪呢？

江森警部补到底去了哪儿？

他是生是死？

他为什么要隐瞒第二封恐吓信？绑走他的就是那个寄信人吗？还是说他查到了寄信人的线索，展开了一场单枪匹马的追踪？……

署长怀揣着无数疑问，纹丝不动，凝然而立。

194

第四章 急转

上午十点多，男子开车带着由纪与纱江离开了位于前桥市郊外的情人酒店爱染庄。

天空依旧万里无云。由纪几乎一晚上没合眼。阳光显得如此刺眼。

由纪也不知道男子要开去哪儿。就算问了，他也不会回答的吧。

今天是离开熊谷的第三天。其间，她在情人酒店住了两晚，昨天下午为了让纱江睡个午觉，她还去情人酒店逗留了三小时。但男子从没接近过由纪的床。他总是将自己的毛毯铺在地上，把酒店的睡衣和浴袍当被子用。明明一伸手就能摸到由纪的身体，但他并没有这么做。

（简直跟兄妹一样……）

对健康的男性而言，女人的肉体自然能勾起他们的欲望，至少会表现出兴趣与好奇。可这个男人没有丝毫反应。

（我就这么没魅力吗……）

当然，她也不想被这种男人侵犯。男人的手指会抚过她的每一寸肌肤，他会硬掰开她的下半身，满是唾液的双唇会到处吮吸，舌头会到处舔舐，发出淫乱的响声……光是想象，由纪便会吓得浑身发抖。刚结婚时,她很不习惯昭的执着爱抚,只得自我安慰道,也许夫妻生活就是这样的吧。有时她甚至会因为害羞过度,吓得浑身僵硬,推开丈夫的手。

可两年多过去了,痛苦与羞耻心反而点燃了她的欲火。爱抚的滚滚热流带来无穷的快感,她甚至会发出些许娇喘。是昭唤醒了沉睡在由纪内心深处的"女性本色"。

所以她知道男人会如何对待女人的身体,也知道性生活的每一个细节。

然而,这个男人看待由纪的眼神是如此平静,没有丝毫欲望之色。对女人的肉体全然不感兴趣的男人。

(为什么?你为什么会这么冷静?你是不是住在地球上的普通男人啊?你是不是乘着流星,从几亿光年外的不知名星球来的外星人啊?你的国度就没有女人吗?你们没有用温存加深爱意的风俗吗?)

这是很不成体统的空想。当然,由纪并不饥渴,对被侵犯的恐惧与厌恶也没有丝毫减退。

可她一看见这男人进了情人酒店的密室,明知道她就躺在旁边,却不看她一眼,而是蒙头睡大觉,她就气不打一处来。这是女人心的微妙动摇,由纪也无法解释清楚。

离开酒店后,车开了近一小时,周围满是一望无际的田园风光。男子保持沉默。路很平坦,但开始变成上坡路了,民宅越发稀疏。他们来到灌木和杂草丛生的原野,坡越来越陡,车爬得很吃力,仿佛就要被深山老林吸进去了。

由纪战战兢兢地问道:"这路这么窄……不会是死路吧?"

"没错,"男子笑道,"就是死路。"

"啊?那可怎么办啊?难道要在山里过夜吗?……我好怕啊!"

"别担心,这条路能通到赤城山脚,那里有很多观光设施,很热闹的。"

"赤城山?"

"你知道国定忠治吧?"

"电视上好像放过,我妈妈特别喜欢看古装片……他是不是杀了压迫农民的幕府官员啊?"

"没错,你很懂历史嘛。他是个赌徒,但有一副侠胆忠心。当时的农民要每年给幕府交贡米,可官员的要求越来越过分,害得农民食不果腹,大侠国定忠治实在看不过去……"

由纪下意识地哄着怀中的纱江,仔细聆听男子的故事。

"他冲进衙门,砍死了那个贪官。当然,他也因此成了逃犯,只能躲去赤城山避难。"

男子单手松开方向盘,指向前方的高山。上州第一名山赤城山遥遥在望,五月晴空衬托出那悠然的棱线。

"啊,那就是啊……"

"没错,当时的农民特别感激忠治,想把他藏起来。他们省吃俭用,把食物送给忠治和他的小弟。可幕府查得非常紧,忠治不想牵连小弟们,就决定独自下山。我想你看到的就是那一幕吧。"

"这我就不知道了——"

"这是最精彩的一幕。我是东北农村人，跑去东京的第一件事就是去浅草看戏。我在热闹的浅草左顾右盼，最后进了一家小戏院，好像是'公园剧场'吧。"

　　……

　　"那天演的正好是国定忠治，这是我这辈子在东京看的第一场戏，记得特别清楚……"男子感慨万千，"舞台上演的是黄昏时分的光景。忠治站在正中，周围是一圈小弟。他在跟小弟们告别。明天我就不在这赤城山了，我国定即将背井离乡，因此与尔等话别——"

　　男子说得跟唱戏一样，由纪险些笑了出来。

　　"舞台的大背景上画着一轮月亮。一个小弟不放心老大单独下山，恳求忠治带他一起走，但忠治没有同意。这时，舞台上的照明灯全灭了，只有一束黄色探照灯打在忠治身上。他站在舞台正中，用右手拔出腰间佩刀，刀刃闪闪发亮。我这个乡下人看得连气都不敢喘一下。在观众席鸦雀无声的时候，忠治发话了。这是用万年雪水洗净的小松五郎刀，这是我这辈子最可靠的伙伴……"

　　男子巧妙的话术将由纪带进了故事的世界。不过……他居然还记得这么多年前看的舞台剧的情节和台词，真是太了不起了。

　　由纪不禁感叹道："我也在电视上看过，可几乎不记得那是讲什么的了，你却记得那么清楚，真是太厉害了……"

　　"不不，实不相瞒，我迷上了那部戏，之后去那家戏院看过好多次。当时我还是个穷学生，看戏成了我唯一的娱乐活动。

我还在宿舍里用报纸卷成宝刀，学着忠治的样子说'这是用万年雪水洗净的小松五郎刀。这是我这辈子最可靠的伙伴'呢。要是被人看见了，肯定会误会我是个疯子的……"

开到狭窄山路的分岔口，男子朝左拐去，将车停在路边，又掉头开回了来时那条路。

"那就回去吧。"

"不去赤城山脚了吗？"

"嗯，毕竟我们不是来观光的。"

"那你为什么要开上来……"

"消磨时间啊。赤城山脚下有很多观光设施与娱乐设施，地图上说那里还有两个火山喷发时形成的池塘，叫大沼和小沼。不过这一带也是湿地，有水芭蕉和北萱草，号称群马县的尾濑①。如果真要去那儿，可以直接在前桥上赤城公路，就能一路开到山脚下了。但我怕去那儿会给你带来不必要的麻烦。"

"什么麻烦？"

"昨晚我查了一下，发现赤城山会在每年五月举行开山庆典。我不知道那是五月几日，但五月应该是它的旅游旺季吧。肯定会有很多游客的。要是里头有你的熟人……要是有人看见你就麻烦了。"

（恐怕麻烦的不是我……而是你吧？）

由纪默默凝视男子的脸。

---

① 横跨群马、福岛、新潟三县的沼泽地带，也是日本最大的高地湿原。

男子好像看透了她的心思，苦笑道："我说出来你大概也不信。其实我一直很小心，就怕别人看见你。开车时我也会尽量选择没什么人的小路。其实让纱江这样的幼儿坐那么长时间的车并不好，必须经常让她下车透透气，但又不能让别人看见你，于是我就专挑那些寺庙……"

昨天，男子在照念寺的紫藤架下哄了纱江许久。那所寺庙的确没什么人。昨晚她还猜测会不会有个摄影师躲在暗处拍她的"出轨"照片，可听着听着，由纪便动摇了。那会不会是被害者意识孕育出的空想？

（这人不像是在说谎啊……）

"我倒是不担心被人撞见，"男子继续说道，"因为我在埼玉和群马几乎没有熟人。就算有人认出了我，只要看见我旁边还有你和纱江，就会认定我们是一家子，是他自己认错人了。但你的立场跟我不一样。"

男子的语气越发严肃。

"我为了某个目的将你带离了熊谷。这种行为的确很卑劣，毕竟我要为了实现自己的目的剥夺你的自由。我一定会以某种形式表达我的歉意。只是……希望你先别追问我这些。"

"你的目的跟我有关系吗？"

"也不是完全无关……总之我还不能告诉你。"

"因为这是要搏命的工作，所以不能告诉别人是吗？临出门时你好像是这么说的……"

"啊，也许吧，当时我太激动了……但我没说谎。等我完成这项工作，等我实现目的，我就会坦白我的身份。到时候，由纪，你就不会想让别人知道你跟我在一起待过了。这也是为了你好，你必须将和我在一起的这几天变为空白。"

"空白？这怎么可能啊！就算别人不知道，我也会一直记着的……你也不会忘记的吧……"

"我的记忆并不重要，关键是你得先忘了这件事。只要你不说，跟我度过的这些时间就不存在。在你的人生中，从没有过这几天。你马上就自由了。我会把你送到你家附近，与你分道扬镳。到时候，由纪，还请你直接回家。你将重新过上平静的日常生活。虽然有几天空白，但外人是不会知道的。你的人生将不会有任何污点。我想保你一个清白的人生。"

由纪越听越激动。这个男人，不是昭派来的间谍。昨晚萌芽的疑惑，不过是毫无根据的空想吗？

"接下来我会把车开回前桥，"男子继续道，"让你给纱江换个尿布，再让纱江好好睡个午觉。昨晚那家爱染庄旁边有个类似的情人酒店，就去那儿休息吧。之所以选择那种酒店，也是为了防止你被人撞见。我可没有什么非分之想，所以你大可放心休息。这下你总能理解我的苦心了吧，由纪？"

男子的眼中带着些许羞涩。他用满怀慈爱的眼神凝视由纪的脸，那双柔和的双眸仿佛要将由纪的魂魄夺去。她赶紧点头。

"太好了，你终于理解我了。"

男子露出一抹微笑与一排雪白的牙齿。由纪转向他的笑脸，再次点头。

突然，她对男子的疑惑与恐惧烟消云散，心中有了某种奇妙的连带感。

（只要能帮上他的忙，我什么都愿意做。）

这并非"共犯意识"。由纪并不准备参与任何犯罪行为。驱使由纪的，是血液中的莫名燥热，是对男子的一片热情，是为爱奉献与献身的愿望。

由纪出生于埼玉县南河原村的清贫人家。幼年丧父，与母亲相依为命。随波逐流，嫁给了住在熊谷市的男人，过着荒凉的婚姻生活。二十八岁的北条由纪，第一次对一个男人动了心。

她爱上了他，千真万确，尽管那是突然闯入她家的陌生男人。

由纪走下车，在赤城山前的山路上走了三十分钟。

男子也抱着纱江走下车，走进灌木与杂草丛中，哄着纱江，逗她开心。

还不会认生的幼儿会用本能判断一个人的善恶吗？纱江从不会对昭露出笑脸，但在男子怀中时，她总是笑得合不拢嘴。

由纪眯起双眼，望着两人的身姿。微风带着嫩叶的气味吹过草原。由纪深吸一口气。这是条没有人烟的山路，是从前住在山脚下的人为了上山干活开辟的道路吗？长发在风中飘舞，她顾不上去理，迈着欢快的步子。

"该走了。"男子凑近她说道。

"要跟赤城山告别了吗……"

"嗯，我们要跟国定忠治一样离开这里了。真是不可思议。人和时代在变，可山一直是老样子。纱江，再看一眼吧。也许再过个几年，几十年，妈妈会跟你讲这几天发生的事……"

男子转向赤城山，将纱江高高举起。也许再过个几年，几十年，妈妈会跟你讲这几天发生的事——这句话，仿佛是说给由纪的告别之词。你马上就自由了——他是这么说的。他还说，我会把你送到你家附近，与你分道扬镳。

（马上是什么时候？明天？还是后天？）

他究竟有什么目的？他要怎么达到目的？由纪对此一无所知。难道他会在达到目的的那一刻远走高飞吗？

（不要啊！别走！留在这儿吧！）

由纪暗暗呼喊。她已舍弃理性与是非，那是发自女人心的悲鸣。

"上车吧，"男子将纱江交给由纪，打开车门，"这就回前桥，半路上买点东西当午饭吧。我想吃个荞麦面，你呢？"

"跟你吃一样的就好。"

"噢，那就找个便利店吧。"

轿车行驶起来。男子的最终目地的是前桥吗？离别的时刻近在眼前。由纪拼命咬住嘴唇，强忍着涌上心头的呜咽。

下午一点多，两人来到前桥市郊外的"罗曼酒店"。男子说它离昨晚住的爱染庄很近，但对由纪而言，这仍是位于陌生风景中的不正经酒店。就算男子告诉她"他们昨天刚来过这附近"，她也认不出周围的景色。

　　她知道罗曼酒店是情人酒店。但进屋时，她已没有第一晚被推上楼梯时的那种恐惧与厌恶了。

　　打开房门一看，房间正中央有一张巨大的圆形双人床。

　　这种酒店的主角正是"床"，周围的装饰与照明只是用来打造情事氛围的配角罢了。对由纪来说，这些东西没有任何意义。

　　即便如此，一进屋，由纪的身子便开始发烫了。

　　浅黄色的杯子，镶了一圈红色的边，看起来非常柔软。上面摆着两件毛巾布睡衣。两个紧紧相依的枕头。台灯发出的粉色亮光——直到昨晚，她还将这种装潢风格与装饰视作"肮脏"，可今天走进来一看，竟有种奢华美艳的感觉，眼中的一切都变得如此性感。这种念头正不断动摇着由纪内心的"女人本色"，让她浑身发烫。

　　（天哪，我在想什么呢……）

男子伸手扶着由纪的后背，说道："由纪，你躺床上给纱江喂奶吧。可以小睡一会儿。你昨晚肯定没睡好，眼睛都红了。"

他看着由纪将纱江放在床上换尿布，说道："真的，你好好休息一下吧，出发时间到了我会叫醒你的。啊，荞麦面我放那儿了，你坐在床上吃好了。我要写点东西，就放桌上吃了……"

男子的语气依然贴心，没有丝毫强迫，这反而引起了由纪的不满。真讨厌，他为什么能这么平静啊！

他将在这一两天内挑战"拼命的工作"。任务完成之际，就是他们永别之时。别离近在眼前，可他没有表现出丝毫激动。这让由纪揪心不已，也气愤不已。

（我到底算你的什么啊？绑架我的男人，被绑架的女人。我们的关系就这么简单吗？！）

男子正趴在房间角落的小桌上，摊开信纸，吃着面条。由纪望着他的侧脸，无声地质问着。

那个用尖刀指着纱江的脸威胁我的男人上哪儿去了？那股热情与执着上哪儿去了？

纱江松开了乳头。由纪为她轻轻盖上被子。那股燥热的血已然退去。身子仿佛虚脱了一般疲惫。由纪也躺了下来，闭上双眼。

下午三点半，一行人离开罗曼酒店。由纪本想陪纱江小睡一会儿，不料竟睡死了。她是被男子叫醒的。

"看你睡得那么香，我真不好意思叫你……"

由纪赶忙看了看表，都三点二十多了。她赶忙冲去洗脸台，与床边的男子擦身而过。太大意了。她居然熟睡了整整两个多小时。他是什么时候来到床边的？有没有盯着我的睡脸看？好几天没睡好，害得她忘却了平日里的戒心。她羞得满脸通红。

她用冷水洗了把脸，用梳子把头发梳好。上了个厕所后走回房间一看，男子已抱起纱江，提起纸袋。

"走吧，你拿旅行袋吧。"

酒店里总是弥漫着夜晚的氛围，出去一看却是艳阳高照，阳光刺眼。

车稍微路过了一段热闹的大马路，但很快开回了幽静的住宅区。过了住宅区，便是充满绿意的马路了。好多新造的房子。除了民宅，还有苹果园与葡萄园。城市化的浪潮，正在逼近恬静的农村地带。

由纪对一直默默开车的男子问道："这是哪儿啊？"

"大概是吉冈町吧，是前桥市的卫星城镇。"

"不回熊谷吗？"

"嗯，今晚住高崎市的安中市……"

"高崎？远吗？"

"不远，就在前桥市附近。直接开过去用不了一小时，所以我才会稍微绕点远路……对了，刚才不是过了条河吗？那就是利根川，你没发现吗？"

"啊？这儿也有利根川吗……"

"嗯，利根川从关东地区的西北侧流到东南侧，注入太平洋，是仅次于信浓川的第二大河。不是你故乡附近的小河啦。"

"我知道。"

"那你知道利根川的源头在哪儿吗？就是它的最上游。"

"这我哪儿知道啊……"

"那我告诉你吧，它的源头在三国山脉的丹后山附近。"

"三国山脉在哪儿啊？"

"在群马和新潟的边境。它也是太平洋一侧与日本海一侧的分界线，将自然与社会生活一分为二。利根川发源于丹后山，流向关东地区的东南方向，有两百八十五条支流，下流的一部分在茨城县境内，另一部分在千叶县境内注入太平洋。全场三百二十二公里的漫长旅程便在那儿画上句号。"

由纪越听越惊讶。男子的知识量与记忆力实在太过惊人。这么了不起的人为什么要绑架她呢？这个问题她已经思考过无数次了，这回也不例外。

"你知道得可真多，"由纪说道，"你这么聪明，记性这么好……无论干什么都能大获成功的吧。我好羡慕你啊。可你为什么要绑架我们，住那种乱七八糟的酒店啊？为什么要做这种事啊？"

男子不禁笑道："由纪，你太高估我了。我懂的并不多，记忆力也不大好。"

"可你能滔滔不绝地介绍三国山脉和利根川，就跟地理老师一样……"

"地理老师？唉，实不相瞒，离开酒店前我看地图查了查去高崎的走法。顺便也翻了下群马县的观光手册，上头正好有利根川的介绍。所以我不过是现学现卖罢了。当时你正呼呼大睡呢……"

"我才不会'呼呼大睡'呢……"

"那就说你'睡得很甜'好了，还有可爱的鼾声伴奏呢。"

"讨厌！"

由纪羞红了脸。突然，怀中的纱江大哭起来。

"啊呀，纱江，怎么啦？"

由纪赶忙抱起纱江，给她换了个姿势，但哭声就是不见停。四个月大的幼儿无法用语言表达自己的感情。她在家中备了几本育儿书，里头有张索引表，可以根据不同的症状判断孩子突然哭泣的原因，也写着该如何解决孩子的问题。可她现在没有任何参考资料可查。年轻的母亲只得战战兢兢地与哭个不停的孩子说话。

"纱江，你怎么啦？妈妈在呢，别怕别怕。肚子饿了？还没饿吧，刚刚才吃过奶呀。难受吗？哪里痛啊？别哭了啊，纱江，快看外面，好漂亮的风景哦。纱江乖……"

由纪都快哭出来了。她抱起娇小的女儿，将她举到窗边。可纱江不断摆动双腿，扭动身子，号啕大哭。

不对劲儿！由纪断定纱江一定是哪里不舒服。

扯着嗓子的哭喊刺痛了由纪的耳朵。

"停车！"由纪恳求道，"停车！纱江不太对劲儿啊！"

"停车干吗？"

"找医生啊！"

"医生？你上哪儿找？这又不是市中心，哪儿有医生啊！"

"那就叫救护车！"

"别胡扯！由纪，你好好考虑一下自己的立场，我们没法叫救护车。"

好冰冷的口吻。

"可，要是她有个万一⋯⋯求你了，叫救护车吧！"

由纪惨叫着握住方向盘上的手。

"你干吗？太危险了！要是出车祸了怎么办！别担心，由纪，孩子的生命力比我们想象的顽强，我会直接开去高崎的。等我们到了酒店，就脱下纱江的衣服，给她好好检查一下。也许是尿布把她弄痛了。"

"不可能，我刚给她换尿布的时候没看到汗水和湿疹啊！"

"那她拉肚子了吗？"

"也没有。"

"有便血吗？"

"要是有我早就发现了！我们又不是医生，懂什么啊！快去找医生啊！快送她去医院啊！"

男子默默踩下油门，车速顿时加快。对面有车来了，越来越近，擦身而错。空气炸裂般的巨响传来。一眨眼的工夫，那辆车就不见了。由纪紧抱孩子，吓得闭上眼睛。与此同时，她察觉到怀中的孩子不再挣扎，安静多了。由纪吓了一跳，赶忙朝纱江的脸望去⋯⋯

"怎么啦，纱江？"

充满痛苦的表情不见了。仰视着母亲的大眼睛恢复了可爱的光芒。撕心裂肺的哭声也停住了，只是胸口会不时抽一下，打个嗝。见女儿的情况有所好转，由纪长舒一口气。纱江从痛苦中解放出来了，她得救了，而我也……

"啊，太好了，纱江不哭啦？好了吗？是不是很难受啊？对不起啊，妈妈帮不上你的忙……"

由纪亲吻着孩子湿润的脸庞，吮吸她柔软的脸颊、鼻子与小嘴。

"太好了，她终于不哭了。没事了没事了，纱江真了不起，"男子看着仪表板上的公路地图，"我们现在在群马町，很快就是高崎市了。酒店在郊外，离安中市中心比较近。再开个二十分钟就休息一下吧。话说她以前出现过突然大哭的情况吗？"

"没有啊，这还是头一回，也不知道她为什么哭，我都快担心死了……"

"总之等到了酒店就脱下衣服给她检查一下吧，也许是尿布或衣服上沾了什么东西弄痛她了。"

车速已恢复正常。男子一直将车速控制在法定速度上下。明媚的阳光逐渐被乌云挡住。

"会不会下雨啊……"

松了口气的由纪总算有闲心看风景了。

"纱江啊，很快就到酒店了。哭得这么凶，肚子一定饿了吧？一会儿就给你喂奶好不好？"

由纪的脸上又有了母亲的笑容。

然而，安心只持续了片刻。十四五分钟后，纱江的情况急转直下。

膝头的纱江狠狠推开由纪的手，小身子跟拉满的弓一样。由纪赶忙给她换了个姿势，可她立刻蜷缩起了小腿，整个人跟虾一样，哭得上气不接下气。

"纱江！"

由纪的声音在颤抖。不会说话的女儿在用哭喊诉说自己的痛苦，向母亲求救。她难受得蜷缩起了身子，连气都喘不过来了。她在与痛苦做斗争。可母亲是何等无力，什么都帮不上。

"纱江，你怎么了？哪里难受啊？纱江！"

孩子脸色惨白。变化来得太快了。哭喊着的双唇已无血色，又白又干。外行人也能看出孩子的情况非常危险。啊！纱江要死了！这怎么行！由纪周身战栗……

"停车！"由纪嘶喊着，"快停车！停车！"

"停了又能怎么样？！"

男子的语气也很凶狠。

"叫救护车啊！"

"不行！"

由纪紧咬下唇，眉毛都吊起来了，面相极其狰狞。她将手伸向安全带的卡口。说时迟那时快，男子伸手按住了她。

"你这是干什么？！"

"我要下车！你不停车，我就跳下去！"

"车还开着呢！你想死吗？！"

"死就死！放开我！要是纱江死了，我也不想活了！"

"荒唐！"

男子怒吼道。在纱江的哭喊与紧张的空气中，两人的对话越发紧迫。

"放开我！死就死！我要跳下去！"

214

"冷静点！我会保护你的女儿的！"

"说得轻巧！再这么下去纱江就没命了啊！"

由纪哭喊道。孩子撕心裂肺的哭声,仿佛也撕裂了她的心。

"别闹！快睁大眼睛找！"

"找什么？"

"药店啊！"

"药店有什么用！都不知道病因，能买什么药啊！得找医院，找医生啊！"

"听着！咱们进高崎市了，市内有的是药店，药店的人肯定知道哪儿有医生和医院，只要问他们哪儿有好的儿科医院就行了——"男子话没说完，便大喊道，"有了！"

由纪也指着前方喊道:"那儿！港口药店！"

那是一块很大的招牌。

"就它了！我下去问，你别动！"

"好……"

男子开门冲进医院。由纪怀着祈祷的念头凝视着他的背影，总算理解了男子的一片苦心。

"别担心，纱江，妈妈这就带你去看医生，再撑一会儿啊。"

药店的门开了，一位身着白大褂的中年男子走了出来。男子就走在他旁边。

白大褂指着前方说了两句话，像是在指路。

白大褂好像说完了。男子行了一礼，赶忙回到车里。

"太好了，附近就有一家儿科医院，叫香川医院，"男子踩下油门，"那是群马医大的教授和他女儿开的，他女儿也是医生。听说他们的医术非常高明，态度也很和蔼，是高崎市口碑最好的医生了。"

"谢谢，我……我不知道你是想来打听的，说了很多冒犯的话，对不起……"

"没事，我也是急了，不能委屈了这么可爱的孩子。纱江，再等一分钟！再撑一分钟哦！为了你，叔叔什么都愿意做！叔叔怎么样都行！哦，这就是相生町的十字路口吧！"

红灯。男子停下车，迅速说道："到了医院，记得照我说的做。要是你敢轻举妄动，我绝不会轻饶。我也不想在医院搞出流血事件……"

他拍了拍上衣左侧的口袋。由纪很清楚，里头装着一把弹簧刀。要救孩子的性命，就只能听从他的吩咐了。她没有意见，使劲点头。

"医院肯定要做病历。我会当纱江的父亲。我叫大原昭，你当然是大原由纪，我们是夫妻。啊，对了，还有纱江的出生日期。她是几月生的？"

"一月，一月十八日。"

由纪答道。这时，绿灯亮了。轿车左转，开上一条大直道。

"看着左边，是一栋红砖瓦房，"男子说道，"就是那儿，小儿科·香川医院！"

招牌上的大字，仿佛是由纪的救世主。

突然，纱江咳出一口奶。她吐了。由纪顾不上擦，只紧跟着男子一路跑进医院。

"有人吗？！有人吗？！我的孩子生病了！有人吗？！"

医院里静悄悄的。候诊室里有几张沙发，却没有人在等候。已是下午四点多，门诊病人都回家了吧。

"怎么了？"

里屋的门开了。身着白衣的年轻护士跑了过来。

"我的孩子突然病了，三十分钟前开始哭的，能让医生看看吗？拜托了……"

男子深鞠一躬。

"请稍等。"

护士跑进写有"诊察室"字样的房间，片刻后便探出头道："这边请！"

男子搂着由纪的肩膀，说道："都到医院了，别担心，要撑住啊。"

两人走进诊察室。只见一位女医生正趴在桌上写病历。她抬起头来，指着面前的钢管椅，说道："请坐。"

两人并排坐下。纱江好像哭累了，蜷缩着身子，发出微弱的呻吟。

"孩子哪里不舒服啊？"

女医生的嘴边带着温柔的笑。看上去还不到三十岁。一头长发随意绾起，系了个蝴蝶结。一双清澈的大眼睛给人以知性的印象。由纪赶忙说道：

"是这样的，纱江……这孩子突然哭了起来……当时我们还在车上……以前从没有过这种情况……我……我吓坏了……"

她连话都说不清了。我怎么这么不顶用……由纪很是懊恼。

男子接下话茬："我给您描述一下发病后的情况……"

男子言简意赅地描述了纱江的症状，而由纪只是不住点头。

"我明白了，"女医生说道，"也就是说发病时间还不到一小时是吧？"

"没错。"

"太好了。这位先生非常明智，"女医生稍稍缩了缩脖子，"这种病是越快治越好。沙希！"

女医生转向一旁的护士。

"把宝宝抱到床上，把衣服都脱了，尿布也要拿掉哦。我要检查一下尿布。"

护士抱起纱江，将她放在房间中央的检查台上。她驾轻就熟地脱了纱江的衣服，说道："大夫，准备好了。"

女医生走近检查台，男子与由纪赶忙跟上。只见医生仔细看了看尿布，喃喃道："也是，还没多久呢。"继而对护士说道："你帮我拉着孩子的腿，让她把肚子露出来。"

护士伸手抓住仍在哭泣的纱江的小腿。孩子哭得更凶了。

女医生将手搭在纱江雪白的肚子上。指尖来回摸索。片刻后，她的手停住了。

"啊，是这儿吧，是不是这儿痛啊？"

女医生用力按了下去。与此同时，纱江狂哭起来，拼命挣扎，想要甩开医生的手。由纪都不忍心看下去了。她看不得孩子如此痛苦。两腿发软，她都快站不住了。男子默默扶着她。

女医生给纱江盖上衣服，说道："沙希，这就带纱江去治疗室。我来联系院长，你去叫护士长来帮忙。大概要洗个肠，记得把器材准备好哦。"

"知道了。"

护士抱起痛哭流涕的纱江，一路小跑。

"大夫，"男子问道，"孩子没事吧？"

"没事，别担心。她几个月了？"

"四个月多一点。"

"哦，不到两岁的孩子很容易得这种病。要是拖得太久就危险了，还好你们来得早。"

女医生走回办公桌，拿起桌后墙上的对讲机。

"院长，麻烦你过来一下。"

片刻后，话筒里传来粗犷的男声。

"怎么了？"

"有急诊病人，四个月大的孩子。发病四十五分钟到五十分钟左右。突然哭了起来，十五分钟后有所好转。但十五分钟后又开始哭了。我检查了一下，判断腹部有异常。触诊时发现腹部很软，肚脐右上方有鸡蛋大小的肿瘤。患者脸色很差，蜷着身子，一直在哭。"

"有便血吗？"

"没有，因为发病时间不足一小时。"

"也是。别随便灌肠啊，腹压会变高的。你的诊断是？"

"肠套叠。"

"应该没错。很典型的症状。你来做？"

"还是您来做吧，我让护士把患者送去治疗室了。护士长也去了。正在准备器材。"

"真够麻利的。那我这就过去。"

"我会跟孩子的父母解释症状的。"

两人的对话到此为止。

"那我就给孩子做个病历。"女医生转向二人，"请坐，我来给你们讲讲孩子得的是什么病。"

两人在钢管椅上落座。

"孩子叫什么名字啊？"

"大原纱江。绞丝旁，多少的少，江是江户的江。今年一月十八日出生的。"

男子回答了医生的所有问题。地址是埼玉县熊谷市本町一丁目二十五号。他是父亲，大原昭。听着男子毫不含糊的回答，由纪险些当真。但男子也不是完全没卡壳。

"您带保险证了吗？"

男子听到这个问题，答道："没有，我们是出来旅游的……"

"那您在哪儿工作啊？是单位买的保险吗？"

"呃，我是自由职业者……该怎么说呢？就是给杂志或周刊写文章的……"

"啊，您是记者啊？"

"没错，所以我只有普通的国民健康保险。请问……没有保险证就不能看病了吗？"

"那倒不是，只是有保险证会便宜一点……"

"没关系，我会付现金的，请您一定要治好她。话说您刚才跟院长打电话的时候说的那个'肠什么什么'……那是很严重的病吗？"

"啊，我说的是肠套叠。"

"肠套叠？"

"二位怕是没听说过吧。听着很恐怖，其实不是特别严重。"

女医生扯下一张便签纸，写下"肠套叠"三字，递了过去。

"我们的腹腔里装满了肠子，有大肠和小肠。这个二位应该是知道的吧？肠子是一条细长的管子。大肠大概一点五米长，小肠则有七米长。在胃里消化的食物会流进弯弯曲曲的肠子里，由肠子吸收必需的营养，剩下的则排泄出来。"

女医生边说边用两根线画出一个筒状的肠子。她继续解释道……

纱江的小肠的最后一段，也就是所谓的"回肠"套进旁边的盲肠里了。一段肠管套进了另一段肠管里，肠子自然会堵住。剧烈的腹痛与呕吐是肠套叠的典型特征。触诊能摸到腹部的肿瘤。几小时后就会有黏血便。

"得了这种病的宝宝会突然大哭起来，蜷缩身子，显得特别痛苦，"女医生继续说道，"但哭了一会儿会停下来，就跟没事人一样。过了十四五分钟，又会哭起来。这样的状态会周而复始，以十五到二十分钟为一个周期。就像这位先生刚才描述的症状一样。"

"这是为什么啊？"男子问道。

"我们医生也不清楚。有人说病因是肠管的炎症，也有人说是腹部的外伤，但病因并没有那么简单。肠管是在不断蠕动的，说不定会因为某种震动突然套进去。婴儿，尤其是两岁不到的孩子很容易得这种病。一旦过了四岁就不太有了。"

"这病很难治吗？肠子里套肠子……要怎么治啊……"

"可以用洗肠法治疗。这个方法在发病后二十四小时内比较有效。"

"那是怎么个洗法……"

"就是把导管插入宝宝的肛门，往里面注入钡液。当然是加压了的液体。挤进去。这样就能把肠子撑开了。套在里头的肠子会被钡液一点点挤出来，回到原来的位置，这样就好了。二位听明白了吗？"

女医生微笑着看着男子。

"明白了明白了。您的解释非常幽默，缓解了父母的不安，就像把知识挤进了我的脑袋一样——"

"啊呀！"

女医生哈哈大笑，男子也咧嘴笑了起来。这让由纪很是嫉妒，就好像她被排除在了对话之外一样。

女医生看了看表，说道："那就去看看孩子的情况吧。"

"好，麻烦了。"

由纪迅速起身，她就盼着早些见到纱江。

"开始治疗之后，"女医生起身说道，"过个十分钟就会有所好转。要是不行，就得做手术了……"

由纪的身子顿时一软。一旁的男子赶忙伸手扶住她。

"由纪！"

与此同时，由纪抓住男子的双臂，倒在了他的脚边。

"由纪！撑住啊！"

男子正要将她抱起……

"等等！"

女医生冲上前去搭了搭脉搏，又摸了摸由纪的脑门。由纪脸色惨白，没有一点血色。

"是轻度脑贫血吧。让她在这儿躺一会儿吧。"

男子轻轻抱起由纪，将她平放在检查台上。

"仰卧，别垫枕头。把膝盖立起来。没错，就这样。五分钟后就好。"

失去意识的由纪如洋娃娃般，任由男子摆布。

女医生拿来一颗白色药丸和一杯水，放在一旁的小桌上。

"大概是太担心孩子，紧张过度了吧。很快就好的。这是镇定剂，等她清醒过来了再吃，然后再躺着休息一会儿。不能太快起来哦。我先去看看孩子的情况……"

女医生离开了诊疗室。屋里就剩男子与由纪了。

"由纪。"

男子弯下腰，在由纪耳边呼唤着。她没有回答。仰面朝天，双目紧闭，一头秀发散落在床上。

男子的手轻轻搭在由纪的额头，充满怜爱地抚摸着她柔软丰盈的头发。男子咬紧下唇，一脸沉痛的表情。

医院里鸦雀无声，一根针落地都能听见。时间静悄悄地流逝……

"由纪。"

男子再次呼唤。由纪微微睁开眼睛，眨了眨，不可思议地望着男子的脸。

"啊……我这是怎么了……"

"你终于醒了……医生说你是轻度脑贫血。还难受吗？"

"没事了，不好意思……刚刚突然眼前一黑，脑子里天旋地转……给你添麻烦了。"

"没关系，你才睡了五分钟。"

"纱江怎么样了？"

"别担心，大夫说治疗只要十分钟，但你得先吃药。"男子拿起女医生留下的药片递给由纪，"躺着把药吃了。这是镇定剂，给，喝口水。"

由纪将药片塞进嘴里，喝光了杯里的水，同时说道："我要去找纱江……"

"不行，你得多躺一会儿！"

男子赶忙按住由纪，那是下意识的动作。他的手，按在了由纪的乳房上。

由纪的手握住了男人的手，那也是下意识的动作。心头的不安，让她产生了抓住什么东西的冲动，于是她便握紧了那只手。两人保持着那样的姿势，一动不动。

224

纱江出生后，由纪每天要给她喂奶，所以在家时就不会戴胸罩。现在也没戴。昭总称赞她的丰胸真是太美了。她的乳房确实非常丰满，哺乳时也没变形。男子的手紧贴着薄毛衣下的丰胸，他不可能感觉不到。

几十秒后，由纪才察觉到这件事。男子掌心的温暖，正透过乳房，扩散到她的全身。

（天哪，我怎么能想这种事——）

然而，她无法甩开男子的手。正相反，她握得更用力了。她不想松开。她甚至能感觉到自己的乳头变硬了。

"啊——"由纪不禁喘息。

他的手贴着乳房纹丝不动，但指尖开始在乳房周围轻轻揉捏。这是男子故意之举，还是由纪用手引导了他？不知道。然而，这种微妙的感触在鼓胀的乳房上化作甘甜的瘙痒，点燃了体内的火焰。一瞬间的陶醉，剥夺了由纪的理性，她再次娇喘……

突然，门开了。男子赶忙缩回由纪胸口的手。

女医生进来了。

"夫人好点了吗？"

由纪赶忙起身跪在检查台上，答道："好多了，多谢您……给您添麻烦了。"

"那就好，脸色也好多了呢。孩子的治疗结束了，放心吧，她正睡着呢。要是您想看看她，就去治疗室吧。"

"太感谢了……"

男子扶着由纪下床。

女医生见状问道："二位着急赶路吗？这位先生刚才说二位是来旅游的……你们打算去哪儿啊？"

"是这样，"男子答道，"我们要去轻井泽的朋友家做客，正好路过这儿……"

"是这样啊，但是您孩子这种病一般要住院观察一天的。"

"哦，住院啊——"

"得观察一下治疗效果。如果您着急赶路，能不能等上三四小时呢？"

"当然当然，"男子瞥了眼手表，"就照您说的办，我给朋友打个电话……"

"好，挂号处那儿有电话……我带您过去。这边请。"

两人跟着女医生离开了诊察室。

纱江仰面躺在治疗室的病床上睡着了，一旁有位年轻护士陪着，院长则不见踪影。

　　护士一见三人进屋，便起身给由纪与男子搬来了椅子。女医生看了看纱江的小脸，又揭开被子，用听诊器听了听胸口，便对由纪笑道：

　　"放心吧，宝宝没问题了。她平时都是什么时候睡的啊？"

　　"七点左右。十点多会稍微醒一会儿，但喝了奶就睡着了，能一觉睡到天亮……"

　　"很有规律呢，看来宝宝非常健康。她哭累了，一会儿就会醒的。到时候再给她喂点奶吧。"

　　"好的……"

　　"如果她再吐奶，就得再做一次精密检查了。所以喂奶后需要再观察两小时。如果没有异常，就可以带她回家了。二位没意见吧？"

　　"嗯……"由纪瞥了眼男子的表情。男子点点头。

　　由纪松了口气，答道："那就照您说的办，麻烦了……"

　　"这种病有可能复发，但概率很低。治疗及时的话就不用担心了。您的宝宝应该没什么问题。不过您记着这个知识总没错。那我们就先出去了……啊，有事的话可以按枕边的呼唤铃。"

女医生与护士一道离开了治疗室。由纪深鞠一躬，目送二人离去。

纱江醒来后吃了点奶，整个人精神多了。两小时后……

"嗯，没问题了，带她回家吧。"

征得女医生许可后，由纪与男子带着纱江离开了医院，已是晚上九点。

男子支付了所有治疗费用，由纪也不知道他花了多少钱。她的钱包里就三万现金。想到这儿，她便只能接受男子的好意了。虽然那样让她很难为情。

绑架她的绑匪，带她的孩子去医院看病，还承担了医药费——真是件怪事。说出来了怕是都没人相信。但男子若无其事地接过账单，付了钱，还递了几张纸币给护士，说是给她添了那么多麻烦的一点心意，搞得护士很不好意思。一旁的由纪只能默默看着。他们是以"夫妻"的身份进的医院。在护士眼中，男子的一言一行都是理所当然的吧。但由纪总不能一直装傻……

（我该怎么还钱给他啊……）

就算那是绑架她的犯人，也不能白拿人家的钱。由纪很是惴惴不安。

轿车驶入灯火通明的大马路。离开医院后，男子一言不发，只是握着方向盘默默开车而已。

“请问——”由纪忍无可忍，终于问道，“治疗费是不是很贵啊？”

　　“还好啊，这家医院还是很公道的。”

　　“不好意思……我手头没那么多钱……等我回家了该怎么还钱给你啊……”

　　“啊？你在担心这个啊？你这人可真够怪的……我是大原昭，纱江的父亲，你是大原由纪，我的妻子。父亲出钱给女儿治病不是天经地义的吗？你是孩子的母亲，何必还钱给自己的老公啊？”

　　“可……”

　　“总而言之，这件事到此为止。对了……”

　　男子将车停在路边，打开车内灯，从仪表板上的公路地图中拿起印有“群马”字样的那一本。

　　“照理说沿着这条路直走就是了呀……”男子翻到高崎市的地图仔细研究了一番，“嗯，没错，他们告诉我左前方有个寺庙。就是它了。下一个路口左转，就是我们今晚要住的酒店了。”

　　“都到安中市附近了？”

　　“不，这里是高崎市中心。我想今晚住普通的商务酒店，刚才在医院打电话问了一圈，好容易找到一家有空房的酒店——新珍珠酒店，那是最近新开的商务酒店，正好有间双人房。今晚我终于有床睡啦。”

　　“太好了，我还想要是今晚继续住情人酒店，我就睡地板，把床让给你……”

"你在医院没有辜负我的信赖，"男子边说边开车，"你有很多机会向医生与护士求救，也有机会逃跑，但你并没有那么做……"

"我就没想过逃跑，你可是纱江的救命恩人啊……"

"由纪，你真是个好人。所以今晚就住普通酒店吧，这也是为了纱江好。医生说不用担心复发，可事情总有个万一。住情人酒店实在有些不方便。如果是离医院比较近的酒店，万一出了什么事也好应付。"

听完男子这句话，由纪不禁热泪盈眶。他竟会如此为纱江着想，就好像纱江是他的女儿一样。由纪感动得心窝都暖了。

男子说得没错。她在医院有很多逃跑的机会。

纱江的治疗结束之后，女医生与护士便离开了。治疗室里只有男子与由纪。纱江睡得很熟。当时男子说了句"我去打个电话"便出去了。

由纪望向枕边的呼唤铃。如果是昨天的她，定会毫不犹豫地按下去吧。

她可以向护士道出事情的来龙去脉，和纱江躲去某个房间，再打电话报警，让警官将男子捉拿归案。

但由纪想的并非"如何逃跑"。她唯恐女医生与护士们看出他们是假夫妻。决不能让她们发现他是绑匪，而她是人质。由纪关心的并非自己的安全，而是男子的安全。对由纪而言，男子是非常"重要"的人，也是唯一能与她分担危险与困难的人。

九点十五分，他们来到新珍珠酒店。

男子说这是家普通的商务酒店。可他预订的七〇二室位于酒店顶楼，有客厅与卧室之分，非常豪华。两间房之间由浓褐色的百褶门帘隔开。这就是所谓的"套房"吧。肯定不是普通的标房。房费一定很贵，普通游客绝对不会住。难怪这么晚了还空着。

进屋后，男子立刻走向正对面的窗口。离开医院时，天下起了小雨。他很在意天气的样子，便拉开窗帘，看了看雨势。

由纪也走到他身边……

"哇！好美！"

看到窗外的夜景，她不禁高喊道。

这间屋子能俯瞰高崎市中心的夜景。无数灯光点缀着这座城市，在视野中流转。闪烁着，摇曳着，为黑暗染上了色彩。

淅沥小雨中的光芒盛宴，充满了梦幻般的美。由纪大饱眼福。

"雨好像不是很大，"男子拉上窗帘说道，"纱江好像睡得很熟呢。"

"嗯，一上车就……"

"太好了。这下我就放心了。不过今晚还是别给她洗澡了，让她在床上好好睡一会儿吧。"

由纪小心翼翼地放下纱江，免得将她吵醒。

回到客厅，只见男子双手交叉，垫着后脑勺，坐在沙发上闭目养神。一副疲倦的表情。

房间角落里有个冰箱，上面放着茶具。由纪拿了两个茶包，倒上热水，端到男子面前。

"啊，谢谢。"男子起身拿起茶杯，喝了一口，"真好喝……今天下午我没喝过一口水，正渴着呢。"

由纪见男子面带微笑，赶忙端正坐姿，低头说道："谢谢你今天为我们做的一切……见你累成这样，我真是过意不去……都不知道该怎么道歉才好……也不知该怎么谢你……"

"区区小事，不足挂齿。你这么一本正经地跟我道歉，我还不好意思呢。"

"不不，多亏了你纱江才能得救，而且你还帮我付了医药费……我该怎么办啊……"

"哈哈，救了纱江的是那位和蔼可亲的医生啊。"

"我还因为脑贫血晕倒了……我真是太没用了。一听到要做手术，我就吓得眼前一片漆黑……"

"这不怪你，我也吓了一跳，要是真得做手术，至少得住院一两周吧。我也想到了很多事……"

由纪很能理解他的心情。他的每一句话，都戳痛了由纪的心。他想到的应该是那桩"要拼命的工作"吧。而且留给他的时间并不多。他没有时间陪着纱江住院治病。

那他会丢下由纪和纱江逃离医院吗？应该也不会。男子的反常举动会引起院方的怀疑。只要质问由纪，他们就会发现男子是绑架由纪的犯人，而他们是一对假夫妻。一旦报警，男子就会成为警方的头号搜查对象。他的"工作"也许会因此泡汤。

逃不得，也留不得。男子不得不面临痛苦的抉择。

"可是啊，由纪，"男子继续说道，"我下定决心，要舍弃自己。"

"舍弃自己？"

"没错，我决定舍弃我的计划，也就意味着舍弃我的人生。离开熊谷时，我曾说过要去完成一项必须由我完成的工作，而且那是一项需要拼命的工作——"

"嗯，我还记得……"

"要是我不做，便会有无穷无尽的非难与嘲笑等待着我。我三十三年来的努力与过往也会毁于一旦。也就是说，我不得不舍弃我的人生，在屈辱中苟且偷生。由纪，我当时就是这么想的。"

由纪目不转睛地凝视着男子的脸。

"但我看着小纱江被护士抱出诊察室，还哭得那么撕心裂肺，我就打定了主意。要救那孩子一命，我就必须留在这儿……"

由纪的肩膀猛地一晃。她正用全身的力气忍住呜咽。

"这三天里，我陪纱江玩了好久。她在我怀里笑得好开心好开心。她一直睁眼盯着我看，对我深信不疑，把全部都交给了我。那眼神是如此清澈……看到她那么痛苦，哭得那么难受，我怎么能不救她呢？我怎么能袖手旁观呢？我……我心想，只要能救她，做手术也行，住院也行，什么都行。就算我的人生就此毁灭也不要紧。只要纱江能再次对我微笑，只要那双漂亮的眼睛能再次凝视我……"

突然，由纪的身子一晃，倒在了男子脚下。她双手撑地，哭得肩膀上下颤抖。

"由纪？你怎么了？"

男子很是困惑地问道。但由纪无法回答。她太高兴了，太感动了。她真想好好谢谢他，好好表达自己的谢意。无奈心中百感交集，激动万分，什么都说不出来。于是她只得泣不成声，手足无措。

"啊呀，这……别哭了，纱江已经治好了，别担心了。"

男子起身搭住由纪的肩膀。

"起来吧……"

由纪忘我地投入男子的怀抱，宽阔的胸膛也稳当地接住了由纪纤弱的身子。她的泪水湿润了男子的脖颈。她在男子怀中放情地哭着，死死抓着他。男子的手也越发用力。那是何等激情四射的拥抱。两个紧紧相依的肉体，透过衣服，寻求对方的温暖，鲜血伴着心跳，肆意奔腾。

"由纪……"

片刻后，男子轻轻推开在他胸口痛哭流涕的由纪。但由纪不想松手，拼命摇头。长发掠过男子的胸膛。

"由纪！"

由纪微微抬起头。男子凝视着哭成泪人的她。那是深入心底的，摄人心魄的视线。由纪闭上双眼。与此同时，男子的双唇与由纪的重叠在了一起。由纪张嘴喘息。男子的舌头在她口中舞动。由纪也回应了他。

男子是何等温柔，又是何等有力。由纪呜咽着，喘息着。好像所有唾液，所有气息，她的全身心都要被男子吸去了一般。漫长的吻，无穷无尽……

由纪忘却了时间的流逝。两人的身体紧紧相依，谁也不愿放开谁。由纪感觉自己的身体正从空中缓缓降落……

回过神来才发现，她正趴开着腿坐在男子膝头。好难为情啊。她赶忙下到地上，上气不接下气。

男子也带着难为情的笑。

"先吃晚饭吧。不过时间太晚了，楼下的食堂怕是关门了。外面又在下雨……对了，今晚就吃冰箱里的东西好了。"

房间角落的冰箱还挺大。打开门一看，除了啤酒、威士忌之类的酒精饮料，还有水果罐头和几种杯面。

"吃哪个呢……由纪，你先挑吧。用这个水壶烧点开水就行了……哦，还有咖啡和红茶呢。"

"啊，我来吧……"

由纪麻利地将食品摆在桌上。男子选了札幌拉面与炒面，由纪则选择了狐狸乌冬①。

"把这个菠萝罐头开了当甜点吧。最后再来杯咖啡。"

不愧是双人房，筷子也有两双。

---

① 即油豆腐皮乌冬。相传狐狸是稻荷神的使者，最爱吃油豆腐皮。

十点多了。酒店里静悄悄的，马路上的噪声也传不到房间里。

男子大口大口地吃着拉面。由纪也叉起面条吹了吹。

"深夜派对，还是个只有两个人的派对。"

男子对由纪笑道。由纪也报以微笑。

桌上只有杯面与罐头。好寒酸的派对。但对绑架犯与被绑架的女人而言，这是最幸福的时刻，也是温暖人心的晚餐。

吃完后，由纪开始收拾残局。她将泡面碗和空罐头丢进垃圾箱，把盘子碟子洗干净放回冰箱，把桌子擦干净，倒掉水壶里的水，烧一壶新的。她在客厅与洗脸台之间走来走去，好不乐乎。

男子心满意足地望着由纪忙碌的身姿。

"由纪，"他说道，"别忙活了，歇歇吧，不过……你穿围裙一定会很好看。"

"啊？为什么啊？"

"看到你忙里忙外，我便想象起了新婚妻子为下班回家的丈夫准备晚饭的情景。围着白色的围裙，点火热锅，洗碗洗菜，将食材放在砧板上，思考今晚该做些什么——穿着围裙的你一定很美。你果然是有家庭的人……"

"我才没有家庭呢！"

由纪斩钉截铁地反驳了男子的话。她太伤心了。这人一点都不懂我的心！

（我是被赶出家的女人！不，我才刚下定抛弃家庭的决心。不是你让我下这个决心的吗？我明明是有夫之妇，却接受了

236

你的吻，这样的我，怎么会回归家庭呢！我今晚之所以那么开心地忙里忙外，还不是因为有你在？我愿意为了你穿上围裙……）

然而，她无法将这些念头说出口。

（我爱上了不该爱的人……）

卧室里传来纱江的哭声。由纪起身时，男子说道："喂完奶洗个澡吧。我去给你放洗澡水。"

"嗯。"

待纱江吃饱了奶睡着之后，由纪轻轻爬下床，从旅行袋里拿出昨晚穿过的睡衣，迅速换好，又拿上新内裤与手提包进了浴室。扎起长发，套上洗脸台的浴帽。铺着白瓷砖的浴缸已经放满了水。

她三天没泡澡了。浴缸特别大，也许是因为这是双人房吧。由纪将身子埋进浴缸，伸长双腿。在透明的热水中，点缀着白色裸体的黑色毛发悠然摇摆。

她仔细擦洗了身体的每个角落。洗完后，她拔掉塞子，为男子放了一缸新的热水。她走回洗脸台，边用浴巾擦身边观察镜中的自己。一对丰胸，纤细的腰肢，没有一点瑕疵的肌肤泛着粉红。

她取出手提包里的粉盒。好久没化妆了。口红被男子没收了，但泡完澡之后的皮肤血色很好，再加上完美的唇形，那色彩简直比涂了唇彩更鲜艳。她梳了梳头发，穿上睡衣。

回到客厅一看，只见男子又在奋笔疾书了。

他一见由纪，便惊呼道：“太美了！这才是真正的你啊，该怎么说才好……你……把太美了说一百遍都不够……就好像你独占了女性所有的魅力……”

由纪用全身吸收着男子的感叹。她沉浸在他的话中，陶醉在他的话中，被他的言语吸引。她真想立刻投入他的怀抱。

她强忍着激动，说道：“我给你放了热水……”

“谢谢，那我也去泡个澡吧，今天真是累坏了。你先睡。”

男子将信纸塞进手边的大纸袋里。昨天和前天晚上用的毛毯也在里面。

男子提着纸袋走向浴室。他总会随身带着它。里头一定放着很重要的东西。

由纪走到窗边，拉开窗帘。灯光好像变少了些。小雨还没停。雨中夜色，星光点点，让她想起了父亲描述过的渔火美景。

男子洗完澡后，换上酒店的浴衣走回屋里。

“啊，你还没睡啊？”男子关了客厅的大灯，走近由纪，“很晚了，都十一点多了，睡吧。”

男子的手搭在由纪的肩膀上。两人顿时紧紧相拥，也不知是谁更主动。有股肥皂的香味。轻吻之后，男子轻轻抱起由纪，将她带去了卧室。

两张床中间有个床头柜。台灯微弱的灯光照亮了纱江的侧脸。

男子将由纪温柔地放在床上，自己也爬上床，躺在她旁边。他的手小心翼翼地解开由纪睡衣上的每一个纽扣。他打开了

238

遮盖胸口的布片。雪白的肌肤尽收眼底。男子的双手轻柔地包住她的乳房。

"求你了……把灯关了吧！"

由纪轻唤道。男子的手伸向台灯的开关。屋里一片漆黑。但由纪的身体在黑暗中化作一团烈火。仿佛能将黑暗染红的火球一般，疯狂地燃烧。

点景·大泉警署

三天后的夜晚，署长与课长基本确定——江森警部补无故旷工属实。

两人隔着茶几对面而坐，脸上带着苦涩的表情。

（那正好是由纪与陌生男子来到高崎市内的香川医院，焦急等待治疗结果的时候。）

昨天下午，刑事课长赶往盛冈，还在当地住了一晚，并坐今天傍晚的车回到了大泉警署。出差的目的是调查在"龟辰事件"中惨死的由比冴子的哥哥——原东华女子大学副教授星川英人，并确认他目前的所在地。

这种工作一般不会由刑事课长出面，但这次情况特殊——他们并没有证据证明江森警部补的缺勤与犯罪案件有关，自然也没有怀疑星川英人的物证。署长认为，现阶段还不能将此事公开，必须暗中调查，等找到线索了再说。课长也同意这个方针，所以他才会单枪匹马跑去星川英人的老家盛冈市。星川辞职后曾回盛冈住过一阵子。这是几位大学工作人员提供的情报。

送走刑事课长之后，署长便赶往警视厅，与刑事局长碰了个头。如果江森警部补因个人原因无故缺勤，那就没必要跟本厅汇报。由署长给一个"严重警告"或"警告"即可。

然而，要是他的缺勤是第三者的意志所致，那就是如假包换的犯罪事件了。从昨天到今天上午，江森没有给上司打过一个电话。莫非他被人囚禁了，不能自由行动？

而且署长在江森的房间里发现了用片假名写成的恐吓信。署长和刑事课长收到的恐吓信也出自同一人之手。问题是，只有江森收到了第二封。

这封信要求江森立刻辞职，末了还写了一句：若不照办，留神性命。

随着时间的流逝，署长的不安越发膨胀。江森的处境非常危险。万一人们发现了他的尸体，本厅定会追究他"知情不报"的责任。署长彻夜难眠，决定前往警视厅，找刑事局长谈一谈。那是昨天上午十一点的事。

署长带上了自己收到的恐吓信与寄给江森警部补的两封恐吓信；还介绍了江森的履职经历、平时的工作态度以及他的为人与性格；也详细阐述了今年一月发生的"龟辰事件"，不幸牺牲的由比冴子，还有冴子的哥哥星川英人在案发后对警方的愤怒言行。

当然，他还说了与刑事课长一同（在没有搜查令的情况下）进入江森的公寓，发现烟灰缸里有灰（但江森不会抽烟），厨房的塑料桶里有三个咖啡杯。

署长还拿出了江森房间的平面图，告诉局长公寓后面有个停车场，还有直接通往江森房间的楼梯，可以在避开管理员的情况下上楼，而江森的车还在停车场里。

"我认为，"署长用舌头舔了舔干燥的嘴唇，"目前还无法判断江森警部补是被人绑架了还是故意失踪了。但我刚才也说了，那个星川英人在'龟辰事件'中失去了妹妹，非常可疑。当时他天天杀来警局，破口大骂，矛头直指当时的直接负责人江森，这一点千真万确。"

之后，署长又提到他已派出刑事课长去盛冈调查星川英人的底细。

"现阶段我们还不能请星川回警局问语。就算去找他，他也不会跟我们回来的吧。所以我吩咐过课长这事一定要保密。江森警部补是带着手枪和警察手册失踪的，要是被媒体知道了，定会引起普通民众的担忧，所以我们还没有请岩手县警配合调查。我想先来征求一下您的意见，于是就不请自来了……"

署长对着比自己年轻许多的刑事局长深鞠一躬。局长是所谓的"精英组"，毕业于东京大学，是警视厅出了名的聪明人。署长提心吊胆，察言观色，不知对方会说出什么一针见血的话来。

"哦……"刑事局长神情怫然，沉默片刻才肯开口，"你不觉得这个恐吓信的口气很幼稚吗？三个警察怎么可能因为这一封信辞职呢？寄信人应该也明白这个道理。这应该只是单纯的恶作剧吧。"

"您说得没错，我也有同感，所以刚收到的时候我没把它当回事。"

"有些犯人会对逮捕自己的警察怀恨在心。只有江森警部补收到了两封恐吓信。我觉得你应该先调查一下他经办的案件，或是由他送监的犯人，尤其要找最近刚出狱的。"

"您说得是，是我疏忽了，非常抱歉。"

"还有，我认为你断定江森的失踪与那个大学教授星川有关未免有些武断。"

"哦⋯⋯"

"你们昨晚去江森的房间查过是吧？"

"是的，呃⋯⋯与其说是查，不如说是担心他，想去看看情况⋯⋯没有搜查令就去了⋯⋯"

"我问的不是这个。你会这么做也是理所当然。你说烟灰缸里没有烟蒂——"

"是的，因为江森不抽烟，我就觉得很奇怪⋯⋯"

"而且厨房的桶里有三个咖啡杯泡着——"

"没错。"

"看到这些，你能想象出一幅什么样的情景？"

刑事局长点了根烟，缓缓吐出一口，像是在等待署长的回答。

"烟灰缸的外部很干净，里头只有烟灰，没有烟蒂，所以我猜测是抽烟人把烟蒂带走了，唯恐警方查出他的血型⋯⋯"

"嗯，这也是有可能的。但你可以换个角度。厨房里不是有三个咖啡杯吗？"

"没错，水龙头没关紧⋯⋯"

"换言之，屋里除了江森，还有另外两个人。他们一起喝了咖啡。这就说明江森没有对他们起戒心。也就是说，他们在非常友好的氛围里边喝咖啡边聊天。"

"原来如此，一点儿没错……"

"他们决定出去吃个饭。江森就把咖啡杯拿到厨房去了。"

……

"这时，那两个人点了烟。既然抽烟了，自然会有烟灰。这时，江森回来了，说，我们走吧。于是那两个人就叼着香烟出去了。这么一想，只有烟灰没有烟蒂不就很合情合理了吗？"

"哦……"

好明快的推理。署长大吃一惊，但还没完全服气。问题还没解决呢。开开心心出门的江森警部补一直没回来，他究竟碰上了什么事？只要不搞清楚这一点，局长的意见就是纸上谈兵。

"我明白您的意思，"署长说道，"但他们三个出门之后，江森就再也没回去过。至今行踪不明。他为什么会失踪呢？您对此有何高见？"

"关键是不能先入为主。'龟辰事件'给你留下的印象太深刻了，所以你总会将江森警部补与那个星川联系起来。我感觉你的潜意识已经认定了江森是被星川绑走的。"

"那……您认为星川副教授跟这次的事完全无关？"

"我可没这么说。我也觉得你的指示没错，的确应该派刑事课长去盛冈市查一查星川的情况。"

"感谢您的理解。"

"我想说的是，你该把江森警部补的失踪与星川区分开，换个视角看问题。"

"您的意思是……"

"江森会不会是出车祸了啊？"

"啊？车祸？"

署长愕然望着局长。他从没想过这种可能性。

"没错，他可能碰上了车祸。这只是我的假设啊，但也不是完全没可能吧。那天晚上，他跟那两个人出去吃饭了。也许还去小酒馆坐了坐。之后，两人告辞回家。他们大概是开车来的。而江森只能打车回去。走着走着，一辆车撞上了他。司机酒驾了……"

"您是说……他被车撞了？"

"没错，他受了重伤，没法说话。而犯人肇事逃逸了。"

"局长！"署长提高嗓门，"江森随身带着警察手册啊，就算犯人肇事逃逸，发现他的路人也会报警的。可我们至今没收到类似的情报……"

局长带着讽刺的笑，说道："你的思维好单纯啊。"

"啊？"

"你得站在犯人的角度想啊。犯人喝得再醉，看到自己撞到了人也会停车下来看的。他八成会冲到伤者旁边问他有没有事。可对方一言不发，伤势非常严重。要是他稍微有点良心，就会开车把伤者送到医院，或是打电话叫救护车。可这个犯人并没有良心发现。"

……

"他怕得要命，正要跳上车逃走，却发现男子的西装掀了起来，腰间别着手枪。他喊了一声，天哪，这人是刑警啊！他战战兢兢地把手伸进西装口袋，果然有本警察手册。犯人绝望了，游目四顾。夜深人静，周围没有人。他便将江森搬上了车，飞也似的逃走了——"

"原来如此，您的意思是他将江森丢到了没人的地方，逃走了……"

"没错。这当然只是我的假设，但这种概率也不是完全没有。大泉警署在练马区，附近是新座市和清濑市。开个二十公里就是埼玉县了。把被害者丢到森林或谷底，十天半月都不会有人发现。要是挖个洞埋起来，怕是永远都见不了天日。"

"哦——"

署长唯有叹息。刑事局长说得跟电视剧一样扑朔迷离，但这种可能性无法否认。仔细一想，反倒是局长的看法更靠谱。也许是他太关注星川副教授了吧。

"除此之外，"局长说道，"也有可能是江森警部补主动失踪。"

"可……他没有玩失踪的动机啊……"

"怎么没有？这恐吓信不就是了？他是不是不想当警察了啊？刑警总是付出多回报少，拼命工作抓坏人反而招恨，有时还会收到恐吓信，面临生命危险。江森收到这封恐吓信就打算辞职了，不，也许是造访他的那两个人说动了他。"

"那他现在——"

"说不定他正在某个温泉旅馆思考今后的方针呢。你不是说他母亲给他留下了一大笔人寿保险吗？这说明他并没有经济上的担忧。也许他跑去温泉旅馆写辞呈了呢。过个两三天你就会收到了。当然，他应该也会把手枪和警察手册寄回去。到时候你打算怎么办啊？"

"我可不允许下属这么自说自话！我一定会把他叫回来好好教育一番……"

"这么做还有什么意义啊！你没法用警察的规矩去约束下定决心辞职的人。到头来你还是得接受他的辞呈。哪条法律能惩罚他的行为啊！"

"呃——"

"没有吧？他能正式辞职，也能根据规定领到相应的离职金。"

"可……江森怎么会做这种事呢……"

"我也不是说他一定会这么做，只是告诉你他的失踪有好几种可能性。如何判断，采取怎样的行动，是你这个顶头上司的责任。"

"您说得是……"

"要是没有确凿证据，你也奈何不了那个星川。现阶段我们甚至不能将江森警部补视作失踪人员，请求全国警署协助调查。一个不小心，就会被媒体口诛笔伐。我们需要更多信息，更多线索。"

"我也是这个意思。"

"你们刑事课长是明天回来吧？也许明天会有新进展。总而言之，先观察个一两天吧。就算你不服气，我也只能给你这些意见了。"

"岂敢岂敢，您的意见很有价值。我这就回警署去。感谢您在百忙之中抽空与我谈了这么久。"

署长道谢后离开了警视厅,但他的脚步非常沉重。到头来,他只能被刑事局长的意见牵着鼻子走,没有得到任何实质性的帮助。

又是一夜难眠。

署长来到警局后,接到了刑事课长的电话。

"星川英人辞职后的确回盛冈去了。"

"你见到他了?"

"没,他去冲绳旅游了。他家开了一家大超市,在附近的市町村有七八家连锁店。明星超市,星川的星,很简单的名字。但星川英人完全没有插手超市的工作。他父亲在几年前去世了,现在当家的是他的后妈和后妈生的孩子,叫雄一。也就是说超市的经营权掌握在同父异母的弟弟手里。"

"那他回去岂不是游手好闲吗?"

"他父亲去世时,他放弃了遗产继承权,于是弟弟就继承了家业。但他拿到了五千万或一亿现金,还有市内的一间公寓。所以他是个有钱人。不过他老家的资产是有十亿、十五亿的样子。所以他后妈一心想让自己的儿子继承家业。"

"那他回盛冈之后一直住在自己的公寓里喽?"

"不知道啊,反正他几乎没回过老家。他有的是钱,就出去旅游了。过会儿我准备去会会他的高中同学,是个补习班的老师。星川是橄榄球部的,而那个男的是队长,和星川特别铁，也许能打听出点线索来。我大概傍晚六点回去……"

电话到此为止。署长只得焦急地等待刑事课长的归来。

临近七点，刑事课长终于露面了。

"星川英人是无辜的。我见到他的铁哥们了。江森警部补是五月十七日失踪的，可星川英人十六日就去了冲绳，正住在丝满市皇家酒店呢。"

"但那是星川的朋友告诉你的吧，谁知是不是真的呢？"

"不，我确认过了。他当着我的面给丝满皇家酒店打了个电话，和他聊了几句……"

刑事课长胸有成竹地答道。他是这么说的——

课长来到盛冈市后，在明星超市附近的旅馆住了一宿。之所以选择日式旅馆，是为了通过女员工打听星川家的口碑。果不其然，五十多岁的女员工特别爱说话，最适合打听这些了。

课长打听到，星川英人的父母现都去世了。他的父亲勾搭上了自家超市的临时工，搞大了人家的肚子，还把那女人养了起来，给她造了个房子，认了她生下的儿子，天天往情妇家跑。当时星川英人的母亲还在人世。大老婆一死，他就跟那个比他小二十五岁的女人正式登记结婚了，还给她生的雄一上了户口。

"但那个叫房代的女人很会做生意，跟雄一两个齐心协力，把生意越做越大了。不过肯定有老员工在帮她的忙……"

"我听说老夫人有两个孩子？"

"没错，英人先生和冴子小姐。英人先生是一流大学的老师，冴子小姐也嫁了个好人家，还是英人先生牵的红线呢。毕竟房代夫人对他们很不好，就知道疼自己的儿子。也难怪，后妈都是这样的。英人先生就没想过做生意人，父亲去世时便把生意全部让给了雄一，主动放弃了继承权。而房代夫人给了他五千万还不过一亿，又在五十米开外的公寓买了套房给英人先生住。房代夫人有十多亿资产，这点小数目算得了什么啊。”

这位女员工一开口便滔滔不绝，但她也不清楚星川英人的现状。

“我听说他辞职后就回来了，会不会在家啊？”

吃完晚饭，课长便去公寓看了看。公寓总共六层高，亮着好几盏灯，但课长不知道星川究竟住哪间。这时，他发现入口处就是管理员办公室。他便走上前去问道：

“请问星川先生住哪间？”

戴着眼镜的老人打开小窗，说道：“星川先生不在家。”

“他出门了啊？”

“两三天前走的，说是去旅游……”

“那他大概什么时候回来啊？”

“不知道。”

窗关了。好冷淡的老人。

课长正要打道回府，忽然瞥见了一家小酒馆。也许星川来过这儿。他推开门，走进狭小的店里。吧台后有个三十多岁的女人，正无所事事地看着电视。瓜子脸，穿和服一定很好看。店里没其他客人。

课长点了杯酒，问道："住在隔壁公寓的星川先生常来这儿吗？"

"啊呀，您认识星川老师啊？"

"嗯，我们是在东京认识的，老交情了。今天我正好有事来盛冈，本来想去看看他的，没想到他不在家。"

"这样啊，听说他去冲绳了。"

"是吗？什么时候走的啊？"

"四五天前吧。那天他是跟朋友一起来的，当时正好提到过。"

"朋友？哪个朋友啊？"

"木村先生。星川老师的高中同学，当过盛冈高中橄榄球队的队长。老师回盛冈市常来我这儿，每次都是跟木村先生一起来的，他们可是铁哥们儿。您不认识木村先生吗？"

"不认识啊，我一直住在东京。那位木村先生是做什么的啊？"

"盛冈第一预备学校的老师。不过他是理事长，恐怕不会亲自教课。"

"哦？这么年轻就当上理事长啦？"

"那是他父亲办的学校呀。父亲去世之后，就由他接班了。"

他还打听到了第一预备学校的地址。明天去那里会会木村，也许能打听出什么重要线索。

"于是我今天早上就去学校找那个木村了。那个学校跟普通的补习班不一样，房子造得非常气派。理事长木村信太郎不愧是玩过橄榄球的，肌肉很是发达。我说，不好意思，我把名片忘在酒店了，我叫坂口诚，是名古屋短期女子大学筹备委员会的事务局长。我们大学准备从明年春天开始正式招生。"

课长说道——

女子大学的校舍已经建好了，即将得到大学审议会的批准，正在和文部省做最后的交涉。我们准备先开设国文科与英文科，以后再转成四年制大学。眼下的当务之急就是筹备师资。教授的职位还有一半空着，而且特别缺乏优秀的青年才俊。

我们委员会一致决定，聘请刚从东华女子大学离职的星川老师来我校任职。

所以我昨天来到盛冈，想登门拜访星川老师，却发现老师不在家。听说您是他的至交好友，我就冒昧地找上门来了——他一口气报出在旅馆想出的借口。

"木村喜出望外地说，这敢情好，他去冲绳的丝满市了。十六日走的，走的那天晚上还给我打过电话——原来星川想转行当小说家，就去丝满采风了。"

木村说，我知道酒店的电话号码。他翻开笔记本，当着课长的面拨通了电话。

"吓死我了，人家好歹也是当过大学教授的人，我还怕被他识破呢。"

"那真是丝满市的酒店吗？"

"没错，我听到接电话的女员工说'您好，欢迎致电丝满皇家酒店'……"

"哦……"

木村转达了课长的来意,还说——小子,天上掉馅儿饼了,你赶紧回来吧,别以为靠写小说能养活自己。我本想请你来我们学校教书的,可你还是适合在大学干。你啥时候回来啊?后天?好,那等你回来了记得找坂口先生好好聊聊啊。嗯,我会替你转达的。你同意了是吧?那我等你回来啊……

木村的口气很粗鲁,但这也体现出他们的关系的确不一般。木村放下电话后说道,您放心,那家伙对您的提议很感兴趣,请您多多关照——末了还给他鞠了个躬。

"也就是说,"刑事课长说道,"星川跟江森的事儿无关。"

"不一定吧,"署长寻思道,"江森是十六日晚上失踪的。只有木村证明星川在那天晚上从丝满市给他打过电话。也许星川是十七日出发的呢?只要不搞清楚这一点,就不能完全排除星川的嫌疑。"

"您多虑了,"课长笑道,"我没那么粗心,告辞之前,我记下了丝满皇家酒店的号码。"

"嗯。"

"走出学校,我就找了个电话亭,拨通了那个电话。接电话的女员工说的还是——'您好,欢迎致电丝满皇家酒店'——"……

"我就问,有没有一个从岩手县盛冈市来的星川英人住你们那儿?对方说,没错,星川先生就在我们酒店。我说,我是他弟弟,请问他是什么时候入住的啊?"

"原来如此,那她是怎么说的?"

"她说，请稍等。过了一会儿，她回答我说，星川先生是十六日下午六点三十分入住的。"

"哦……"

"署长，十六日傍晚六点三十分，星川英人绝对在丝满市没错。难道他在入住之后飞车赶回那霸机场，坐飞机回东京，再赶去江森的公寓吗？回程路上我向列车长借了时刻表查过，那是不可能的。十六日晚上，星川不可能接触到江森。"

"那他果然是无辜的啊……看来本厅的刑事局长说得没错。我们有必要换个角度思考这个问题。"

"唉，江森到底去哪儿了啊……"

他被绑架了？出车祸了？要不然就主动放弃了工作？两人一头雾水。

第五章　红色连衣裙

黎明时分，雨终于停了。窗外的阳光透过窗帘，在卧室的红色地毯上形成一条光带。

由纪睁开眼，看了看枕边的手表，快十点了。旁边那张床上没有男子的身影。洗脸台处传来轻微的动静。他好像在洗脸。

她赶忙脱下睡衣，换上衣服，拉开窗帘。酒店入口的两棵白杨仿佛门柱一般。被雨水洗刷一新的绿叶沐浴在阳光下，闪闪发光。

"啊，早上好。"男子从百褶门帘后探出头来说道。

"早上好。"

由纪不敢直视男子的脸。脸在发烫，身体也在发烫。她赶忙躲开男子的视线，冲向洗脸台，细细端详镜中的面容。一夜春宵，竟让她有种判若两人之感。

两人缠绵到凌晨。由纪结婚两年多，对夫妻间的事情当然有些知识，但昨晚和今晨的经历远远超越了她微不足道的经验。

男子不知疲倦地引导着她，将她带入未知的世界。她陶醉在初次品尝的感觉中，沉浸在一波又一波高潮中，脑中一片空白，身体仿佛要四分五裂。

"不行了，我要……疯了……别松手……啊！"

她沉溺在初次品尝的性的深渊中，说着毫无意义、断断续续的胡话，身子弯曲如弓。当男子深深插入她的下腹部时，她便会发出野兽般的号叫，死死抓着他的后背。

与丈夫行房时，她也不是完全没有快感，但从没如此陶醉过。那种愉悦，不过是由刺激皮肤产生的生理快感罢了。

她如今品尝到的是精神上的愉悦。那是爱人给她的紧贴感，充实感。这也加深了由纪的感官享受。

男子不时松开由纪，贴着她躺下，在她耳边呢喃——

"对不起，都怪我不好。"

"是我败给了你的美貌，是我没忍住。"

"相信我，这并非一时的寻欢作乐。由纪，我是个没有未来的人，所以这是我这辈子唯一一次命运的邂逅。"

"我……不，我们无论投胎转世几次，都不会再有这样的相逢了，记住，这是奇迹。奇迹是不会重复的。"

"我真想再早些认识你。我绑架了你，我知道，这不是一个绑匪该说的话，但我真想掏出心来给你看看，让你知道我的话里没有谎言，没有污浊。"

"这是我这辈子第一次爱上一个女人。我终于知道爱是如此美好，是如此悲切，是如此痛苦……"

由纪能理解男子的话吗？男子的呓语，在由纪耳边化作曼妙的音乐。听过就好，不需要深究话语背后的含义。然而，她在那甘甜悲怆的旋律中流下了眼泪。男子的双唇温柔地吸去了她的泪水。男子的眼中也滑出一滴泪珠，落在由纪的脸颊上……

天快亮了。

男子松开由纪，说道："去那张床上稍微睡会儿吧。十点后会有人打扫房间，可以睡五小时。等清洁人员来了，你就去楼下的咖啡厅等我。我去高崎站买个便当回来。"

"哎？不是今天出发吗？"

"嗯，明天再走，我订了两晚。今天可以好好休息一下。"

"行不行啊？你不是有很重要的事要做吗……"

"那是明天的事。我明早会跟你说的，也有事要拜托你做。今天就请你忘记这些，睡会儿吧，为了迎接更充实的夜晚……"

由纪就这样躺到了纱江身边——

她边洗脸边回忆男子的话。他说"睡会儿吧，为了迎接更充实的夜晚"，还说"我是个没有未来的人"、"这是我这辈子第一次爱上一个女人"……

从男子的话语中不难推测，他明天要做一件大事。之后，他便会消失在由纪面前，再不会与她相见。

（你也是我这辈子第一个爱上的男人。难道今晚就是我们的最后一晚吗？太残忍了，太过分了！要是我没有纱江……要是没有纱江，我愿意跟你到天涯海角，去地狱也行啊！可我做不到……我还有纱江，我必须保护她。求你了，别走！）

由纪默默哭喊着。然而，男子绝不会听到她的哭喊。

回房一看，男子正提着随身携带的大纸袋，做着出门的准备。不过袋子里的毛毯放在了沙发上。

"我去下车站。你可以去楼下的咖啡厅坐坐，或是在附近散散步。要我给你留点钱买咖啡吗？"

"不用了，这点钱我还是有的……"

"那我就去买个便当回来当早午饭吧。出门时别忘了带钥匙。"

由纪在咖啡厅消磨了一会儿时间，又抱着纱江在酒店周围走了走。回房时，打扫工作已经结束了，床也铺好了。她打开电视，正巧在播面向儿童的歌舞节目。五六岁的孩子拿着手鼓围成一圈，跟打扮成小狗的人唱歌跳舞。纱江也听到了那轻快的旋律，看到了小孩们的动作，只见她目不转睛地盯着画面，在由纪膝头手舞足蹈，还跟着孩子们一起哼哼，一副兴高采烈的样子。

　　十一点半，男子回来了。

　　"天气真好。给，便当。"

　　纸袋里装着两个不倒翁。由纪大吃一惊，问道：

　　"这就是便当？"

　　"没错，高崎特产。高崎市有座少林山达摩寺，也是不倒翁的故乡。你看，这个不倒翁的嘴巴不是有条缝吗？吃完了可以把这个盒子当储蓄罐用。还挺有创意的。"

　　男子揭开盖子，拿去洗脸台洗干净，再将毛毯摊在地上。

　　"让纱江躺在这儿吧。我们吃饭的时候，可以让她玩玩这个不倒翁。"

　　纱江拿着不倒翁便当的盖子，一会儿将它举到眼前，一会儿抓着它手舞足蹈。由纪则与男子吃起了便当。米饭是有味道的，菜的分量也很足。照烧鸡肉，栗子，竹笋，蚕豆，蕨菜，香菇……还有群马特产魔芋。由纪饿坏了，不一会儿便把便当扫荡干净了。

男子喝着由纪泡的茶，问道："纱江平时几点睡午觉啊？"

"一点半到两点吧……"

"那差不多该睡了。你陪她去床上睡会儿吧，我想写会儿信……"

由纪察觉男子不希望她在旁边，便抱着孩子去了卧室。

只听男子对着她的背影说道："傍晚咱们开车去兜兜风吧，你先睡一觉。"

四点多，男子告诉前台"我们出去逛逛"便开车带着由纪与纱江出门去了。

"高崎的景点嘛……"男子边开车边说，"首先是高崎城址。不过介绍手册上说那不是安藤重信当城主时建的那个，是后人复原的，只有东门和一个箭楼。你有兴趣吗？"

"不是太有兴趣……"

"还有不倒翁发祥地，那也是高崎的象征。少林山达摩寺，据说寺里的不倒翁多得堆成山了。比较著名的还有白衣大观音，不过得上到观音山顶。顶上有个清水寺，是模仿京都的清水寺建造的。据说站在它的舞台上能将高崎市的景色尽收眼底。都是些寺庙。有什么想去的地方吗？"

"呃……我无所谓的，如果你想去的话，我就跟你去……"

"我也不是来旅游的，去不去景点都无所谓。其实我是想去高崎市旁边的安中市或藤冈市。"

"那儿有什么啊？"

"邮局，邮筒也行。我想在高崎市以外的地方寄封特快专递。明天就能送到某个人手里。信上不能有高崎邮局的邮戳，不然别人会查出我的行踪，也会查出你的存在。为了防止这种情况，我想去别的地方寄信。"

男子不想让别人察觉到由纪的存在，总是为由纪着想。这一点让由纪很是欣慰。但她已打定了离婚的主意。对她而言，男子的态度反而太客气了些。

"那就直接去安中市吧，"由纪说道，"寄了信就早点回酒店吧。今晚我想给纱江洗个澡。她平时都是七点睡的……"

"那就直接去安中，尽量早点回酒店。我也觉得这样比较好。"

男子翻开公路图看了看。

"由纪，从这儿到安中车站大概二十公里。七点前肯定能回酒店。"

车开了出去。挡风玻璃后的天空是如此晴朗，谁能料到昨晚下过雨呢。天边尚有黄昏的光亮。逐渐微弱的午后阳光不时照映出远在天边的高山棱线。那陌生的风景，忽然勾起了由纪的旅愁。

男子在安中车站前的邮筒寄了两封信，便开车回了高崎市。半路上经过便利店，买了两盒寿司，还有果酱面包和巧克力面包。男子笑道：

"我不想去酒店的食堂。这个面包就当早饭吧。明天中午出门好了。我跟前台说过了，把退房时间延长了两小时。"

"中午出门去哪儿啊？"

"先回一趟熊谷市。"

"熊谷？你要送我回家吗？"

"不，最终目的地是男沼町。我会带你过去的。"

"男沼町？那不是伊豆原医院——"

"没错。我将在那儿与你分别。详细情况我明天早上再跟你说。总而言之，今晚将是我与你共度的最后一晚。"

"你要在男沼町做什么啊，"由纪的声音之所以颤抖，是因为她在忍耐呜咽，"那就是你要拼命的地方吗？"

然而，男子没有作答。

"抓紧赶路吧，天快黑了。"

回酒店前，男子没有再说过一句话。由纪也没有发问。男子严肃的表情，仿佛在无声地拒绝她的问题。今晚将是我与你共度的最后一晚——男子的话，在由纪脑中悲情回响。

点景·大泉警署

那时——

东京的大泉警署，刑警们齐聚办公室。署长宣布纵火案的调查工作正式结束。搜查本部宣告解散。可署长的话语中没有丝毫热情，底下的刑警们也一脸慵懒，显得很没精神。也难怪，结案跟刑警们的努力无关，皆因犯人自首。

犯人是个十七岁的少年。那天中午，他在父亲的陪同下来到警局。

少年曾上过高中，但在第二学期辍学了。之后他便开始骑着摩托到处耀武扬威，要么就是向母亲要钱去电玩中心和柏青哥店玩个通宵。他的个子很高，看上去不像未成年人，所以也没被警察抓到过。有时他还会勒索初中同学，要些玩资。

他的父亲有一家小作坊。他担心儿子就此误入歧途，便拜托一位建筑公司的老板收他儿子当学徒。那家公司由几位木匠共同出资而成，而老板也是个耿直的工匠，以前弟子们都管他叫"师傅"或"头儿"。父亲恳求道，拜托您好好管教管教我那不上道的儿子，把他培养成一个顶天立地的好木匠吧。老板便说，好，我一定会调教好他的。

少年自然不乐意。父亲威逼利诱，好容易把他送进建筑公司。于是少年就开始了每天上班的生活。他之所以同意去上班，也是因为他和老板（师傅）的小女儿是初中同学，而他一直暗恋着她。

可少女怎会喜欢上一个辍学了的不良少年呢？就算少年跟她搭话，她也是爱理不理的。少年就这么被无视了。他很是伤心，对少女和她的父亲产生了无尽的愤怒。

少年表面上是"见习员工"，说白了就是打杂的。每天都要打扫卫生，收拾残局，忙得焦头烂额。要是偷懒，师傅就会出马把他抓回来。

"都说要成为一个合格的工匠，至少要吃师傅的五十下……不，是一百下耳光。我也是这么熬过来的，渐渐地就能靠自己的双手造房子了。我们造出来的房子啊,过个五十年,一百年都屹立不倒的。"

师傅很是骄傲地说,哪家的房子是我造的,哪家的店面也是我造的,狂风暴雨不怕,地震来了也不倒。这就是手艺人的本事。师傅越说越得意,可少年听不下去了。

(哼,五十年,一百年都屹立不倒? 开玩笑! 那种木头做的房子放把火不就变成灰了吗? 哼,看我一晚上就把你的得意之作烧光!)

这就是少年纵火的动机。他专挑师傅造的房子放火。

大泉警署在第二起纵火案发生后设立了搜查本部,并投入了大半警力展开搜查,到处打探消息,还强化了夜间巡逻。刑警也去过少年工作的建筑公司,还去建筑工地提醒过。见状,少年害怕了。他不敢再干第三次了。

少年的父亲见儿子坐立不安,便起了疑心。一逼问,孩子便招了。

这就是少年来自首的始末。

调查工作结束了。署长慰劳着部下们,但他的语气中没有热情。因为犯人不是他们亲手抓住的,自然就没有喜悦与感动。他将审问少年的工作交给了刑事课长,自己则早早回到了办公室。

他坐在办公室的大书桌前,一脸郁闷,抱着胳膊。之所以郁闷,皆因江森警部补已失踪四天,依然音讯全无。不安仿佛巨石,死死压在他心头。

本厅的刑事局长让他再等一两天,也许能找到什么新线索。署长也怀着祈祷的心绪等待着，无奈事态没有丝毫进展。怎么办？就这么放着不管吗？不行啊。如果情况不妙，就得联系公安委员会，正式搜索江森的行踪了。太丢人了！媒体定会蜂拥而至。他们要怎么解释才好呢？

有人敲门了。

只见刑事课长探头进来问道："署长，有空吗？"

"啊，辛苦了。审完了？"

"嗯，审完了，"课长搬来会客用的椅子，坐在署长面前，"那孩子才十七岁，我办了送审家庭法院的程序。他是初犯，父亲看上去也挺可靠的，应该会判保护观察吧。"

"嗯，这事也算是尘埃落定了。问题是江森啊……今天都第四天了。那家伙到底上哪儿去了？"

"是啊，"课长皱眉道，"我察觉了一件怪事，正想跟您汇报来着……"

"怪事？什么怪事？"

"我是在审那少年的时候想起来的。署长，能把那几封恐吓信拿出来给我看看吗？我想确认一下……"

署长从抽屉里拿出三张明信片。

"这明信片怎么了？"

"我想看看寄信日期。嗯，果然是三月二十三日，蒲田邮局寄出的。我们不是怀疑这信是'龟辰事件'的被害者的哥哥、星川副教授寄的吗？可是啊署长，这信不是他寄的。"

"那是谁？"

"我敢断定这恐吓信是江森警部补写的，也是他亲手寄的。"

"什么？你这话有什么依据吗？"

"有。那个少年的话启发了我。快审完的时候，我跟他随口聊了几句。我问他，你说你看到警方查得那么严，就放弃了第三次作案的念头，那你原本是打算继续放火的喽——结果少年说，没错，我原本是这么计划的。"

"嗬……"

"我就半开玩笑地说，你不会是想烧我家吧？那孩子说，不是，我看准了大泉学园町的鲁邦咖啡厅。那里也是我师傅造的——我一听，吓出一身冷汗，今年三月前，我就住在那个鲁邦旁边啊，中间就隔了一户人家。还好我搬走了，少年也没动手……想到这儿，我突然开窍了——"

"嗯？"

"今年三月前，我一直住在大泉学园町，但孩子大了，感觉家里有点挤，我就想找个房间稍微多点的新房子。正好大泉二丁目有个合适的空房，我们家就搬过去了。那是今年三月十六日的事儿。那天正好是我生日，所以我记得很清楚。署长，"刑事课长将寄给他的恐吓信递给署长，"您看，这封信是三月二十三日寄出来的，当时我才刚搬过去一个星期。搬家时，我把新居的地址汇报给了您和刑事课的同事们。也就是说，三月二十三日前后知道我家新地址的人只有局里的一小部分人。警察机构的职员名册和地址录里写的还是旧地址，但这封恐吓信上写的分明是我家的新地址。除了您和副署长，就只有刑事课的人才能办到了。"

"哦……江森也是其中之一……"

"而且他还收到了第二封恐吓信。当然那也是他写的。他没有把这事告诉我们，而是把信藏在了抽屉里。他也是个刑警，他很清楚，要是他莫名其妙失踪，我们肯定会去他家搜的。于是他就故意把信放在了没有上锁的抽屉里，让我们去'发现'。烟灰和厨房的咖啡杯也是他的伪装。"

"那家伙干吗要做这些事啊？"

"为了让我们将他的失踪和恐吓信联系起来。换言之，为了将警方的注意力转向星川副教授，隐瞒他失踪的真正原因。署长，江森肯定有什么企图！"

"犯罪吗？"

"也许吧。恐吓信看似幼稚，但我们完全上当了啊。他是想争取时间。这不，我还特地跑到盛冈去查星川的动静……总而言之，我们必须尽快把江森找出来！"

"怎么办呢……还不能认定他是犯罪嫌疑人呢，也没法全国通缉啊……"

"通缉怕是不行的，只能用找失踪者的办法，让东京的各个警署协助调查了。他的车还在，这就说明他很有可能还潜伏在东京。我这就去印他的照片。请您动员刑事课和机动队的人帮忙吧。拿着江森的照片，直接去各个警署拜托兄弟们帮忙会比较好，这样不会走漏风声。署长，做个决定吧，我们就只剩下这个办法了。"

"嗯……也是。"

署长虽然点了点头，但心中仍有犹豫与狐疑。政府部门总喜欢搞形式主义，哪儿有把缺勤的部下当失踪人口找的例

子啊！要是上头怪罪下来，这责任该由谁来负啊？没有请示
过本厅，能擅自做出决定吗？

"署长！"

刑事课长直视着署长的脸，催促他痛下决心。

"嗯……"

两人四目相对。

署长沉默片刻，咬牙道："就照你说的办。"

男子在安中市寄了两封信，于晚上七点带着由纪与纱江回到酒店。由纪给纱江洗了澡，喂了奶，待她睡着后，便与男子拆开了寿司。那是他们在半路上的便利店买的。由纪吃着金枪鱼寿司，忽然想起——

　　——和他共度的第一个晚上，在本庄市的酒店，晚饭吃的也是寿司……

　　由纪因恐惧与不安食欲全无。为了让她放松下来，男子说起了toro一词的典故，还说起了黄瓜卷为什么叫河童卷，逗乐了由纪。话题还发展到了芥川龙之介的作品《河童》，本就爱看书的由纪听得两眼放光。那不过是三天前的事，却好像已经过去了许久许久。在她眼前默默吃着寿司的男人，打从第一天晚上起，她便被他吸引住了，对他产生了好意。她竟对绑架自己的人产生了亲切感。

　　这份感情，成了些许倾慕，又化作揪心的爱情，于昨晚瞬间喷发。不是他勾引的，也不是她挑逗的。一切顺其自然。投入绑匪怀抱的女人。世人定会将她视作不守妇道的淫妇。可事已至此，她并不后悔。她将女人的一生凝聚在了一瞬间，将身子投入了生命的火焰中，无怨无悔，更没有羞愧。我们无论投胎转世几次，都不会再有这样的相逢了，记住，这是奇迹。奇迹是不会重复的——他在我耳边说过这句话。也许是吧。但我已尝到爱情的滋味。别离近在咫尺，我却只能咀嚼无味的寿司。我该怎么办？我就不能唤回即将远去的奇迹吗……

"由纪，"男子吃完寿司笑道，"你的筷子怎么搭在寿司卷上不动？快吃吧。"

"对不起，我这就吃……"

"吃完了记得把出门用的那套衣服拿出来，把褶皱拉平。明天早上你得穿那套衣服。"

"好。"

"弄完了就泡个澡休息一下吧。今晚我很闲。一切都结束了，只要等明天到来就好。慢悠悠地泡个澡，刮个胡子，洗洗这张脸皮吧。"

男子半开玩笑地说着。由纪背对他走进卧室，打开旅行袋。她不想让男子看到自己眼中的泪水。离别的时刻就要到了。明天她要穿着那身衣服，在哪儿与他分别呢？由纪的泪水落在床上的衣服上。她无声地哭着，哭着。

九点不到，男子走出浴室。在他泡澡的时候，由纪换上了酒店的浴衣，呆呆地坐在沙发上。她的个子太小了，浴衣显得很大。衣角拖在地上，袖子比手长得多。衣襟怎么拉都藏不住胸口。还是换上他给我买的睡衣吧——由纪刚起身，男子便出来了。

见男子一丝不挂，用毛巾擦着身子，由纪赶忙低下了头。

“啊，你还没睡啊。去休息吧。”

男子走了过来，将手搭在由纪肩头。与此同时，男子手中的浴巾落在地上。

“这浴衣太大了，一点也不衬你。”

男子伸手拉开浴衣的腰带。哗啦。包裹着由纪的浴衣从肩头滑落到脚底。啊……由纪赶忙伸手捂住脸。但男子将她的手拉开了。

“由纪！抬起头好吗？睁开眼睛。可能的话，请你把内裤也脱了吧。我光着身子，也希望你能光着身子。我想把你，把你的一切，都牢牢刻在心里。”

那是用全力挤出的声音。男子的话，赶走了由纪的羞耻心。她弯腰脱下了内裤，来到男子跟前。白璧无瑕的肌肤沐浴着水晶吊灯的光芒，闪闪发光。男子的眼神几乎要把她戳穿了。由纪也毫不犹豫地凝视着他的裸身。那是为了将永不消逝的记忆留在视网膜上的凝视。

短暂的沉默过去。男子伸出双手，搂住由纪的腰。回归太古时代的男女紧紧相依，深情拥吻。紧贴着的胸膛，能感受到对方的心跳与血液的奔流。两人透过肌肤，拼命感受着对方的生命之音。

男子轻轻抱起由纪，走向卧室。

由纪被纱江的哭声吵醒了。两人的缠绵一直持续到凌晨。他们几乎没说话。离别的一刻越来越近，为了甩开离别的悲痛，男子疯狂地索要由纪，而由纪也忘情地融入他的怀中。

天快亮时，男子才松开由纪，坐在床上说道："今天我还有事要拜托你。稍微睡一下吧。我跟酒店打过招呼，延长了退房时间，不用担心会被人吵醒。"

五点多时，由纪来到纱江身旁躺下。她累了。很快便睡熟了。但半梦半醒中，好像给纱江喂过些奶。她究竟睡了多久？醒来时，男子并不在旁边那张床上。一看表，已经十点多了。纱江之所以哭，是因为她的生活很规律，正在催促母亲给她喂奶。

见纱江松开乳头，由纪便跟她说道："妈妈去洗个脸，你在床上乖乖躺着哦。"

她迅速化妆梳头，回到卧室，换上从熊谷带来的浅蓝色套装。前两天穿的衣服则塞进旅行袋。她抱起纱江，走进客厅。

"早。"男子说道。

"对不起，我睡过头了……"

"没关系，还有时间。先喝点咖啡吧。还有昨天买的面包。你回家前怕是没时间吃午饭了，一定得吃点垫着。"

简单的早饭只吃了十分钟。之后，男子指了指自己旁边的空位说道：

"由纪，过来坐吧。抱着纱江也行。我跟你讲讲今天要做的事。"

由纪在他身边坐下。

"我们先回熊谷，把你的旅行袋存在车站的储物柜，然后再去男沼町。目的地是伊豆原医院。"

"我也要去吗？"

"没错，我需要你帮我办一件事。我会跟你解释原因的。"

男子的语气越发严肃。由纪则呆呆地听着他的每一个字。

274

"上个月……"男子说道，"在每年春天举行的授勋仪式上，伊豆原医院的院长伊豆原克人被授予了勋四等瑞宝章。正式发表的日期是四月二十九日，五月六日举行了传达式。今天下午六点会在医院院区内的伊豆原纪念馆举行相关的庆祝活动。

　　"授勋的原因是他曾担任过县医师会的会长等职务，并通过医疗活动对社会做出了巨大贡献。但这只是表面原因。真正的得奖原因是他的大舅子，也就是民生自由党的议员，前厚生大臣梅津悠作向评委会推荐了他。

　　"庆祝活动足有两百多名来宾参加，男沼町的町长与町议会议长自不用说，革新派的议员也会尽数出席。上一代院长是熊谷人，因此熊谷市市长及市议会的议员都会来。院方的相关人士和警察署长也收到了请帖。梅津悠作议员是主宾，埼玉县县议会议员与梅津后援会的干部也在列。

　　"为什么要举行这么大规模的庆祝活动呢？因为将在活动上致贺词的梅津议员打算在两年后的参议院选举中将伊豆原克人推举为埼玉地区的候选人。民生自由党已认可此事。而梅津希望借此机会肯定各位与会嘉宾的支持。换言之，这是宣布伊豆原进军政界的誓师大会。伊豆原也会宣布，他将以政治家的身份专注于医疗行政方面的工作，并将院长一职让给副院长，也就是他的亲弟弟典夫，并将典夫介绍给各位嘉宾。而伊豆原的妻子也会上台请各位多多提携她的丈夫。

"也就是说，这场庆祝活动相当于选举的宣传活动，而院方的相关人士都知道典礼的具体内容。

"我跟熊谷的一个报社记者很熟，"男子继续说道，"这些都是他告诉我的。今天我想进那会场看看，但我没有请帖。"

"那位记者肯定能进去吧？"

"没错，他进得去。但我想亲眼看看。所以我打算伪装成埼玉新开的一家有线电视台的记者溜进会场，问题是接待处……毕竟那是个有政治目的的聚会，接待处肯定查得很严。除了有请帖的人，其他人是进不去的。"

"可电台的人总能进去的呀……"

"我也是这么想的，但接待处有医院的员工，还有梅津议员的秘书们。当然，其中也有你的丈夫北条昭。"

"他在会有什么问题吗？"

"我在某个地方见过他两次。虽然没跟他说过话，但他知道我的长相，而且他知道我不是电视台的。要是我伪造身份溜进会场，一定会引起他的怀疑。他绝不会放我进去的。所以我希望你能帮我把他引开，找个巧妙的借口……"

"不用找借口，我的确有话要跟他说。只要我说我要结束这段婚姻，他一定不会站在原地的。"

"由纪，你真下定决心了？"

"嗯，两天前……"

说到一半，由纪停住了。与你合为一体的那天晚上，我便做出了决定——这话她怎么说得出口呢？

　　只要能帮上这个人的忙，她什么都愿意做。话虽如此，由纪心中仍有无数个疑问。他说他想亲眼看看会场的情况，可他不可能因为这点小事带着她与纱江到处奔波整整四天之久。他口中的"拼命任务"真是这么无聊的事吗？

　　他肯定有事瞒着我。离别之时即将到来，可他还是不愿将真相告诉我。

　　"你想进会场干什么？"由纪凝视着男子的双眼问道，"你总不会是想看看庆典的样子吧？告诉我啊，我不会告诉别人的，我就算是死了也会帮你保守秘密的……"

　　……

　　"你还是不愿意告诉我吗？我连你的名字都不知道。可你说你爱我……我也很爱你！和你共度的夜晚，我这一生都不会忘，可是你一到关键时刻就不说话，我们这样到底算什么啊？我这个女人到底算你的什么？！你绑架我，只是想让我帮你引开我丈夫吗？你就为了这点小事，绑架了我整整四天……我不要……太过分了……我……"

　　是"我恨你"还是"我爱你"？由纪没有说完，也没有擦去落下的泪水。

　　"由纪。"

　　男子开口唤道，却没有说下去。他的双唇在颤抖。有话要说，却说不出口。想要说出口的冲动与决不能说的意志激烈交战，扭曲了他的表情。

"由纪，我不能说。要是说了，我的决心就会动摇。请你原谅，可是——"

男子拿起放在沙发旁边的大号牛皮纸信封。里头不知道放了什么，鼓鼓囊囊的。

"我把我的故事都写在这封信里了。当然也写到了我将在伊豆原医院做的事。我每天晚上都在写，就是为了把一切都告诉你。请把这个信封放进旅行袋吧，等你独处的时候打开。除了你，没人知道信的内容。我只将我的秘密和真相告诉你。请你原谅我的任性，求你了。"

男子向由纪深鞠一躬。膝头的双拳不住颤抖，仿佛在用浑身的肌肉哭泣。

四点四十五分。男子驱车回到熊谷，将由纪的旅行袋寄存在车站的储物柜里。

"时间正好。其实直接从高崎走国道过来会更快，但我绕了点路，又在公园休息了一会儿，调整了到这儿的时间。是不是累了？再忍一会儿就好。接下来我会开车去男沼。三十五分就能到。这条路我开过很多次，时间应该不会有错。"

轿车缓缓驶动。

"今天的会场伊豆原纪念会馆在医院左边，距离主楼大概五十米。不过那一带本是广阔的山林，是上一任院长用低价买下来的。所以纪念会馆周围还有很多树林。它的入口跟医院是分开的，入口附近有伊豆原的父亲的胸像。伊豆原本人也想在旁边立一个自己的雕像吧。"

轿车行驶在熊谷市内。对由纪而言，那是阔别五日的熟悉街景。

"庆典会场是纪念会馆二楼的大厅，厅里还有个舞台。等你引开你丈夫了，我就开车进去。建筑物两侧有两片很大的空地，应该会用来当临时停车场吧。地下也有停车场，但那是专门给贵宾停的。"

"要我带他走远一点吗？"

"不用，只要几分钟就行，足够我通过接待处即可。我也准备了一些乔装的工具，只要你丈夫不在就没问题了。等我进去了，你就尽快走人，离开医院。这一点非常重要，请你千万不要忘记。"

"我知道了。"

"我进去二三十分钟后，建筑物里应该会有一阵骚动。要是你那时还在附近就太危险了，所以你一定要出去。沿着会馆前面那条路一直往前走，就能看到左边有一块写着'男沼观光出租'的招牌。那是家一个月前刚开张的出租车公司。会馆的骚动开始之后，你就立刻去那边打车回熊谷站。拿出旅行袋之后，再从站前打车回家。如此一来，你的任务就算完成了。拿着这个……"

男子从口袋里掏出三张万元大钞放在由纪膝头，看来他早就准备好了。

"这是车钱，足够你回家了。"

"不用了，我有。"

由纪本想还给他，但男子把她的手推了回去。

"啊，进入男沼町了。你看，那就是伊豆原医院的高塔。"

轿车沿着伊豆原医院的树篱缓缓行驶。摆着无数花圈的纪念会馆入口映入眼帘。花圈后，则是以深深的树林为背景的白壁建筑物。

"就是它。你看，会馆门口有好几张桌子，那就是接待处。"

由纪转向窗口，可没等她找到丈夫的身影，车便开过去了。

"你看，左边那个就是出租车公司。"

果然有个写着"男沼观光出租"的招牌。车开过出租车公司，在前方的商店的停车场掉了头。再次开过出租车公司时，男子把车停下了。

"由纪，我就把你放在这儿。下车后你直接走去会馆。看到你引开你丈夫之后，我再开车进去。剩下的照计划行事就好。"

说完，男子用手指轻轻按了按纱江的小脸蛋。

"纱江，拜拜啦。谢谢你陪叔叔玩了这么多天。你要乖乖的，要听妈妈的话哦。"

男子的声音在颤抖。泪水滑过由纪的脸颊。

"由纪，把眼泪擦了吧，要是被人看见就麻烦了。"

男子用自己的白手帕擦了擦由纪的泪水。他解开由纪的安全带，紧紧握住由纪的手。纱江就在她怀中。

由纪没有说话。男子也没有正式与她道别。两人之间已无须多言。男子松开手，轻轻推了推她的肩膀。

由纪摇摇晃晃地走下车，迈开步子。她能感受到背后炙热的视线。

见由纪走上通往伊豆原纪念会馆的路，男子下车打开后备厢。里头装着两个塑料桶。他将其中一个搬到副驾驶座，将另一个放在后车座。回到驾驶座看了看表，五点四十二分。他从寸步不离身的纸袋里掏出摄影机，挂在脖子上。接着戴上茶色贝雷帽，又拿出一副黑框眼镜，可想了想之后又把眼镜放了回去。五点四十三分，轿车缓缓驶动。

会馆门口放着几条长桌，盖着白布。桌上放着几本名册，还有堆积成山的"红包"。桌前站着五个工作人员，每个人胸口都别着红色的丝带。由纪的丈夫昭站在最右边。由纪走上前去。昭一眼认出了她，惊讶地问道：

"你来干什么……"

"我有话跟你说。"

昭走出长桌，凑近由纪说道："我忙着呢，一边去……"

"那就站在这儿说好了。让大伙儿听听我过的是什么样的婚姻生活，你又想用什么样的借口逼我离婚……"

"你胡扯什么……谁会在这种地方胡说八道……"

"那就找个没人的地方吧。"

会馆左右两边停满了车。由纪朝右边的车走去。昭发现由纪的态度与平时判若两人，赶忙追了上去。

"你到底要干吗——"

由纪停在一辆车旁边。站在那儿，能看到入口和接待处的情况。昭正对着由纪，背对着接待处。这时，由纪眼角的余光瞥见了一辆悠然而来的车。是他的车。

"我决定答应你的要求，跟你离婚。我就是为了这件事来的。"

"是吗？你总算下决心了啊。与其跟着我受委屈，还不如投靠你的情夫呢。他一定会让你过上好日子的。嗯，那就得办正式的离婚手续了。"

男子走下车，朝接待处走去，与工作人员交谈了两句。

"我看到家里的离婚申请书了。我要签'北条由纪'是吧？

282

不是旧姓吧？"

"没错，北条就好，再盖上你的印章，之后的事情交给律师办。至于离婚的条件……"

"我没有条件，但离婚并不等于承认你对我的控诉。我没有出轨，纱江也不是别人的孩子。你才是她的父亲，这一点我一定要跟你说清楚。"

男子在工作人员的引导下进了会馆。他成功了。

"从法律上看，纱江的确是我亲生的……"

"无论是法律还是事实，她都是你的孩子。但你从没尽过父亲的责任……"

"你想给纱江要抚养费？"

"不是我想要。那是纱江应得的权利。"

"好好好。总而言之这种事都交给律师办好了，还有你的精神损失费。"

"我不要什么精神损失费。"

"是吗？那就这么定了，我还忙着呢，你把离婚申请书签了吧。"

"我知道了，我也很忙，明天我就回南河原村的娘家去。"由纪将纱江举到丈夫跟前，"你到头来还是没跟这孩子说过一句话。纱江，对不起啊，这种人居然是你爸爸。"

她别过身，快步走向出口，走到马路时突然站住。

男子对她千叮咛万嘱咐，让她尽快结束对话，离开医院。他还说，他进去二三十分钟之后会有一阵骚动。究竟会出什么事呢？男子都进去十分钟了。

由纪靠在入口的门柱上，一次又一次地看手表。她真想再见男子一面。等见证了"骚动"之后再回熊谷也不迟。

六点十五分，会馆中突然传来枪响！由纪大惊失色，赶忙站直，转向会馆的方向，只见接待处的工作人员们纷纷冲进会馆。

十多秒后，枪响二度，继而又是一响。

好几个人从会馆里面冲出，躲到轿车背后。还有人双手抱头，蹲在地上。

男子持枪冲出会馆。他一出来便将枪平举，环视四周。说时迟那时快，追着他出来的男人们立刻趴下。

（啊！我在这儿！）

由纪真想冲上前去，但是忍住了。她穿着浅蓝色套装，男子不可能看不见她。但他不能喊她，也不能向她挥手。她只能抱着纱江，站在两根门柱之间，祈祷。

男子走到自己的车旁边，打开门。与此同时，轿车轰然起火。火焰来自驾驶座与后座，逐渐蔓延到了油箱。震耳欲聋的爆炸声。三股火焰在空中合为一体。巨大的火柱几乎要将天空烤焦了。

谁都不敢接近男子。他离开火焰，将手中的枪举向左边，又举向右边。熊熊烈火中，有着奇妙的静寂。

男子的身体正对着会馆的正面入口。他的眼睛，直视着门口的由纪。他知道由纪就在那儿。他看见由纪了。由纪的身子瑟瑟发抖。

男子的左手伸进口袋，只见他掏出一块白手帕，高举过头顶，挥了挥。那是方才在车里给由纪擦眼泪的白手帕。男子用只有由纪能看懂的方法，向她致以最后的问候。

男子在空中松开了手帕。他将枪口对准自己的脑袋，将身子倒向燃烧着的轿车。乓！男子的手枪喷出火焰，他也应声倒在火海之中。

片刻后，几名男子冲上前去，拽住他的四肢，想要将他从火里拖出来。

由纪的双眼已看不见任何东西。涌出的泪水反射着火焰的光芒，将她的视野染成了彩虹色。七色光中，唯有白色的手帕飘舞。

点景·大泉警署

下午五点，大泉警署署长收到了一封特快专递。

（正好是男子与由纪回到熊谷市寄存旅行袋的时间。）

看到信封背面的寄信人姓名，署长大惊失色——"旅途中 江森卓也"。他赶忙看了看邮戳。墨水的颜色很浅，看不清楚，只能依稀辨认出"安中"二字。安中？是群马县的安中市吗？

署长赶忙拆开信封。

里头装着用毛笔宣纸写成的辞职信，还有几张信纸，还有用厚一点的纸做成的医院诊疗卡。那是练马区光丘的竹山诊所，医院名上还有一行小字——"神经内科·精神科·心理疗法科"，下面则写着江森的地址与出生年月，发行日是五月九日。由此可见，江森警部补在失踪的一周前去过竹山诊所，接受过精神科医师的诊疗。

辞职信很普通——"因本人健康原因辞职"。落款日期是五月十五日。这真是他失踪的两天前写的?

　　信纸上写着密密麻麻的圆珠笔字。是写给署长的道歉信。

　　　给您添麻烦了。感谢您多年的指导与栽培。看到我以这种形式辞职,您一定非常气愤,请允许我向您致以最诚挚的歉意。

　　　实不相瞒,两个月前我开始频频做噩梦。一开始我也没放在心上,可渐渐地,我开始每晚做噩梦了。我越来越担心。也许我的精神状态出了问题。

　　　我梦见的并不总是同一幕光景。有时是绿树成荫的树林,有时是大城市的大马路,有时则是我故乡的农道,有时是通往小学的小路。总而言之,梦总是从我的独自行走开始的。这时,我会听见头顶传来这样的声音。"干吧! 快去干吧!"我也不知道要去哪儿,要干什么。但我一听到声音就会冲出去,就像被那声音推着走一样。我前面有好多人。看不清他们穿着什么衣服,也分不清男女。我冲进了那群黑压压的人里。最奇怪的是,我手上还拿着警棍,有时则是日本刀或手枪。总而言之,我会莫名其妙地冲进去,挥舞手中的东西。我也不知道我在干什么。只是特别喘,特别闷。我总会因为这种痛苦醒来,坐在被子上一身冷汗,心跳特别快。这样的夜持续了好久好久。

而且情况越来越严重了。不光是晚上，就连白天都会出现这种状态。一个人走在路上，都会听见那句："干吧！快去干吧！"——我差点跑出去，可转念一想，这不是梦吗？我要清醒一点啊。这种情况出现过很多次。我很担心自己是不是得了精神病，就去精神科医院看了看。医生说，这可能是疲劳与失眠造成的暂时性的神经症状，让我请一段时间的假静养，又给我开了点镇定剂。但我不相信医生的话，就没有继续看病。只是我觉得自己的状态那么糟，肯定无法履行职务，于是就一声招呼都不打地出去旅游了（五月十六日夜里）。

　　我在山中旅馆住了几天，但半夜的发作（怪梦中的现象）依然没有好转的迹象。于是我今天才下定决心，给您寄了辞呈。其实我早就把辞呈写好了，请您根据上面的时间办理我的离职手续吧。如果有人因为我的所作所为调查贵署，还请您回答：江森卓也曾是我署的警官，他因精神疾病离职，与大泉警署没有任何关系。

　　希望您能接受我的道歉。祝各位同人前程似锦。

署长看罢长叹。他盯着桌上的信纸看了许久，喃喃道："傻瓜，你何苦……"他伸手拿起电话，把刑事课长叫了过来。

"署长，您叫我？"课长很快现身。

署长指着桌上的文件，说道："江森寄了个东西来。"

"啊？江森？他在哪儿？"

"你先看看吧。"

刑事课长仔仔细细地看完信，又看了看诊疗卡上的小字，最后检查了信封上的邮戳，抬起头来对署长说道："这是从群马县的安中市寄出来的……"

"对。"

"就算立刻请当地警局协助调查，怕也没用。"

"那家伙是刑警，知道刑警怎么办事。没有十足把握，他是不会寄信的。他现在肯定不在群马，在群马找也没用。话说……你对这封信做何感想？"

"说实话，我觉得他没必要那么顾忌我们，我都有些可怜他了……"

"你也是吗？"

"莫非您也有同感？"

"是啊。他没跟我们提过一个字，也没吐露过心声。这是多大的委屈啊，可我就是没法恨他。就好像他刚打了我一拳，我却想抱住他的肩膀安慰安慰他……真是个怪人。"

"失踪前一天，他还在到处调查纵火案呢，一直忙活到傍晚。他真是个踏实老实的好警察。"

"就是这么个老实人，要伪装自己得了精神病，执行某个计划。还随信寄来了竹山诊所的诊疗卡。果然是他的作风。"

"这是让大伙儿知道他是精神病人的证据……"

"没错，做噩梦什么的肯定是他编的谎话。同样的故事，他应该也跟竹山诊所的医生说过一遍。一时之间，医生也没能看出他是在装病，所以就给他开了点镇定剂，让他继续来医院做治疗。这种患者必须花时间慢慢问诊，做做心理测试，否则就找不出病因。他讲给医生的症状肯定会写在病历里。对江森而言，只要有病历就足够了。他买了诊疗卡，留下了病历。如此一来，江森卓也就成了精神病患者。世人，尤其是媒体就会留下他有精神病的印象……"

"所以我才觉得他没必要顾忌那么多。他是想把自己打造成精神病人，好为大泉警署开脱。这么个蠢货，我怎么能恨得起来呢？您说得一点儿没错。可……他到底要干什么啊……"

两人沉默片刻。

"我有件事要拜托你。"

署长沉思良久，方始开口，就好像这是什么不情之请。

"就当我没收到这封信行不行？反正这事就咱们知道，只要你答应——"

"此话怎讲？"

"要是收到了，我们就得采取措施了，但我们就算想帮忙也没办法。"

"是啊，又不能全国通缉他……"

"就算能找到江森，江森也会很难办不是吗？"

……

"我也不知道江森到底要干什么，但他恐怕是怀着必死的决心去的吧。我觉得，这封信就是他的遗书。"

……

"我……就算江森制订的是犯罪计划，也想让他成功。身为署长，我不应该说这些，所以这只是我的自言自语。但他既然一心求死，那就让他干完了再死吧……我……我想为了他……"

"署长！"刑事课长噙着热泪说道，"太感谢了！"

"这封辞呈是他失踪前一天放在我办公桌里的。我收下了，但没及时办好手续，之后几天他没来上班，我就去他家看了看，找到了竹山诊所的诊疗卡——"

"没错，就这么办。江森也希望我们这么办。啊，太好了。这才是男人与男人的对话。与警察的立场无关。署长，太感谢了！"

刑事课长的声音在颤抖。就在这时，桌上的电话响了。署长接起电话。

"喂，我是大泉警署署长。什么？男沼警署？啊，埼玉县啊，没错，江森卓也曾在我们警署工作过，但已经辞职了。他怎么了？什么？好，我们这就派人去。请您先跟我说一下大致情况。"

署长捂住话筒，对刑事课长说道："江森动手了，杀了两个人。"

他说完便仔细听起了电话那头的声音。

男沼警署打电话来确认了江森警部补的身份，也大致汇报了他的罪行。署长将要点写在了便笺纸上。

漫长的电话终于结束了。刑事课长立刻问道：

"江森把谁杀了？"

"男沼町……好像在熊谷市附近，有个伊豆原医院。江森杀了院长伊豆原克人和副院长典夫。这两人是兄弟。都是一枪毙命，当场死亡。"

"那江森呢？被捕了吗？"

"不，他自杀了。开枪打爆了自己的头。"

"那他的行凶动机呢？我从没听他提过埼玉县的医院啊。"

"眼下说不清。毕竟案子才刚发生，警方的问话还没结束呢。那边乱套了，吵得不得了。被害的那个院长是埼玉县数一数二的名流，今年春天刚被授予四等勋章。今天有专为他举办的庆祝大典，邀了许多宾客，江森借机溜了进去。对方说——"

会场门口有个接待处，有几名员工在接待来宾。江森走过去对工作人员说，我是熊谷市新开的有线电视台报道部的记者，叫山本，想进去拍两个画面，到时候熊谷市和男沼町的各大电视台的新闻节目都会播出。他的左手别着写有"报道·埼玉CTV"字样的白色袖章，脖子上也挂着摄影机。

工作人员一口答应，但告诉江森说，媒体只能拍摄宴会的一部分。等主持人介绍完院长的经历与伊豆原医院的现状之后，院长会致谢词。谢词之后，媒体人员必须离场。

"山本"在工作人员的引导下进入会场。他弯着腰走到最前列，将摄影机对准舞台。六点过后，舞台的幕布徐徐升起，坐在台上的主宾们面露紧张的神色。而山本则将他们的表情拍进了画面。

六点十五分，主持人的演讲结束了。接着是院长伊豆原克人的发言。他来到麦克风前说道："感谢各位在百忙之中为了我……"就在这时，"山本"丢下摄影机，突然蹿到了台上。他的动作比猫还敏捷。

男子用手臂勒住伊豆原的脖子，将他往后拽，同时用另一只手举起手枪，对准观众席喊道："趴下！不许动！否则我就开枪了！"

乒！男子的手枪喷出一团火来。子弹打碎了天花板的水晶吊灯，碎片散落在宾客中。大多数人都立马躲进了椅子底下。男子的声音从舞台上传来：

"大恶人伊豆原克人，我要替法律制裁你！"

之后，他在伊豆原耳边说了一句话。但没人听见他说了什么。

男子将手枪顶着伊豆原的后脑勺。枪响，伊豆原当场倒地。接着，男子把伊豆原的妻子从椅子底下拽了出来。

"你就是伊豆原的老婆？"他问道。

她瑟瑟发抖，点了点头。

"哪个是副院长典夫？"

她指向另一个躲在椅子底下的人。男子用枪托狠狠砸向院长夫人的脸，又将副院长典夫拉了出来。

"你就是副院长？"

典夫没有作答，好像给吓傻了。手枪对准他的眼睛。

"你就是典夫？"

他轻轻点头。男子凑近他的耳朵，说了一句话。

"不是我！饶命啊！我只是照大哥说的做，我没办法啊！

我没骗你，饶命啊……"

惨叫被枪声覆盖。伊豆原典夫扑倒在男子脚下，当场死亡。几十秒的功夫，两名男子就成了枪下亡魂。男子跳下舞台来到观众席。

"不许动！谁敢动我就打死谁！"

男子如风般穿过鸦雀无声的观众席。入口处的工作人员都躲在门口的轿车后面。

男子走向自己的车，打开车门放火。车里好像放着装有大量汽油或灯油的容器，很快就被猛烈的火焰包围。

他离开了车，举枪环视周围。没人敢动。接着，男子做出极其怪异的举动，从口袋里掏出一条白手帕，举过头顶挥了挥，而后松开手帕，将枪口对准自己的头。枪响，男子倒向轿车，倒在火海之中。几个从会场里冲出来的人战战兢兢地走了过去。他们见男子已死，将他拉了出来。男子的上半身都被烧焦了。

署长总结道："脸都焦了。"

"但警察手册还在吧，所以他们才能查出他的身份。"

"不，他们没找到警察手册，大概是江森处理掉了。他上衣内侧的口袋里装着个皮夹，里面有十八万现金和一张名片，所以他们才会打电话来。他肯定是忘了把名片拿出来了。"

"不过……他自杀前为什么要挥手帕啊？"

"不知道啊，那边的警员说他像是在举行某种仪式。他们还检查了他的衣服和随身物品，发现了一件怪事。"

"哦？"

"他贴身穿了条红色连衣裙。江森的个子很高，肩膀也很宽。他在连衣裙背后剪了一条缝，好容易才穿进去。他在那上面套了白衬衫，打了领带。做尸检的人也吓了一跳……"

"女装？江森有女朋友吗……"

"就算有，他也不该做这种傻事啊。这样只会侮辱他女朋友吧。"

"那他是想通过连衣裙表现自己是个精神病人？"

"应该不是，市面上有大号的女装，他要装疯卖傻，大可以买那种穿，而且最近的女人越长越高了，LL 号的衣服也是有的。江森肯定能找到他能穿的尺码。可他硬是穿上那条小裙子。宁可用剪刀把裙子剪开，也要穿着它去行凶……"

两人沉浸在想象的世界中。

刑事课长自言自语道："他的动机到底是什么啊……"

"他行凶前喊了'大恶人伊豆原克人，我要替法律制裁你'……还在射杀伊豆原兄弟之前在他们耳边分别说了一句话。这表明两位死者知道动机。"

"他们死了，江森自杀了，真相如石沉大海。不过……也许这正是他的愿望。"

"嗯，那是他拼了命也要隐瞒的犯罪动机。红色连衣裙……也许只有那个穿过红色连衣裙的女人才知道，如果她还活着。"

"话说男沼警署那边要怎么应付啊？"

"啊，对了，他们很想了解一下江森的情况，我说我会派人过去。最合适的人选非你莫属，你再带个人跟你去吧。从熊谷车站出发的话，打个车三十分钟就到了。"

"好，我这就去，最后再帮他一把。实不相瞒，署长，我本想撮合他和我大女儿的，她今年大四。我是真欣赏那小子啊……"

　　刑事课长喃喃自语，黯然离开了办公室。

第六章　他留下的

由纪一路小跑，赶往伊豆原医院附近的出租车公司。就在这时，远处传来了救护车与警车的警笛声。

有空车等着。司机叼着香烟，无所事事地仰望天空。

"麻烦去熊谷站。"

车门开了。

司机坐进车里，问道："出啥事儿啦？"

"不知道啊——"

"叫啥救护车啊，那儿不就是医院吗？哦，还有辆警车啊？是不是出大事了啊……"

司机避开警车，将车靠近路边，徐徐开往熊谷站。

由纪拿出储物柜里的旅行袋，又打车回了家。到家时已经七点半了。纱江在车里闹了起来。一进家门，由纪便给她喂了奶。

阔别五日的小家，空气很是污浊。她感受到的不是怀念，而是难以言喻的孤独。这是她在这栋房子过的最后一晚。明天，她便会回到南河原村的娘家。从明天起，就是祖孙三代相依为命的生活。

桌上放着一张传单。那是四天前离家时她亲笔写下的——我要出门两三天冷静冷静，我会联系你的……

由纪仔细端详起了那张传单。她是照着男子的吩咐写的。但他曾说过：第一个看到这张字条的人八成是你。没人碰过那张纸。他果然没猜错。在由纪出门的这几天里，丈夫没有回来过。

传单上的字迹异常凌乱。因为男子举着刀要挟她，把她吓坏了。那不过是四天前的事。可如今，她竟如此想念那个男人。

纱江的小嘴松开了乳头。由纪抱着熟睡中的孩子走上二楼，将她放在婴儿床上。他曾在这个房间拿出弹簧刀，指着纱江的脸。但之后他就跟变了个人似的。又是给纱江玩玩具，又是抱起纱江玩举高高，逗她开心。就像父亲在逗女儿一样。一瞬间，她简直不敢相信自己的眼睛，还以为眼前的情景是梦……

一切记忆，都成了对男子的思慕。

纱江睡得很甜。由纪在心中说道：

纱江，那个陪你玩的叔叔已经不在了。他跟你说拜拜了，去了很遥远的国度。那个叔叔很疼你。你生病难受的时候，就是他救了你。他说，他看不得纱江难受，他愿意为了纱江放弃人生——

男子在医院露出的严肃表情浮现在由纪眼前。肠套叠，要是错过了最佳治疗时机，就得动手术了。还有孩子因此丧生——事后，护士曾跟由纪这么说过。由纪吓得浑身发凉。

今天，他在伊豆原医院杀了几个人。她听见了三声枪响。

是不是杀了三个人啊？之后，他投身火海，了结了自己的生命。那么大的计划，自然需要周到的安排。他到底是冲着谁去的？伊豆原医院举行的是院长的授勋庆贺大典。他早就知道自己的猎物会出现在会场吧。而且他的猎物不止一个，是好几个人。他们都会来。对男子而言，这是千载难逢的机会。为了实现夙愿，他决不能错失良机。

可他一看到因腹痛哭得撕心裂肺的纱江，就毅然放弃了自己的计划。只要能救她，我什么都愿意做——他的决心，将纱江从痛苦中解救了出来。

（纱江，那个叔叔啊，是你的救命恩人。妈妈爱上了那个叔叔。那个叔叔也很爱妈妈。嗯，我们在用生命相爱。虽然我们只有两个晚上。不过没关系。叔叔和妈妈在这两个晚上品味了尽其一生也品尝不到的喜悦。我们燃尽了生命之火。等你长大了，你就会明白什么是爱。一定会的。

等你懂事了，妈妈就把那个叔叔的回忆讲给你听。告诉你他是个多棒的男人。他有多温柔，多坚强。他一眼就看穿了妈妈的愿望，不动声色地，巧妙地满足了妈妈。妈妈多么想跟你说啊……

纱江，好好休息吧。今晚，那个叔叔一定会来梦中见我们的。那个挥舞着白手帕、消失在火海中的叔叔，一定会再次挥着手帕，就跟魔术师一样，从火里跳出来。让我们翘首以待吧……）

由纪轻吻纱江的脸颊，下楼朝洗脸台走去。

洗了洗因泪水湿润的脸庞，漱了漱口，用肥皂把手洗干净，用梳子梳好头发。走进客厅。她要打开旅行袋里的那个牛皮纸信封了。那是他的遗物。掏出信封后，由纪下意识地双手合十，闭上双眼。那个人会给我留下什么呢？

由纪打开信封，倒吸一口凉气。里头竟是好几捆用纸条捆着的崭新的万元大钞。一捆一百万，总共五捆，还有一沓用橡皮筋裹着的万元大钞，总共八十五张。加起来一共是五百八十五万。莫非是让她转交给谁吗？

除了钱，还有一个厚厚的小信封。那是男子写给由纪的信。不，是遗书。

由纪：

这是我写给你的道歉信。四天后，也就是二十一日晚上七点后，我恐怕就不在人世了。所以从严格意义上看，这也是我留给你的遗书。

我计划杀死两个人。但计划成功后，我也不准备将行凶动机告诉别人。原因不明的凶杀案。有精神病的男人的突发性罪行。世人定会如此看待这件事。我也希望他们能这么看。我的动机是什么——我会在这封信中将前因后果告诉你。

今天我将你和纱江强行带离了熊谷，监禁在本庄市的情人酒店里。我为什么要做如此不人道的事——你正躺在床上，但今晚对你而言恐怕是个不眠之夜吧。在去你家之前，我对你的人品性情一无所知。对你的了解，仅限于你的丈夫在熊谷的俱乐部与高级料理店的人胡扯的那些诽谤中伤。而且那些话也不是我亲耳听见的——你是个水性杨花的女人，趁老公不在家，到处勾引男人，沉溺在性的愉悦中，你们已经分居了，每天享受着愉快的婚外情。这些不着边际的话，在我脑中构筑出了你的形象。

然而，当我在熊谷的家中见到你时，我就察觉到——我猜错了。几小时后，我对你的感情便有了翻天覆地的变化。你的温柔，你的直爽，为了孩子的安全，宁可牺牲自己。你是个谦虚、清秀的美人。没有丝毫不贞的气息。你怎么会是沉溺性爱、自甘堕落的淫妇呢？

我心想，糟了，我搞砸了。

我不能把你卷进来，可我也无法掉头就走。我的计划已经进入了执行阶段。现在逃跑，警方就会展开针对我的调查。要是我被逮捕了，就无法达到目的了。我实在没办法，只能两眼一闭，照原计划将你和纱江带走。请允许我借此机会，向你表达最诚挚的歉意。

由纪。

你最想知道的是你为什么会被我盯上吧？首先，我必须让你知道我是个什么样的人。

我叫江森卓也。是东京都练马区大泉警署的警察官，阶级为警部补，也是刑事课的搜查主任（我递交了落款日期为五月十五日的辞呈，但还没有得到正式批准，因此我目前还是个警察）。

本应追查犯人的我，竟要杀死两个人。你一定会觉得这很荒唐吧？但我下定决心，不与任何人说明我的动机。只告诉你，由纪。这是我唯一能补偿你的了。就当是我谢罪的证明吧。

　　我出生在岩手县的山村，北岩手郡涩民村。刚才我们聊到了石川啄木的短歌。啄木两岁那年搬来了涩民村，也把涩民村当作自己的故乡。我之所以喜欢上啄木，也是因为他是我的老乡吧。町村合并之后，涩民这个村名就消失了，但别人问我是哪儿人时，我总会抬头挺胸地回答，"岩手县的涩民村"。"总而言之 我爱涩民村 回忆中的山 回忆中的河"……

　　高中毕业后，我来到东京，进入了某所大学的文艺科（这样的我，也曾梦想着成为一个小说家）。我的父亲是农协的职员，因为买股票亏了很多钱，欠了一屁股债，在失意中撒手人寰。而我的母亲一直体弱多病。为了省点钱，我只能退学，考入警校。这样一来就能把农村的母亲接来东京住了。我从警校毕业之后进入了浅草警署，一年后，母亲卖掉了老家的地皮与房子，搬来了东京。

　　其实我还有个小我五岁的妹妹，科野八重。她之所以不姓江森，并不是因为她已经嫁人了，而是因为她过继给了我的大姨，成了科野家的养女。

　　我啰啰唆唆写了这么多，你一定看得没耐心了吧？可是为了让你理解我的作案动机，我就必须写清楚这些。因为妹妹是我犯罪的原点。介绍她的身世，也是在说明我的罪行的意义。请你耐心地往下看。不过我也有些累了。剩下的明天再写吧。现在是十一点五十五分。

　　你正一动不动地躺在床上。我本想走过去让你别担心，好好休息，但我还是作罢了。我怕我控制不住自己。太痛苦了。痛苦的夜还要重复好几次。晚安。

江森卓也的信才刚开了个头。他说他原本是文艺科的学生，想当个作家，想必他从小就喜欢看书吧。在车里，在酒店里，他提起过芥川龙之介的《河童》，也提起过德富芦花的《不如归》。他渊博的知识令由纪大为惊讶。如今她总算明白了。他定是个彻头彻尾的文学少年。对书的热爱远胜于她。

　　科野八重，江森卓也的妹妹。

　　由纪牢记这个名字，继续往下看。信中描述着八重的人生路。

　　八重在上小学三年级那年过继给了大姨与姨夫。那一年，哥哥卓也在上初二。

　　科野家在长野县茅野市郊外。姨夫在市内的银行工作，大姨开了个插花茶道班，专门教导街坊邻居家的年轻姑娘。因此科野家的日子过得非常富裕。

　　大姨嫁到科野家之后生了个女儿，但她在三岁那年冬天不幸夭折了。死因是白喉。后来大姨做了子宫摘除手术，没法再生孩子了。八重快上小学时，大姨便屡次提出将八重过继给她的要求，但卓也的母亲一直没同意。

　　“就算是姐姐的要求也不行。八重是我唯一的女儿。而且卓也跟八重特别要好，我都快羡慕死了！我怎么舍得拆散他们呢？"

母亲拒绝了姐姐的要求。然而，八重上三年级的那个暑假，两家正式敲定了过继的事情。江森卓也在信中提到了个中隐情。

我父亲是乡下少有的野心家。年轻时投资了不少事业，可都以失败告终，最后变卖了不少山林与田地。他打算最后博一把翻身，就投资了股票，没想到一败涂地，还挪用了工作单位的公款。要是东窗事发，绝对是刑事案件。这时，是茅野市的大姨与姨夫伸出了援手。

当时我还在上初中，可看到父母每晚都说悄悄话，就猜出了个大概。如果你们愿意把八重过继给我们，我们就会给一笔钱让你们还债，不要利息——这就是大姨提出的条件。换言之，八重成了我们家的牺牲品，就这么被送去了大姨家。

那年八重才上三年级。学校刚放暑假。"我不要当大姨家的孩子！"八重大哭大闹。无奈之下，父母只得让我去说服她。我就劝她说："大姨一个人很冷清，你就趁暑假过去陪陪她吧。"只要把她送过去，她就没法一个人回来了。这便是我父母想出的残忍计划。

八重从小跟我亲，特别黏我。要欺骗年幼的妹妹，我真是心如刀割。眼看着第二天就要把八重送走了，我便带着八重去了后山。夕阳西下。后山是我们的游乐园。我帮八重捉过知了，找过独角仙。她紧紧握着我的手问道：

"哥哥，我只是去过暑假吧？"

"嗯，很快就回来了。"

"暑假作业怎么办啊……"

"哥哥帮你做好了。"

"说定了哦。回来那天哥哥会来接我吗？"

"嗯，没问题。"

"不骗我？"

"哥哥怎么会骗你呢！"

"那就拉钩！"

"好，拉钩上吊，一百年不许变！"

我紧紧钩住八重的小手指。这是我第一次欺骗妹妹。我哭了。日落前的阳光染红了农户的白壁。眼中噙着泪水，一切都跟隔着一层彩虹一样朦胧。那一幕至今历历在目。

我恨我家的贫穷。我好不甘心。只要能让妹妹过上好日子，我什么都愿意做。儿时的我，在心中暗暗发誓……

信的每一行都凝聚着他的记忆。泪水湿润了由纪的眼眶，很多小字都被泪水模糊了。由纪不住地擦眼泪。

他从道歉写起，讲到了贫穷的过去，讲到了与妹妹的痛苦别离。就在他写这些东西的时候，我却在思考逃跑的方法，怀疑他是不是丈夫派来的间谍。

她终于明白了。那天他让由纪放两首歌听解解闷。车里的磁带都是演歌的。而由纪选择了迪克·三根的《人生林荫道》。第二小节过后，他突然伸出手按下了停止键，这让由纪很不高兴。当时，他是这么说的：

"听曲子讲究一个心境。有时听着开心，有时就越听越痛苦。"

定是第二小节的歌词勾起了与妹妹别离的痛苦回忆——"寂寥夕阳下的小路，哥哥曾哭着呵斥你。你可曾忘记？"而且他行凶的动机正跟妹妹八重有关！

（对不起，我什么都不知道……）

由纪擦着眼泪，再往下看。

八重来到科野家之后，在大姨与姨夫的照料下茁壮成长。但她每周都会给哥哥写信，而卓也会按时回信。八重上初中后，科野家还请卓也一家去茅野市住过几天。他对妹妹的幸福深信不疑。

然而，八重高三那年正月，不幸突然降临。大姨与姨夫去朋友家拜年，却因路面结冰，轮胎打滑，被卷进了追尾事故中。五辆车撞在一起。副驾驶座上的大姨的额头遭到重创，当场身亡。姨夫被送往医院，但也在一个月后离开了人世。

　　八重成了孤儿。母亲想把她接回来住，但八重
没同意。她说要以科野八重的身份继承科野家，为
养父母祈福。她就是这样一个人。我也同意她的意见。

万幸，大姨与姨夫留下了一笔可观的保险费。而且姨夫的弟弟就住在附近。高中毕业之前，八重就住在这位亲戚家。她毕业后考入长野市的高等护士专科学校，想学一门技术养活自己。她有足够的钱支付学费，三年的学校生活也过得非常愉快。当她来到市内的医院工作时，卓也也当上了警察。

八重本在长野市的医院工作。一天，她在报上看到了一家医院的招聘广告，条件与工资都比现在的单位好很多。八重便心动了。广告上说，他们会为应聘者保守秘密，详细条件面谈。于是她便决定去面试一下。

那正是位于男沼町的伊豆原医院。

　　八重之所以决定去伊豆原医院，不仅是因为他
们开出的条件很好，还因为医院离东京比较近。当

时我总算升上了巡查部长，正打算把乡下的母亲接来东京。如果能在埼玉工作，她就能利用假期跟我们见面了。于是她便横下一条心，去伊豆原医院面试了。当时负责面试她的是医院的人事负责人，也就是你的丈夫，北条昭。

伊豆原医院给八重开出的条件是每个月休五天，每周一次夜班，如果是有工作经验的护士还可以享受每月一次的双休日。医院还有宿舍，但你要是不想住宿舍，也可以在距离医院三十分钟路程以内的地方随便选一间公寓住，医院会补贴一半的房租。

八重跟哥哥商量，决定辞去长野的工作，来到伊豆原医院。而卓也把母亲接到了浅草。八重之所以跳槽，就是想和东京的哥哥与母亲离得近些。

她在熊谷市内租了间公寓。她在长野工作时考下了驾照，便借跳槽的机会买了辆车。碰到双休日，她就会开着车来到哥哥的公寓，与母亲聊聊天。长久以来分居两地的母女终于有了共享天伦的机会。

江森卓也如此描述当时的幸福生活：

> 我的母亲来东京后不久就去世了。但她的晚年过得很幸福。她在我们兄妹的环绕下离开人世。"谢谢你们让我有个幸福的晚年。"——她说完这句话便去天国跟父亲团聚了。

母亲死后，我和八重相依为命，感情也更好了。她本就是个黏哥哥的孩子，要是周日没什么事，我就会去熊谷看她，带她去餐厅吃饭，或是去她家尝尝她的手艺，拉拉家常。有一次我跟八重出去吃饭时，正巧碰到你的丈夫，第二次见到他则是在我妹妹常去的一家咖啡厅。昭对我非常感兴趣，事后不停追问："他是你男朋友？是做什么的啊？"我妹妹笑道："我说你是我哥哥，但没说你是警察。医院这种地方多多少少有些黑幕，药有回扣，治疗费也有油水，还是不说你是警察比较好。"要是她直说她哥哥是大泉警署刑事课的警部补兼搜查主任，兴许就不会有日后的悲剧了。这让我无比惋惜。

由纪看到这儿，不禁寻思他的妹妹八重究竟遭遇了什么悲剧。

　　哪知这封信话锋一转，讲起了八重的恋爱问题。跳去伊豆原医院一年后，她的面前出现了一位青年。

　　江森信中称："为了不殃及这位青年，我不想写出他的真名，就叫 A 吧。"

　　A 在全国性大报纸的埼玉分部工作。这份报纸的埼玉版有一个专栏叫"职业女性·我也有话说"。A 就是这个专栏的负责人。导游、卡拉 OK 酒馆的女服务员、牙科护士、出租车司机、银行与公司的业务员、旅馆的工作人员、学校的老师……各种各样的人都会出现在这个专栏里。她们会在 A 的引导下讲述自己的日常生活，哀叹职场的不平等与种种问题，并畅想自己的梦想与希望。报上还会刊登她们的照片。这个专栏深受读者的好评。还有传闻说，只要是上过这个专栏的人就不愁嫁了，有的是人追。想上报纸的人也是络绎不绝，有毛遂自荐的，也有别人推荐的。

　　科野八重则是被报社主动相中的。A 记者对八重笑道："是我们分部的部长推荐了您。他叫友野启一，您应该还记得吧？

两个月前他因为心内膜炎住院了一个星期，负责照顾他的就是您。我们部长是个很任性的病人，但您没有给他脸色看，把他感动坏了。于是他便发号施令说，她可是日本首屈一指的美女，又是个心地善良的护士，必须用我们的专栏给她打打广告。于是我今天就冒昧地上门造访了。"

第二天傍晚，八重征得了医师长的许可，来到熊谷市内的咖啡厅接受了Ａ记者的采访。他的采访技巧非常高超，问出了不少趣事。摄影师还给八重拍了照片。之后两人就闲聊了一会儿。

Ａ一听八重是长野县茅野市出身的便说，巧了，我是上田的，上的是信州大学。而且Ａ的父亲是长野市私立女子短大的教授。那所大学跟八重上的那个高等护士专科学校在同一条路上。于是两个人就聊开了。

"打从第一次见面起，八重就被Ａ吸引住了。Ａ也是如此。他们自然而然地发展成了恋人。八重碰到什么事都会跟我说，所以我也很了解Ａ的为人。半年后，Ａ正式向八重求婚了。"

对八重而言，卓也就跟她的父亲一样。所以Ａ肯定要上门跟卓也打个招呼。三人见面的地点是八重的公寓。江森在信中描述了那顿饭的情景。

"我一见到Ａ就对他产生了好感。从他的每一句话里都能听出对我妹妹的爱意。而且他的家境也很好，人也很踏实，知书达理，举手投足的文雅也不是装出来的。我非常高兴。八重会被他吸引也在情理之中。我们喝了几瓶啤酒，一直聊到大半夜。那天的事我至今难以忘怀。那天晚上的八重笑得特别美。真不是我自卖自夸。我妹妹的春天终于来了。要是母亲还在，该有多欣慰啊。我感动地差点落泪。"

八重与 A 成了未婚夫妻。卓也也常有机会见到 A。而 A 也开始管卓也叫"哥"了。三个人亲如一家。

A 说过了年（就是今年）要带八重回长野市，向他的父母汇报喜事。因为他的母亲写信来说想见见他的新娘子，要他一定抽空带她回来。八重也把这件事告诉了卓也。

A 的父母希望他们在三月完婚，在长野市办婚礼。江森卓也的信中称：

　　八重兴高采烈地说，A 的父亲请长野的短大校长当证婚人，还问我有没有晨礼服。我说，没有啊，我只有黑色双排扣西装。她就说，那怎么行啊，你要陪我走红地毯的，啊，不过你个子这么高，穿燕尾服应该会更好看。我们决定在教堂办婚礼。不过……好难为情呀，要挽着你的手走到神父面前哎。哇，一想就好难为情哦……她笑得脸都红了。我也没见过这种场面。光是想象，心都会砰砰跳。

　　由纪。与八重讨论婚事的那段时间，是我们最幸福的时光。尤其是八重。她从小就被过继给了别人，而养父母又出车祸去世了。她终于享受到了常人应当享受的幸福。看着妹妹的笑脸，我下定决心，一定要把父母的遗像放在口袋里，让他们也参加这场婚礼。我的激动一点也不亚于她。

可是我们幸福只是昙花一现。悲剧突然降临，彻底改变了我们的命运。

　　今年一月元旦中午。那天上午，我去署长和其他上司家拜了年。回家时已经是十一点多了。我本想那天下午去熊谷看看妹妹。我躺在床上醒酒，睡得迷迷糊糊。突然，电话铃响了。这便是悲剧的开端。

电话是长野县茅野警局的谷井巡查部长打来的。茅野警署的地段很好，能俯瞰八岳连山的景色。正因为如此，他们每年冬天都会组织山岳救难队，而谷井则是队长。

　　"我刚给大泉警署打了电话，可他们说您今天休息，我就问了问了您家的号码，"谷井巡查部长说道，"请问您认识一位叫科野八重的女性吗？"

　　"八重是我妹妹，小时候过继给科野家了，所以我们不同姓。她怎么了？"

　　"科野八重小姐在北横岳的登山道上遇难了。请您节哀。我们在她留下的钱包中发现了您的名片，除此之外没有任何能确认身份的证件，便给您打了电话。如果您能把她家人的地址告诉我们，我们就能立刻派人去通报了。"

　　"悲剧来得太突然，我慌得手足无措。总而言之，我必须先去确认她的遗体。八重的养父母都过世了，她就我一个家人，但八重的养父的弟弟就住在茅野，我就让警方先联系他，而我则立刻赶去了茅野。

北横岳有专为登山者建造的索道，叫'皮拉图斯^①索道'，全程两千两百米。登山者可以从山脚下坐索道到山顶。

我不是很熟悉那边的情况，便先去了趟茅野署。他们主动提出开车送我去山脚下的索道车站。当时已经快天黑了。

八重的遗体被安置在索道车站附近的小寺庙里。八重的叔父科野诚二接到噩耗后立刻赶了过来，在遗体枕边放了鲜花，还点了香为她祈福，一直等我过来。帮着把遗体搬下山的救难队员们也在。所以我才能打听到八重遇难时的情况与发现尸体的全过程。"

江森卓也在写给由纪的信中详细描述了当时的情况。由纪想起他趴在情人酒店的小桌上奋笔疾书的模样。她的视线不时离开信纸，停在远方。

在中央线茅野站下车，换乘公车，就能到索道的车站。乘客大多是来滑雪的。这条索道下方正好有个滑雪场，叫皮拉图斯蓼科滑雪场。滑雪客们坐索道上山，再一口气滑下去。还有不少人开车过来滑雪，天黑之后再回去。也有人在等索道下来。车站周围特别热闹，那喧嚣与大城市相比有过之而无不及。

---

① Pilatus，瑞士旅游胜地

318

来到山顶后，乘客会分成左右两批。滑雪的往右，登山的往左。

去年十二月三十一日正午时分，好几个来滑雪的人看见了背着大背包上山的八重。

那天一早就下起了小雪。日本海上有一团低气压，过了下午，云层便飘到了本州中部的山岳地带。天气预报说"今天会有暴风雪"，低气压团以每秒四五米的风速往东北方向行进，山上的风速足有二十五米。过了中午，索道就停运了。下午一点多，滑雪场便没了人影。不久，猛烈的暴风雪袭来。

八重在这暴风雪中爬上了北横岳。救难队员说，那天有五个从名古屋来的人，他们赶在下午两点多躲进了北横岳下面的山间小屋，通称'北横岳休息站'，这才逃过一劫。

八重怕是比他们晚了一步。救难队员说，那天的雪足有腰那么高。但那五个人留下了脚印，山路上也有明显的路牌，应该不会迷路的。而且八重上高中时参加过登山社团，爬过夏天的北横岳。叔父也说，她在护士学校上学的第二年夏天也和同学一起爬过山。

不过夏天的山与冬天的山不能相提并论。而且那天还有每秒三十五米的狂风。暴雪挡住了她的视线，将她笼罩在白色的黑暗中。她定是一门心思地往休息站走吧。穿过被白雪覆盖的针叶林，就能看到通往三岳的登山路分歧点，再走过去路就平坦多了，也能看到前方的小木屋了。

可不知为何，八重没有走那条通往小屋的路。林中的路被白雪覆盖，漫天大雪，狂风呼啸。救难队员认为，也许八重就这么迷失了方向。她沿着三岳登山路走了很久，才意识到自己走错了路，只能折回去，走到那个岔口，又在周围绕了好久。如果天放晴的话，可以站在分叉口看到远处的缟枯山和茶臼山。然而，乱舞的白雪剥夺了八重的视野。她什么都看不见。就算她大声呼救，狂风也会把她的声音盖住。救难队员的一件事，'她实在没办法，就找了块大熔岩躲着，一不小心睡着了，就在零下十五度的严寒中冻死了'。

法医推测八重的死亡时间为三十一日晚七点到八点。尸体被冰雪覆盖。只有红色连帽衫的帽子稍微露出了一个角。她身上没有外伤，死因也是冻死，一目了然。救难队在元旦早上十点多发现了遗体。

叔父将遗体接回了家中。只是大过年的火葬场都不开门，而且当地的风俗是正月前七天不办丧事，所以我就只能在科野家过了一夜，为八重守灵，忙完之后再赶回东京。

回家一看，发现邮筒里有一封很厚的信。是八重寄给我的。寄信地点是长野的茅野。上山前，她

320

把信丢进了车站前的邮筒中。我赶忙拆开信封。一看，便傻了眼。

由纪，那是她的遗书。信上说，她从去年十二月中旬开始有了自杀的念头，可又怕给我这个警察添麻烦，又怕未婚夫Ａ难以接受，便迟迟没有动手。好容易想出的法子便是去雪山故意遇难，掩盖自杀的事实，了结自己的性命。好在她有过两次爬北横岳的经验，熟知山上的地形，也知道哪里比较危险。跌落山崖摔死也行，迷路遇难也行，只要不让别人看出她是自杀的就好。她决定上山了之后再考虑怎么死。

她从医院偷了一瓶类似氯仿的吸入式麻醉剂。在登山道附近绕了几圈之后，她找了个合适的地方，把麻醉剂倒在袖口，再把容器丢到远处，用袖子捂住口鼻一吸。只要吸一口，她就会失去意识，晕倒在雪中。如此一来，她就能毫无痛苦地死了。

那天，山上刮着狂风暴雪。这也帮了她一把。谁都没有怀疑她的死。

可八重马上就要嫁给Ａ了，她应该很幸福才对。为了婚礼，她做了许多准备工作。她正处在幸福的巅峰。她为什么要在这个时候结束自己的生命呢？

八重在遗书中详细描述了事情的前因后果。可是由纪，身为她的哥哥，我实在不忍心将这些事一五一十地写出来。我写不下去了。八重受到的屈辱，已经无法用"悲惨"与"不知廉耻"来形容了。

　　由纪。我接下来要写的事很荒唐，但都是不争的事实。没有一丝虚伪，没有添油加醋。请你冷静地看下去……

八重刚到伊豆原医院时，被分配到了内科病房。这栋楼叫"南病房"，还有眼科与皮肤科。东病房是外科，还有西病房，从两年前开始专门收治精神病人。

八重很受患者们的欢迎。因为她做事负责，再苦再累的工作也愿意干。有时候还会放弃休息时间陪着危重病人。

去年十月底，八重被调去了精神科所在的西病房。

那天，院长把她叫去了办公室。

"从明天起，你就去西病房上班吧。很多护士都不想去那儿，但她们误会了。精神病人常会受到家人的白眼，拯救这样的病人正是医务工作者的责任。这个道理你应该明白吧？"

"明白。"

"西病房的护士都上了年纪，特别希望你这样的年轻护士能加入她们的队伍。她们和总务课的北条商量了一下，而北条则推荐了你。说你的工作态度很好，性格也很踏实。而且你和其他护士不一样，不会说病人的闲话，口风非常紧。这一点是非常重要的。

护士决不能泄露医院与患者的秘密。法律也禁止护士这么做。如果派你过去，就不用担心这个问题了。于是我决定接受北条的提议。

等你积累了一定的经验，我就提你当西病房的护士长。现在的护士长叫大石松子，你可以跟她了解一下详细情况。拜托了啊。"

"好的。"

说完，八重便离开了院长办公室。"啊，果然……"她是这么想的。原来推荐她去西病房的是你的丈夫，北条昭。

八重来到伊豆原医院半年后，北条便开始频频请她共进晚餐。但她婉言拒绝了。因为同事们就北条这个人再三提醒过她。

"你要小心总务的那个北条哦。他下起手来可快了。有好多护士上了他的当。他只是玩玩的，可女人总会当真的。听说还有人为了他堕胎、辞职、自杀呢。"

"北条昭在我们医院享受的是特殊待遇。医院没法辞掉他的。因为他是院长的私生子。据说当年院长勾搭了一个十七岁的见习护士，生下了昭。这个女人特别妖媚，而且还很精明，她要求院长认这个孩子，否则就要告他强奸。院长当然不敢认啊，毕竟他老婆是原厚生大臣的妹妹。"

"于是啊，院长就说，要是你愿意当我的情妇，好好伺候我，我就照顾你们母子一辈子。还给了那女人不少钱呢。"

"不止是钱，还给她买了套房子呢。那个女人就成了院长的小老婆，过上了优雅的日子。"

"羡慕死我了。院长被她套牢了，老往她那儿跑。她都四十多岁了哎。真不知道她用了什么迷魂汤。"

"总而言之那个北条是我们医院的特权阶级。而且他跟他爸一样，是个大色狼，科野啊，你这样的美女肯定会被他盯上的，可得多加小心哦。"

因此八重拒绝了昭的邀约。但他还是死缠烂打。有时还会半夜三更喝得烂醉冲到八重公寓楼下，让她放他上去喝茶什么的。八重只能下楼说，已经很晚了，麻烦您回去吧。八重的拒绝伤到了昭的自尊心。于是昭就用调动工作的方法来报复她。

但八重自我安慰道，照顾精神病患者也是一种宝贵的经历。从第二天起，她便来到了西病房。

八重在遗书中详细描述了西病房的情况。但你应该对这些不感兴趣吧。对患者而言，那就是名为"医院"的地狱——用这句话来概括就够了。

西病房没有一个专属医生。每隔两三天，院长会去露个脸，随便"诊疗"一下。所有工作都由大石护士长负责。有些患者对医院的态度非常不满，大吵大闹。这时，护士长就会让力气大的护士给病人打安眠药。（美其名曰，睡眠疗法）

重复几次后，患者就会疲惫不堪，陷入虚脱状态。跟活死人一样。八重调过去后的一个月时间里，有两名患者因此身亡。表面上的死因都是"急性肺炎"，但医院没有采取任何治疗肺炎的举措。可患者的病历上写着，医院给患者喂了半流食，患者无法喝水后还打了葡萄糖与生理盐水。最后还附上一张胸部 X 光片，天知道那是谁的片子。

无奈谁都不敢说一个不字。周围都是精神病人。没人控诉医院的卑劣行径。精神病人也无法上法庭作证。

护士长就是这儿的统治者。这里的护士都是年近六十的老人，能给病人喂个饭就不错了。

八重刚来西病房时，一位护士曾这么跟她说过：

"这里是伊豆原医院的摇钱树。患者一进来就别想活着出去。家里人给的住院费都成了医院的油水。可是啊，我已经上了年纪了，想跳槽也没别的医院要我。这里给的工资很高，工作也很轻松，就这么耗着了。你可别跟护士长对着干啊。就当你什么都没看到，什么都没听到，什么都别说。咳，放轻松就好了。"

那自嘲的口吻，让八重凉透了心。

由纪，我没有时间了，只能长话短说。去年十二月，八重被叫到院长办公室。

"你帮我去熊谷市送个东西——这本是护士长的

工作，但她今天因为头痛早退了。"院长将一大一小两个信封递给了八重，"让那人把文件填好，盖个章，再拿回来。地址写在上面了。这个'三本木'离男沼町不是很远。打个车过去半小时就到了。给，这是车钱。"

院长将一张万元大钞递给八重。

"这个矢木原洋三在我们医院做过一阵子，现在离职了。他是个酒鬼，你别听他胡说八道，搞定文件就走。"

"我知道了，这就去。"

八重走出院长办公室，打了辆车，赶往熊谷市三本木的光阳庄公寓。对她而言，这正是引起悲剧的远因。当然，当时的八重还没有丝毫预感……

由纪通过江森卓也的信搞清了一件事——她的丈夫昭是伊豆原医院院长的私生子。"老妈生了我啊，就跟生了棵摇钱树一样。"他之所以能如此得意，正是因为他的身世吧。

婆婆民子今年四十六岁，却显得非常年轻，打扮得花枝招展，住在豪华的公寓里。她终于明白了她为何能过得如此逍遥。她早就猜到婆婆后面有人了，没想到那竟是伊豆原医院的院长。

长久以来的疑问终于告破。然而，丈夫与院长与八重的死有什么关系呢？

八重受院长所托，前去熊谷市拜访矢木原洋三。之后究竟出了什么事？

由纪的视线再次投向江森卓也信中的小字。

光阳庄公寓是一栋破破烂烂的木结构建筑，一共两层，矢木原洋三的房间在一楼。房门面朝一片小空地。一辆旧自行车靠在门旁。

连门铃都没有。八重敲了敲油漆剥落的房门。屋里人很快就来开门了。五十上下的男子探出头来。一脸的胡渣。

"你是伊豆原派来的？"

"是的。"

"等你好久了。进来吧。"

大房间的旁边是水池。狭小的厨房铺着木板。好像没别的屋子了。房间中间有一张小桌，还有一张坐垫。就算他离职了，可他好歹也是个医生啊。这房间也太煞风景了点。八重不禁皱起眉头。

"东西带来了吧？"

"带来了。"

八重拿出大信封递了过去。

"不是这个，还有一个。"

他伸手拿过八重手里的小信封，站着把他拆开，拿出里头的东西。是万元大钞。他谨慎地点了点。

"哼，还是二十五张啊。下次让他给三十张，"说着，他抽出一张大钞丢给八重，"你帮我去买点东西回来。"

"啊？什么东西啊？……"

"酒，日本酒，叫'吉野樱'。出门左拐，走过十户人家就是家酒窖了。我正好缺酒喝。不喝酒整个人都不舒服。拜托了。我会在你买酒的时候把文件填好的。反正就是写个名字盖个章。还不快去？！"

没办法。八重只能捏着那张一万大钞，一路小跑。

八重提着酒瓶回来时，矢木原洋三已经把文件签好了。他换了个新信封，还把口封死了。信封表面有折痕。大概是院长塞在旧信封里面的吧。

"等你好久了，进来坐吧。先把酒给我。"

他一把抢过酒瓶，打开瓶盖。桌上有个空杯子。

八重将找零放在桌上。

"那我告辞了。"

"先坐会儿嘛，让我看着美人喝一杯也好啊。这可是我唯一的乐趣了。"

他倒了一大杯酒，一口饮尽。接着又是第二杯。一杯接一杯，就跟喝啤酒一样。到了第三杯，他总算有闲情享受酒香了，喝酒的速度也慢了些。

"那个——文件……"

"不着急，不着急，只要带着它回去，你就算是立了大功了。要是没有它啊，伊豆原医院就垮了。"

"这文件这么重要啊？"

"可不是吗。你好像是个新面孔嘛。是护士吗？"

"是的。"

"哪个病房的？"

"西病房。今年十一月调过去的……"

"哎哟……真可怜。你这么年轻的护士怎么会调去那儿啊。那不是你该待的地方。"

"为什么啊？"

八重隔着桌子，端坐在矢木原面前。

"为什么？你也是护士，难道看不出来吗？精神科病房有专科医生吗？谁在照顾患者啊？”

“可院长……”

“哼，不就是每隔两三天前去露个脸吗？就凭他一个人，怎么可能顾得了两百多个住院病人啊。精神病人常有内科疾病，可你见过医生给他们治病吗？”

……

“再说了，那儿连个指定医都没有。你知道‘精神保健指定医制度’吧？”

矢木原边说边喝，眼看着一点八升的酒没了大半。

“那是一九八七年制定的制度。那年政府修订了精神保健法，设立了‘精神保健指定医’这个职位。”

“那是什么啊……？”

“你连这都不知道啊。听着，要让精神病人住院，就需要监护人与病人本人的同意。但很多患者不愿意住院。在这种情况下，只要有监护人的同意就可以了。这就叫‘医疗保护住院’。但要走这个程序，就需要指定医的诊断结果。”

矢木原原本苍白的脸色逐渐红润起来。他越说越激动，表情熠熠生辉。

“而且医院要定期向县医疗协会提交医疗保护住院患者的近况报告。也就是患者的病历和现在的症状。这也需要指定医的诊断、签名和印章。可是伊豆原医院没有指定医，却泰然自若地接受监护人的要求收治病人。要是有患者大吵大闹，院长就会带着护士与护士长给他打安眠药，让他强行住院。这分明是违法的。"

"可……院长肯定有指定医资格吧……"

"有个屁。指定医需要五年以上的临床经验或三年以上的精神病人治疗经验，还要有厚生大臣的认可。伊豆原医院的精神病房才开张两年。他没有资格申请指定医。"

"那您有那个资格……?"

"没错。我在大宫市的精神病院干了七年，但他们给我的工资太少了。于是伊豆原就把我挖过来了。"

"那您为什么要辞职呢?"

"咳，说来话长了。说白了就是我不想干了。你知不知道精神病房里有个'特别室'?"

"嗯，那是个单间，如果病人家属提出要求，就可以住进去……"

"没错，那个病房就是用来赚差价的。还有病人家属把病人送进去，让医院做安乐死呢。"

"天哪……"

"但这个安乐死用的不是药，而是放着患者不管，让他饿死。要是住的是大病房就没法弄了。我辞职之前也有不少病人死在特别室。有些死者家属不停追问患者的真正死因。这时院长就会让护士长从内科借两张 X 光片来。因为内科有过一位因急性肺炎病死的病人。院长会把片子展示给家属说，你看，肺部有阴影是吧？这就是发炎的地方。那张片子是别人的，但外行人根本看不出来。听完院长的解释，他们只能感激涕零地说，啊，你们治疗得那么认真，他一定走得很安详。于是他们就会留下一笔巨额的住院治疗费扬长而去……"

"太过分了……"

"没错，那地方看似医院，其实是个收容所。一旦进去，就别想活着出来。而且患者在不断增加。所以他们需要我这个指定医的诊断书与同意书。你带来的就是那些东西。我没见过那些患者，也没给他们做过诊疗。但我签字了，也盖章了，医院给我的报酬就是二十五万。他们用这笔钱，把我这个辞了职的员工养起来了。"

"这件事要是让外人知道了岂不是很麻烦……怎么能做这种事……"

"我的医疗执照肯定会被吊销的吧。但那个院长也不能全身而退。所以你不能待在那儿。你想助纣为虐，帮院长赚黑心钱，当杀人犯的同伙吗？还是想履行护士应尽的责任？决定权在你。"

"大夫，您也应该换一家医院继续当医生啊。"

"我是个酒鬼，谁愿意要我啊。我老婆都跟人跑了。哼，我倒是不想她，只是离不开酒啊……"

他哼起了浪曲。矢木原洋三用双手举起酒瓶，灌完最后一口，倒在了桌上。

八重拿着大号信封离开了公寓。外面的阳光很灿烂，但她的内心却无比阴沉。

矢木原洋三说的绝不是酒后胡言。他的每一句话，都是有根有据的。

"你想助纣为虐，帮院长赚黑心钱，当杀人犯的同伙吗？还是想履行护士应尽的责任？决定权在你"——他的话，在八重心中回响。

回到伊豆原医院，推开院长办公室大门时，八重便下定了决心。

——我不应该留在这家医院。

由纪。

八重是个直肠子，一身正气。矢木原医生的话给她造成了巨大的打击。而且八重也知道住院病人过的是什么日子。

但八重不过是个护士，不可能将事实公之于众，批判医院，或是通过舆论施压来改变医院的方针。患者都是精神病人，他们的话是没法当证词用的。目击者都是院方的人，自然会做出对院方有利的证词。关键时刻，矢木原医生兴许也会为五斗米折腰，帮院长说话。八重在遗书里是这么说的：

"发生在医疗机构中的犯罪，跟密室犯罪没什么区别。好比医疗事故。就算病人家属起诉了医院，也很难打赢官司。因为他们找不到证据与证人。推测是说不动法官的。连法官也无法涉足发生在高墙中的案件。哥哥，你千万别因为我的信就去调查伊豆原医院啊。你肯定打不过他们的。所以我一咬牙，决定辞职，默默离开这家医院。"

对八重而言，那是无可奈何的抉择。她将文件递给院长后，便提出了辞职的要求。

院长当然问了原因。可八重怎么好意思说"因为医院在从事非法行径"呢。

"是不是矢木原跟你说了什么，把你吓坏了？"院长盯着八重的表情问道。

"不是……"八重回答道。

"但他肯定告诉你了吧？"

"嗯……让我受益匪浅。"

"他跟你说什么了？"

"我说我在西病房工作，他就跟我讲了讲精神保健指定医制度和医疗保护住院的规定什么的……"

"多管闲事——听着，那人是个酒鬼，脑子有问题的，你别信他。"

"我觉得他很正常……"

"你被他骗了！那家伙上班时偷偷溜进特别室，钻上了女病人的床，被护士撞见了。病人神志不清，可他竟趁虚而入，这可是猥亵罪，搞不好还会被判强奸。我好容易才帮他瞒住。但他老婆还是知道了这件事，离家出走了。"

……

"你真相信那种男人的话吗？"

"不是的……"

"那你为什么要辞职？"

八重只得回答道：

“实不相瞒……我要结婚了。”

“噢？那可是大喜事。那就没办法了。什么时候办婚礼啊？”

“定在明年三月……”

“哦……你未婚夫是干什么的？”

“他是记者……”

“哦？电视台的还是报社的？”

“是报社社会部的记者。”

“唔……报社记者啊。”

八重说，听到这句话后，院长的表情顿时严肃起来。矢木原洋三把医院的秘密告诉了八重。而八重很有可能把这些告诉自己的记者老公——院长肯定是怕了。对他而言，警察与记者是最可怕的人。漫长的沉默后，他开口说道：

“辞职的事你再考虑考虑吧。我还是希望你能继续干下去的。我还有事，明天晚上再说吧。对了，明天晚上八点去二楼的面谈室谈好了。那里一般没人来，不会有人打扰。既然你要结婚了，我也想给你准备一份贺礼。你也好好想想吧。”

所谓的面谈室，就是专门用来接待患者与家属的房间，也用来接待普通的客人。

第二天——

八重上完班后，来到那间屋子和院长谈了谈。院长再三挽留，但八重决意已定。

"是吗……那就没办法了，"院长起身走去电话旁，拨了个号码，"嗯，我谈完了。车备好了吗？知道了。那我这就出来。"

八重也不知道这通电话是打给谁的。谁能料到，那竟是宣告卑劣行径开始的联络暗号。

打完电话后，他掏出一盒云雀香烟。院长与副院长都是医生，却酷爱抽烟。不过院长比较喜欢纸卷的云雀，而副院长喜欢抽雪茄。八重在内科那会儿，每次走在副院长身后都能闻到一股烟味。八重特别讨厌烟味，所以也不太喜欢这位副院长。

"你总不会明天就走吧？"院长吞云吐雾道，"我们总得找人替你……"

"我知道，我准备干到十二月底。"

"那就这么定了。啊，差点忘了。三〇五室的病人说他肚子疼，就没有吃晚饭。护士长给他吃了点止痛片，你能帮我去看看吗？看完就能回去了。辛苦了，晚安。"

"晚安。"

八重下楼送院长离开后便去了三〇五室。那个病房就是所谓的"特别室"，住着一位中年女病人。她有重度自闭症，几乎不开口说话。就算护士进去了，也只是捧着膝盖傻坐着而已。

八重走上通往三楼的楼梯。打开三〇五室的门一看，患者已经睡着了。于是她便转身下了楼。

由纪，这就是悲剧发生的瞬间。与其说是悲剧，不如说是让八重的人生就此破灭的残忍案件。她在遗书中详细描述了当时的情况。我越看越气，气得咬牙切齿，浑身发抖。

　　我决定将这起案件的细节一五一十地讲给你听。身为女性，你定会因恶人的残忍行径皱起眉头。但请你不要退缩，看到最后。

　　离开三〇五室后，八重来到通往楼梯的走廊。到底出什么事了呢？

　　这家医院规定，冬季的就寝时间为晚上八点半。八重看了看表，当时是八点五十分。走廊里静悄悄的。她也踮起脚尖，尽量不发出脚步声。

走到楼梯口时。

"护士……"

她忽然听到有人在叫她。八重停下脚步。回头一看。没有人。三楼住的都是女病人，而且这层楼的病人都比较老实。可她听到的竟是个男人的声音。

"护士……"

又是那种闷闷的声音。

"谁啊？"

声音好像是从左手边的三〇八室传来的。这也是个单间，也就是特别室。可它应该是空着的才对。

门开着一条缝。八重推开房门，里头一片漆黑。

"有人吗？"

她走进房间，打开墙上的电灯开关。环视四周，却没看到一个人。正面窗边有张病床，可上头也没有人。她往前走了两三步。就在这时，躲在门口的男子朝她的后背扑来。

（男病人！）

男子勒住了她的脖子。她瞥见那人穿着灰底茶色条纹的病号服，那是伊豆原医院发给男病人的睡衣。女病人的衣服是红色条纹的。但卡在她脖子上的手套着茶色条纹的衣服。

"住手！"

八重扭动身子，想要挣脱男子的束缚。她还用手肘攻击男子的腹部。可对方没有松手。他用粗壮的胳膊将八重拽到床边。她喘不过气了。再这么下去要被勒死了。八重被吓坏了。

"救命啊！来人啊！"

她用力喊道，可脖子被人勒着，只能发出微弱的呻吟。与此同时，男子往她嘴里塞了块布。她就没法喊了。八重只能伸出手去挠他。眼前红光一片。她被渐渐吸入那旋转的光涡中。身子变轻了，痛苦消失了。她失去意识。

八重清醒过来时，发现自己正躺在那间特别室的病床上，盖着毛毯。她在遗书里说，她不知道她晕过去时发生了什么事，也不知道自己睡了多久。

这时，她听见有人在耳边叫她。她微微睁开眼，发现院长正盯着她看！她赶忙起身，却发现自己一丝不挂，只得用毛毯遮住身体，尴尬得连头都不敢抬。

只听院长说道："唉，你受苦了，幸好这事没别人知道。我知道袭击你的人是谁，等下再详说吧。我在外面等你，你先收拾一下，我打电话让我老婆开车到医院后门等着了，先去我家吧。要不然……"

他将手搭在八重肩头。

"你想不想报警呢？这种案子要不要报警全在你一念之间。如果你要报警，最好别穿衣服，直接让警察来验伤。我会以医师的身份当场为你受的伤害作证。怎么样？要打110吗？刑警很快就会到的……"

八重拼命摇头。可不是吗，身为女性，怎么能让警察看到她那副样子？

"嗯，那就去我家吧。穿件衣服，我在外面等你……"

八重立刻穿上衣服。当时她已经没有正常的思维能力了。被患者玷污的悲伤与愤怒给她造成巨大打击，导致她无法正确判断事态。她就跟梦游一样被院长带到后门，坐上了院长夫人开的车，来到了男沼町市中心的大宅院。

来到院长家之后，八重就去了浴室。可是身子洗得再干净，也无法洗去男子留下的痕迹，更无法洗刷记忆。她洗完澡，换上夫人为她准备的睡衣，来到餐厅。桌上摆着几盘菜。

"先喝点这个吧，精神状态会稳定些。"院长让她喝了点红葡萄酒，他本人则喝了白兰地，"我很同情你的遭遇，幸好今晚的事没别人知道。我是第一个进那间房的人，之后没别人进来，只要我跟我老婆不说这事，秘密就不会败露，所以你大可放心。

你也把这事忘了吧。这样一来，这件事就跟没有过一样了。就当是被疯狗咬了一口吧。时间能平复心灵的创伤的。要不然……你想知道那间病房里到底出了什么事？"

八重的回答是："院长，请把您看见的都告诉我吧！我路过那间病房时被人叫住了，是个男人的声音，然后那人就朝我扑来，勒住了我的脖子。我瞥见了那人的袖口。他穿着病号服。是病人干的吗？您说您知道是谁干的。到底是谁？不搞清楚真相，我怎么能忘记呢？"

"这样啊……我本来不想说的，可你既然想知道事实，那我就说出来吧。"

院长压低嗓门，缓缓道来。

我将院长的话简单归纳一下。

今天晚上，我跟你在西病房的会客室谈完之后，就下楼去了南病房的院长办公室。我的包还在那儿。我准备拿了包就回家。

你知道我喜欢拍照，办公室里有好几部相机，其中正好有一台我最近刚买的拍立得。我就把它挂在了脖子上。因为我老婆说她也想玩玩，让我给她带回去。

我带着相机走出医院，可本应停在门口的车不见了。我实在没办法，就去了停车场，边走边拿出一根烟，正要点火时发现没带打火机。我想起刚才跟你谈话时抽过烟，大概是把打火机落在那儿了。那个打火机是副院长送给我的生日礼物，非常贵重，所以我就折回了西病房。

跑去二楼一看，打火机果然在桌上。我就用打火机点了根烟。

就在这时，我听到了三楼走廊的脚步声，是拖鞋的声音。三楼住的都是女病人，而且都是比较老实的病人，没有得梦游症的，不应该在这个点儿走来走去。

我走到楼梯口，问道："谁啊？怎么了？"

这时，我听见那人跑上了四楼"砰"一下把房门关了。

四楼都是男病人，所以那人当时一定是想溜去女病房。四楼共有八个病人，干坏事的肯定是其中之一。

我立刻上了三楼。他盯上的究竟是哪间房？我环视四周，每间病房都静悄悄的，只有三〇八的门开了条缝，而且屋里有灯光。我印象里那里没人住，所以就打开门一看，结果看到你全裸着躺在病床上……

我喊了你一声，你没有回答。你的脉搏有些乱，但呼吸很平稳，估计是受了刺激晕倒了。我赶忙把面谈室的急救箱拿了过来，给你做了应急治疗。

接着我给老婆打了个电话，让她立刻开车来。

之后我就一直守在你旁边，等你醒来。期间没有别人接近过那间病房，所以只有我和我老婆知道这件事。

袭击你的人究竟是谁呢？从我听到的脚步声判断，那肯定是四楼的病人。四楼有八个病人，我能从他们之中找到犯人吗？我可以通过他们病史与现在的症状稍作推测，但我无法直接把他的名字告诉你，毕竟我没有确凿的证据，而且他们都是重度精神病患者。我们跟家属说的都是"精神分裂症"，但每个人的症状都不一样。有的患上了极度的缄默症，住院之后就没开过口；有的则是说胡话，把他说的每一句话拼起来也不知道他要表达什么意思；还有人活在幻想与幻觉之中，与幻觉中的声音说话，一整天念念有词，还会傻笑。最后那家伙的病历上写着"连续数月独言独笑"，因为实在没什么别的可写了。

这些患者就算犯了法，也无法追究责任。因为审问和庭审对他们而言根本就是异次元的事。

你肯定咽不下这口气，但你也拿他们没办法。万幸你没有生命危险，身体也没有受伤。会留下的只有你的记忆，所以我才让你把这一切都忘了。

由纪。

那天晚上，院长就是这么跟八重说的。八重当时的精神状态异常狂乱。我被侵犯了吗？在我昏过去的那段时间里究竟出了什么事？她想知道的就是这些。如果只是被扒光了，那还有救。正如院长所说，只要她把那些可怕的记忆忘掉就可以了。离开伊豆原医院，就能让一切埋没在过去的时间中。

然而，要是患者的行为进行得很"彻底"，要是她的身体被玷污了——对婚期将近的八重而言，这是攸关生死的大问题。她要回报A给她的纯洁的爱，要带着清白之躯踏上红地毯。要是这个理想破灭了，她就真的生无可恋了。

她下定决心，向院长问道："院长，他到底把我怎么了？我晕过去了，什么都不知道，可我想知道真相啊。他有没有……把我……"

"我也没亲眼看到那个瞬间……实不相瞒，其实我进去的时候吧……你不是躺在床上，而是倒在地上。是我给你盖了毛毯，把你抱上去的。当时我看到你的肚子和胸部有点黏黏的东西。急救箱里有消毒用的纱布。我就帮你擦干净了，然后才把你抱了上去……"

听到这些就足够了。八重好歹也是个护士。听到"黏黏的东西"，她就猜到那定是男人的体液。她被侵犯了。她的纯洁被玷污了。八重在遗书里说，她听得眼前一片漆黑。

可是由纪……

八重的痛苦与哀叹才刚开始，还有将她推入绝望深渊的可怕陷阱在等待她。

院长又补充道:"有些患者没有好转的迹象,有些则有了些起色。如果那人的精神状态比较稳定,也许会回答我的问题,承认'我侵犯了护士'。但我也不能跟你保证什么。他们都是病人,不能承担法律责任,但护士们都是我的家人,我怎么能看着你们受委屈却袖手旁观呢。只要是有良心的人,就会想给你提供一些补偿。"

"补偿?"

"没错,如果你愿意接受赔款……"

八重断然拒绝道:"这种事怎么能用钱来解决呢!"

"过一阵子你也许就不会这么想了。总而言之,只有我知道这件事。万一出了什么事,需要人作证,只有我一个也没有说服力啊。我灵机一动——我不是带了相机嘛,没有比照片更确凿的证据了……"

"院长!"八重不禁惨呼"您、您难道拍了我的裸照……"

"嗯,把当时的样子都拍下来了。拍立得嘛,即拍即得。这台相机的性能很不错,画面也很清楚。这东西肯定不能拿给别人看,不过给你本人看看应该不碍事。就是这三张……"

院长从口袋里掏出三张照片,摆在桌上。一旁的院长夫人瞥了一眼,喊道:"哎哟,怎么这么惨啊!"八重顿时呻吟起来。那真是三张惨不忍睹的照片。

照片上的她浑身赤裸，丝袜与内裤缠在一只脚的脚跟上。双腿分开。

　　一张照片从俯瞰的角度拍到了她的全身。另一张则是她的表情与乳房的特写。上面明显附着着男性的体液。

　　最后一张，拍摄者将相机架得很低，从八重脚跟往上拍，对准她的两腿之间。这台相机的性能的确了得，照片的色彩非常鲜艳。每一个凸起与褶皱，都被镜头无情地捕捉到了。那是她自己都没见过的私处。

　　院长夫人兴致盎然地看着照片。八重则哭成了泪人。

　　院长夫人搂着她的肩膀，说道："唉，真苦了你了，别哭了。你也是，还不快把照片收起来！八重小姐别担心了，你在我们医院干得那么好，我老公一定会保护你的。今天的事情不会有别人知道的。很晚了，先去休息吧，我给你准备好了床铺。老公，明天帮她请个假哦。还是再多休息两三天吧，这样也许能平静下来。是不是啊老公。那我就带八重小姐去卧室了哦……跟我来吧。"

　　夫人搂着八重去了另一间房。床已经铺好了。

八重躺在床上，却迟迟没有睡着。可不是吗。羞耻与屈辱，愤怒与绝望，压得她透不过气来。三〇八室中传来的那句"护士"。那个男人的声音，至今在耳边回响。那究竟是谁的声音？那个男人绝不是偶然撞见了她。那分明是埋伏。

院长让我去看看三〇五室病人的情况。确认她睡着之后，我朝楼梯走去，打算下楼。不过两三分钟的事。那时周围并没有人。

也就是说，袭击我的男人打从一开始就躲在三〇八室里。他知道我会路过那间病房门口。

还有那声音。好奇怪的声音。普通病人不会那么喊护士的。那个声音这么闷，肯定是故意装出来的。他用手捂住了嘴，免得我识破他的身份。

精神病人不可能想到这些。

不眠之夜，八重脑中浮现出好几个疑问。她的思维死死追逐着一件事。她在遗书中写道，当时她已经打定了自杀的主意，但她也想死个明明白白。可院长的说明，实在无法让她心服口服。

——我真的被病人侵犯了吗？

三〇八室。我一进去就被男人袭击了。我拼命抵抗。他的呼吸擦过了我的脖子与脸颊。我别过头去。因为我不想吸他呼出的气。他呼出的气——对了！就是这个味道！那是一股强烈的烟味！是雪茄的味道！

被窝里八重险些喊出声来。她想起——放眼这家医院，只有副院长伊豆原典夫是抽雪茄的。

记忆一发不可收拾。男子勒住八重的脖子时，她扒开男子的手指，想要逃脱他的魔爪。突然，她瞥见男子手上有个东西在闪光。那应该是个戒指。而伊豆原典夫的左手无名指上就有一个金戒指。

伊豆原典夫！犯人就是他？这么一想，所有的疑问都能迎刃而解。而且，这件事肯定是院长与副院长联手设下的陷阱。

案发前一天，八重造访了熊谷市的矢木原洋三医生。他道出了伊豆原医院不正当收治精神病患者的惊天秘密。于是她便下定决心，辞职走人。

八重表明去意后，院长立刻问她，是不是矢木原医生跟你说了什么。

（那家伙肯定跟护士说了不该说的！）

而且八重也说了一句不该说的话——"他就跟我讲了讲精神保健指定医制度和医疗保护住院的规定什么的"。

（这女人知道了医院的违法行为。要是她跳槽了，也许会把秘密说出去。）

院长越发担忧起来。

"我是院长的定时炸弹。他发现我去意已定，就跟弟弟，也就是副院长商量了一下。要怎么堵住我的嘴呢——他们讨论了半天，就想出了这个主意。

女性最难以启齿的秘密——这个秘密，就捏在院长手里。我无法反抗他。我必须对伊豆原医院的不法行为保持沉默。而且是永远的沉默。这就是他们的最终目的。

而且院长还趁我晕倒时拍了我的裸照。三张惨不忍睹的照片。那也是他们的王牌。他们玷污了我的身体，拍了我的裸照。这两个工具，牢牢绑住了我，让我成了无法言语的可怜女人。

哥哥，这样的我，跟行尸走肉有什么区别？"

看完八重的信，我气得浑身发抖。

八重的推理应该没错。但她的依据只有她的记忆。没有确凿的物证证明犯人是伊豆原典夫。她想要的是铁证。

八重在院长家的卧室翻来覆去，思考了一整晚。终于，她想起了一件事。

手。犯人的手。

他勒住了八重的脖子。为了甩开他，她竖起指甲，拼命地挠。当时，犯人好像呻吟了一下。犯人手上肯定留下了出过血的伤口——

第二天早上，院长夫人对八重说道："你可以多休息两三天。"八重回答："嗯，谢谢您的好意。"之后她就回家去了。她也不想再去上班了。

回房之后，她立刻给南病房的同事打了个电话。她是个内科护士，也是八重的好朋友。

"我有件事要问你，副院长今天来上班了吗？"

"来了啊。"

"怪了，我听说他受伤了哎，还以为他会请假呢……"

"啊，你是说他手上的伤吧？不是什么大伤啦。我看他手上缠着绷带，就问了一句，他说是被猫挠的。"

"猫？"

"嗯，他说他抱猫的时候猫伸手抓了他。就是皮肉伤，过个两三天就好了。"

"哦，就这事啊……"

两人的电话在笑声中结束。然而，这通电话也证实了八重的推理。

犯人就是副院长伊豆原典夫。

八重遇袭时曾拼命抵抗过，也想大声呼救。可犯人往她嘴里塞了团布。与此同时，她便是去了意识。那团布上八成沾了麻醉剂。伊豆原典夫滥用了医生的知识——这也是证明他是犯人的旁证。

可是，由纪……

就算查明了犯人，八重也奈何不了他。遗书中说得没错——"发生在医疗机构中的犯罪，跟密室犯罪没什么区别"。高墙中的犯罪。院长声称，袭击八重的是某个住院患者。要否定这个主张，就需要患者站出来反驳。可重度精神病患者怎么可能反驳得了呢。

　　而且院方的人一定会站在院长这边。

　　再说了，要告发副院长的罪行，就意味着八重不得不将她受到的屈辱公之于众。对她而言，这才是难以忍受的屈辱。

　　八重决定自我了断，却迟迟没有动手。这也是因为她害怕警方与同事追查她自杀的原因。尤其是未婚夫Ａ。她不想让Ａ知道这件丢人的事。她希望自己在Ａ心目中的形象永远是美好的，纯洁的。

　　于是她才会登上隆冬时节的北横岳，在暴风雪中结束了自己的一生。她的秘密，已被皑皑白雪所覆盖。这样就好。我也会帮她保守秘密的。

　　伊豆原克人。弟弟典夫。

　　看完八重的遗书，我便打定主意，一定要让他们下地狱。当然，我也可以选择用法律手段制裁他们。可以用八重的遗书当证据，起诉他们。这场官司肯定不好打。可就算我胜诉了，伊豆原典夫的强奸罪名成立了，也只能判他两年以上的有期徒刑。这就是刑法的规定，而且刑期过了三分之二后还有假释制度，他可以就此回归普通人的正常生活。

八重死了，可伊豆原兄弟还活着。怎么能这样！怎么能这样！

为了八重，我必须让伊豆原兄弟从这世上消失，而且不能让任何人知道我行凶的理由。疯子一时冲动杀了人——这样就好，这样就能守住八重的秘密了。

但我想让伊豆原兄弟死个明白。杀他们之前，我会在他们耳边说一句话——

"我是科野八重的哥哥。"

江森卓也的信接近尾声。他的用词越发激烈。每一个潦草的字，都表现着他的怒火。

这部分应该是在高崎市的商务酒店的第一夜写的。

那也是他们合为一体的夜晚。她仿佛将女人的一生凝聚在了一夜的缠绵中。那两天晚上，她在卓也的臂弯中点燃了生命的火焰，好像把一辈子的激情都用光了。

今天凌晨，他们的身体才依依不舍地分开。当由纪因疲惫进入梦乡时，他却在抓紧最后一刻写信。

（卓也！）

由纪轻声呼唤着恋人的名字。

（你写下这些话的时候，心里该有多苦啊！）

无法对他人道出，妹妹的秘密。给由纪的遗言。字里行间，都能看出男子奋笔疾书的心情。由纪顾不上擦眼泪，继续往下看。

　　八重在遗书中嘱咐我把她的遗物都处理掉。管理员有个比八重小三岁的女儿。所以我就把八重的衣服都送给了她。唯独留了一条红色的连衣裙。

这条连衣裙是八重最喜欢的衣服。我听说她第一次和Ａ约会的时候，穿的也是这条裙子。

由纪，我决定穿着这条裙子去给她报仇。那是八重的遗物，更是她的丧服。红色的丧服未免太过华丽，但我决定与身着丧服的八重一起，来到伊豆原兄弟面前，与八重一道，举起复仇的手枪。

在整理遗物时，我还发现了几本育儿书。我大吃一惊。莫非她怀孕了？孩子的父亲肯定是Ａ。八重为了即将出世的孩子，准备了那些书本。我将那些书带了回去，却没有勇气找Ａ求证。因为八重将她的秘密与腹中的小生命，一同埋进了北横岳的冰雪中。

在八重的遗物中，最实用的莫过于她的车。我将那辆车开回了东京，停在了我家附近的收费停车场。我已下定了报仇的决心，知道这辆车一定会派上用场。你这几天坐的车就是八重的。

啊，没时间了。现在是上午七点五十分。执行计划的瞬间就要到了。再过十多个小时。

该写什么呢。对了，信封里的钱是我母亲留给我的保险金。我把账户里的钱都拿出来了，请你拿去用吧。这些钱很干净，跟犯罪没有任何关系。请你用这些钱自力更生，将纱江抚养大吧。钱乃身外物，反正我也快死了，用不上了。

最后还有一件事。

带你离开熊谷后的第一个夜晚，你很害怕。你被一个陌生人绑架了，不知道这样的夜晚要持续多久。

我之所以绑架你，其实有两个原因。一个是你丈夫（北条昭）曾故意将八重调去西病房，借此打击报复；另一个是带着一个女人进出情人酒店就不大惹眼了。

我一度想，只要用幼子相挟，我就能占有你的身体了。八重死后，我跟A见过好几次，以追忆八重为借口打探出不少伊豆原医院的情报。你丈夫在高级料理店与俱乐部宣传你的"出轨"事迹，说你们跟离婚了没什么区别的事儿，也是A告诉我的。

我觉得水性杨花的女人肯定会听从我的摆布。这可真是愚蠢的想象。

在熊谷第一眼见到你时，我就改变了主意，发誓不碰你一根汗毛。我在心中郑重起誓，个中的变化如前所述。

我想消除你的恐惧。我爱上了你。不过几小时的工夫，不过是几句话的交谈，我就爱上了你。

还记得吗？第一天晚上，我们聊到啄木的短歌，你听得特别认真，双眼如少女般闪闪发光。我背诵了一首短歌，让你记住。

森林深处传来枪声。那是，自寻死路之声的美妙。

我为什么希望你记住这首短歌呢。只因十几个小时以后，你就会见到短歌中描写的光景。

被森林环绕的伊豆原医院。森林深处传来一声枪响。完成任务之后，我将会欢呼着冲向妹妹八重所在的天堂。

由纪，到了那时，我也会追寻你，呼唤你的名字。

你是我这辈子唯一爱过的人，由纪！

由纪！

上午八点二十分，卓也

江森卓也的信到此为止。末尾的"由纪"二字非常有力，几乎要冲出信纸。他定是将满腔的爱、热情、怜惜、心痛乃至一切的一切，都注入了"由纪"二字之中。

由纪的目光被最后一句话深深吸引住了。对她而言，那不再是文字，而是卓也的声音。卓也正在耳边呼唤着她。那令人怀念的声音，正在呼唤着她。

"卓也！"

她高声回答。深夜的马路上空无一人。房里空空如也，没人能看见由纪的一言一行。

由纪解开毛衣的纽扣，将他的信摆在胸口，紧紧抱住。

"卓也、卓也……"

寂静的房间中，唯有她纤细而颤抖的声音流淌。

致读者

　　一页页翻阅下来，翻到了这一页上，相信我们大家都会忍不住微微一笑——这套"七曜文库"得以和读者见面，不单是我们编辑的一件幸事，相信亦是各位读者的一件喜事。这是一套只收录日本流行小说的文库，但凡言之有物、触人心弦的作品，不问其风格、类别，我们都乐于译介。我们爱看日本的小说，总希望这些小说被持续、稳定地引进。这是一项长远而艰巨的工作，不仅需要我们编辑的努力，更需要各位读者的批评、指教和关照。因此，我们希望听到每一位读者的意见，收到每一位读者的回馈，更希望这种互动的理念会增进我们的友谊，让出版和阅读都不再是孤光自照。

　　我国古人以"七曜"统称日、月、五星，日本则盛行七曜历法，将一周七天分别称作日曜日、月曜日、火曜日等。我们借来这个名字，无非是用以形容此间小说的类别之众、范围之广，譬如推理、奇幻、历史、都市、恐怖、冒险、言情、轻小说等，让彼此之间每天都别有一种新鲜的感觉。而"曜"字又另有"光亮"之意，所以我们又希望这些小说都可以像是天边的日月、夜际的星辰，焕发出经久的光彩，闪亮出不朽的光芒。

七曜文库 编辑部